LA TERRE ET LE MOULIN

DU MÊME AUTEUR

Romans

Le Général et son train, Calmann-Lévy, Grand Prix de l'Humour, 1964.
La Lune Papa, Calmann-Lévy, Prix Alphonse-Allais 1966 ; Le Temps des cerises, 1995.
Clude, Calmann-Lévy, 1971.
Anthelme Collet, Fayard, 1981.
La Liberté, Stéphanie, Grasset, 1985.
Un comédien dans un jeu de quilles, Grasset, 1987.
Les Terres gelées, Presses de la Cité, 1993 ; Livre de Poche, 1995.
La Fête des Ecoles, Presses de la Cité, 1995 ; Pocket, 1996.
La Madelon de l'an 40, Presses de la Cité, 1995 ; Pocket, 1997.
L'Enfant sous les étoiles, Presses de la Cité, 1996 ; Pocket, 1998.
Les Flammes de la Liberté, Presses de la Cité, 1997 ; Pocket, 1999.
Les blés deviennent paille, Presses de la Cité, 1999 ; Pocket, 2001.
L'Eté du grand bonheur, Presses de la Cité, 2000. Prix des Maisons de la Presse, 2000.
Des amants de porcelaine, Presses de la Cité, 2001.
Le Pays des tomates plates, Presses de la Cité, 2002.

« Pause-Café » :
Pause-Café, Fayard, 1981 ; Livre de Poche, 1982.
Joëlle Mazart, Fayard, 1982 ; Livre de Poche, 1983.
Pause-Café, Pause-tendresse, TF1 Editions, 1989 ; Livre de Poche, 1990.

« Les Chemins de nos pères » :
Les Sabots de Paris, Grasset, 1985 ; Livre de Poche, 1986 ; Fixot, 1992.

Les Sabots d'Angèle, Fixot, 1991 ; Livre de Poche, 1992.
La Liberté sur la montagne, Fixot, 1992 ; Pocket, 1993.
Les Boulets rouges de la Commune, Fixot, 1993.

Romans pour la jeunesse

Aux éditions Kid Pocket :

On demande grand-père gentil et connaissant des trucs (1996). Prix « L'enfant et la ville » de la ville de Vénissieux.
La Grand-Mère aux oiseaux (1996).
Grand-père est un fameux berger (1997).
Une grand-mère en chocolat (1997). Sélection « Les cent livres » de l'Education nationale.
Ma grand-mère est formidable (2001).

Théâtre

Le Week-End des patriotes, créé le 9 juillet 1977 à l'Atelier 13 d'Avignon, mise en scène de Jean-Louis Manceau. Librairie théâtrale, éd.
Zadig, d'après Voltaire, créé le 17 octobre 1978 au théâtre d'Orsay à Paris par la compagnie Renaud-Barrault, mise en scène de Jean-Louis Barrault. Prix « Plaisir du théâtre », 1979, le Cherche-Midi, éd.
La Folie Turlupin, créé le 27 septembre 1981 au micro de France-Culture par la Comédie-Française.
Les Strauss, créé le 15 octobre 1982 au théâtre du Rond-Point à Paris par la compagnie Renaud-Barrault, mise en scène de Jean-Louis Barrault. Librairie théâtrale, éd.
La Rôtisserie de la reine Pédauque, d'après Anatole France, créé le 16 octobre 1983 au micro de France-Culture par la Comédie-Française.

Essais

La Chanson en son temps, éd. Temps actuels, prix exceptionnel de la SACEM.
La Commune en chantant, éd. Temps actuels, 1971, 2e éd. 1985.
Ma communale avait raison, Presses de la Cité, 1998 ; Pocket, 2001.

Recueil

Les Chemins de nos pères, Omnibus, 1999.

Georges Coulonges

LA TERRE ET LE MOULIN

Roman

Production Jeannine Balland
Romans Terres de France

PRESSES DE LA CITÉ

ISBN 2-258-06022-2

A mes enfants,
A ceux qui les aiment,
Ce roman d'amour.

G. C.

La terre est basse.

Celle qui est là-haut, sur le plateau, est plus basse encore. Vous le voyez l'été aux moissons chétives et vous le voyez mieux lorsque, l'orge ou le blé rentrés, l'approche de l'automne trace des sillons de caillasse rude. Bientôt le blé vert, en herbe rase, soulignera les blancs stériles, multiples, rapprochés. Désolants.

L'homme d'ici est comme la pierre. Lourd et obstiné. Chaque année aux labours, il la sort de son terrain. Chaque année elle revient sous le soc. Il la porte au bout de son champ. Aux travaux suivants elle est là, imprévue, risquant de casser la lame avant que, avec la patience de ceux qui se mesurent à la nature, le paysan n'aille la jeter au-delà des cultures ; sur la bordure où elle va vieillir. En tas. Chaque lopin a le sien, fait de moellons devenus gris sous la marque du temps ; verts ou roses sous les moussures et les champignons.

— C'est à croire qu'elle remonte ! soupire parfois une vieille qui a toujours vu son mari, son père, son grand-père se battre contre la terre pauvre, le roc intraitable. A deux doigts des racines dont on peut se demander si un jour il ne leur interdira pas définitivement de plonger, de s'étendre à la recherche de leur maigre pitance.

Depuis quelques petites années, le concasseur est apparu.

Bordenave en possède un. Il est le seul dans le pays. Dans un bruit d'enfer, il moud le bloc le plus ardu pour laisser derrière sa machine un champ devenu blanc, une terre unifiée et poudreuse qu'on voit de loin sous le soleil.

La terre résistera-t-elle à cet apport qui ne l'enrichit pas ? Devra-t-on demain consommer plus d'engrais ? Le rendement justifie-t-il l'investissement ?

Ces questions se posent chez les Combes, les Lacombe, les Descombes, chez les Peyre, les Lapeyre, les Delpeyre. Chez les Combes-Peyroux, chez les Delpeyrat-Combaud où, à l'ombre du pigeonnier vétuste, on parle des Bordenave et de leur concasseur avec admiration ou avec scepticisme mais surtout avec envie. On peut douter de l'efficacité de l'outil. Ce qui est établi c'est la réussite de celui qui le possède. Et aussi la crainte de le voir posséder plus encore. De le voir s'étendre à force de travail et de modernisme. Petit à petit, une mouche mange un âne.

Léo Nadal s'est éteint sur cette couette ancienne et rayée, bleue et fanée de gris, sur laquelle il mourait depuis de longs mois. Il avait devant lui, sur le bahut qui servait de commode, les photos de sa vie. Racornies comme il l'avait été lui-même par les ans et la souffrance. Il y avait le mariage avec la Sauvine. Marie-Paule sur les genoux de sa mère et aussi le jour de sa première communion. Et puis la pointe de Grave. Avec les copains à l'heure où la jeunesse se fait belle de liberté promise. Presque gagnée. Moustaches précoces et illusions en armes. Courage sans réfléchir. Ou presque.

Depuis quarante ans pendu au mur, le brassard à croix de Lorraine perdait chaque jour un peu plus son tampon d'authenticité militaire.

Ces mois passés de Vendays à Montalivet dans des uniformes qui n'en étaient pas, venus l'un d'un chantier de jeunesse l'autre d'une armée perdue, ces jours où l'on suivait des ordres vagues et des chefs improvisés, ç'avait été la grande aventure de sa vie. Avec

Pénichon qui, à bien réfléchir, en avait été la seule. En longueur. En force. En patience et en misère. Une vie, quoi. C'est ainsi qu'on appelle la lutte contre la friche et le crédit. Contre la pierre qui remonte, la pluie qui ne vient pas, les habitudes qu'il faudrait vaincre et qui, pourtant, vous envahissent toujours.

Il est mort sans parler, sans pleurer, sans souffrir. Il est mort sans rien.

Quand votre père est votre premier défunt, vous cherchez un regard.

La Sauvine a fait « oui » de la tête.

Marie-Paule n'a pas bougé.

La Sauvine s'attendait à prendre ses responsabilités.

Elle s'est avancée vers le lit.

Quand elle s'est déplacée, Marie-Paule a vu que son père avait les yeux fermés. Qu'il reposait, comme on dit, avec ses joues calmes et enfoncées sous les pommettes. Alors, elle a compris que sa mère ne bougerait plus, qu'elle resterait là, debout, près du mort dont elle gardait une main entre ses mains de paysanne.

Ailleurs, on dit qu'on va prier.

Ici, on ne le dit pas mais, sur son vélomoteur qui lui faisait les yeux plus rouges qu'en d'autres jours, Marie-Paule a suivi la coutume venue des temps où les télécoms et même la poste aux lettres n'existaient pas. De ferme en ferme elle est allée porter la nouvelle, faire savoir le jour et l'heure du dernier rendez-vous. Non pas prier Dieu d'accueillir l'âme de Léo Nadal : prier les amis de Léo Nadal d'accompagner son corps où finissent les corps.

— Pauvre Léo ! Il a fini de souffrir.

— Il sera mieux où il est, c'est sûr.

— C'est la dette de tous en arrivant sur terre. Il a payé et nous devons.

Entre les pierres gothiques, les cloches électriques sonnent le « premier » qui, au-dessus des cultures délaissées, dit à tous : « La voiture arrive. »

De Bélen et de Gourdille, de Fourgnal et de la Romado, les 2 CV et les 4 L, la 504 des Bordenave s'en viennent vers Léo et le respect qu'on lui doit. Vers la Sauvine et vers sa fille qui ont besoin de nous. Vers Pénichon où, dans la cour rude que le deuil a pour quelques heures débarrassée de ses canards, une à une arrivent les familles. Les Soubret avant les autres. Au titre de plus proches voisins. Les Combes-Marty suivant le chapeau imprévu de la mère à laquelle nul ne conteste le droit d'ouvrir la marche : sa pratique de la chose pieuse et de la toilette des morts la met à l'aise dans les cérémonies. Elle embrasse les éprouvés sur sa poitrine large qui en toute saison conserve une odeur de maïs. Elle parle de la mort de son pauvre père sur un ton de malheur ancien, pour dire que chacun a les siens mais que cela bien sûr n'efface pas le présent chagrin. Fernand Combes-Marty est à sa place : derrière son expansive, le buste à la recherche de ses deux bras pendants, la tête faisant suite, penchée vers le sol qu'il connaît par cœur et que, éternellement, il semble considérer avec scepticisme. Le grand-père vient en dernier. Furieux d'être dépassé par tous, pour regagner son rang il agite de son mieux ses rhumatismes, sa carcasse raide, ses membres noués. Gaby fait semblant de l'aider à marcher sans bâton. Il a dix-huit ans et l'on voit bien qu'il sait où il va : vers un ennui de quelques heures. Alourdi par la crainte de voir les gens pleurer. Marie-Paule surtout.

Françoise Combes-Marty tamponne ses yeux de familière :

— Un bon voisin, le Léo.

— Tous les trois, c'étaient de bons voisins, on peut pas dire.

Les Bordenave approuvent avec, sur leur visage grave, un air de riches qui dans la circonstance veulent être comme les autres. La fortune n'empêche pas le sentiment. On a beau avoir plus de terre, on sait bien qu'un jour elle tombera sur nous.

De drôles de gens ces Bordenave, vraiment.

On aimerait avoir quelque chose à leur reprocher tellement ils ont réussi, eux que, il n'y a pas si longtemps, on appelait « les blouseux ». A cause de l'aïeul arrivé de l'Aveyron au siècle dernier avec sa blouse. Comme domestique à la loue.

La vieille Chassaing, qui sait des vérités sur la moitié du pays et colporte des demi-vérités sur le pays entier, prétend que lors de son premier dimanche l'aïeul Bordenave se rendit à la messe ; à l'élévation, comme la coutume rouergate l'exigeait des hommes il enleva sa blouse. Las ! En Quercy, les paroissiens gardaient la leur ! Il n'en faut pas plus pour qu'un surnom vous tombe sur les épaules. Mais s'il a si longtemps perduré, c'est à coup sûr parce que de « blouseux » à « bouseux » il n'y a qu'un pas qu'on était bien heureux de franchir. Surtout lorsque les Bordenave ont commencé à lever la tête... Aujourd'hui, ils la portent très au-dessus des autres. Dire « le blouseux » amoindrirait le petit sans rien changer au gros. On dit « Bordenave ». Un jour peut-être on dira « Monsieur » ou « Madame ». Ça ne serait pas pour déplaire au Charles qui depuis longtemps regarde vers la mairie. S'il n'avait pas peur que la blouse se transforme en veste, il aurait déjà tenté sa chance. Poussé par la Marcelle. Celle-là, sa grand-mère faisait moins de façons quand elle ramassait aux clôtures la laine laissée par ses moutons. Et même par les moutons des autres. C'est comme ça qu'on devient riche.

Le vent range les feuilles contre la bergerie.

Les femmes mettent leur conversation à l'abri, sous le hangar. Les hommes sont restés au milieu de la cour :

— Et la Sauvine, qu'est-ce qu'elle va devenir ?

— La pâureto ! Il y a longtemps qu'elle ne comptait plus sur lui.

C'est le boulanger qui est sorti le premier, avec d'autres portant le cercueil. Son changement a frappé tout le monde. Les plus âgés se sont rappelé qu'il était à la pointe de Grave avec Léo. Les plus jeunes ont pensé que peut-être il était malade. Françoise Combes-Marty s'est dit que, avec son métier, on l'avait toujours vu avec les cheveux blancs. La farine n'empêche pas de vieillir.

— On dit qu'il s'est pas vu passer.

— Le bon Dieu lui en avait assez fait voir avant...

Une vieille se signe. Les hommes se découvrent. La cloche sonne.

— Le vent est à l'ouest, constate Angel Cassou.

— Pourrait pleuvoir, estime son frère.

Des Cassou, chaque campagne a les siens. Des solitaires qu'on prend pour des irréfléchis. Parce qu'ils se taisent quand ils n'ont rien à dire. Parce qu'ils se lavent sous l'averse et se sèchent au soleil. Parce qu'ils remplissent leur existence de travail et de vin rouge, de routine et de charcuterie, de libertés absolues enserrées dans le carcan de leur solitude. Ce matin, ils ont tous les deux l'envie de bien faire dans des costumes maladroits.

Le fourgon démarre et tout le monde suit, un peu rassuré de se retrouver en famille, uni derrière le même pare-brise, l'œil fixé sur Léo qui nous traîne et sur la cérémonie qui nous attend, avec ceux du bourg et le curé devant la porte de l'église, le glas sonnant plus rapide et interminable comme les porteurs s'avancent sous la nef sans envergure ; claire, nue. Une église naïve.

— Dans une ferme il faut un homme, souffle Françoise Combes-Marty à son beau-père.

A droite du chœur pour être vue des incompétents, près d'un pilier qui lui donne de la modestie, Mathilde Sahuc veille sur la cérémonie avec une foi venue de son lointain catéchisme. Accrochée à son chapelet, elle semble vivre une contrition éternelle, qu'elle n'abandonne même pas pour se lever, s'asseoir, obéir. Elle s'agenouille, se signe avant que le prêtre ait fini ses versets, entraînant l'assemblée au bon moment, au bon geste, à la bonne dévotion. C'est elle qui a fleuri l'autel, tout le monde le sait.

— Marie-Paule se mariera.

M. le curé fait un sermon d'une longueur un peu choquante si l'on pense que les Nadal n'allaient jamais à la messe.

Marcelle Bordenave sait de quoi elle parle à voix basse :

— Se marier ? Avec qui ? Elle ne veut personne !

— Et Jésus sur la croix s'écria : « Mon Dieu, pourquoi m'as-tu abandonné ? »... Et moi, desservant cette paroisse depuis quarante années, moi qui ne vois jamais la mort d'un homme sans penser au calvaire de Notre Seigneur, moi qui vous connais tous je vous demande : « N'est-ce pas l'homme plutôt que Dieu qui abandonne Jésus ? »

Il y a quelques années, Marie-Paule est « sortie » avec Raymond. Les Bordenave avaient exprimé des sentiments mitigés. Trente hectares, ça ne s'appelle pas un beau mariage. Mais il fallait considérer que c'était une terre mitoyenne. Le tracteur qui travaille d'un seul tenant, sans perdre son temps et son fuel sur les chemins, le troupeau qu'on n'est pas obligé d'aller chercher le soir avec un drapeau rouge et des minutes dilapidées, l'orge qui pousse pour ainsi dire devant sa porte et va presque directement de l'enclos à la mangeoire, tout cela valorise une fiancée. Les choses s'étaient arrêtées on ne sait pas pourquoi. Raymond, il faut dire, n'est pas bavard.

— Par ma faute, par ma faute, par ma très grande faute...

Angel Cassou se penche vers son frère :

— A deux femmes elles ne pourront pas tenir.

Mathilde Sahuc s'en va vers la Sainte Table devant l'autel du Sacré-Cœur, les yeux baissés, la poitrine modeste. Elle profite de ses mains jointes pour maintenir son manteau serré sous le menton en un geste d'autrefois. Elle s'agenouille et, déjà, attend l'hostie. En a-t-elle vraiment besoin, elle qui chaque jour communie en pensée, en parole et en œuvre ?

Les cierges pleurent devant sainte Thérèse de l'Enfant-Jésus.

Quant à Marie-Paule, il ne faut pas compter sur elle pour faire des confidences. Elle ressemble à sa mère, on ne peut pas mieux dire.

Elles sont là toutes les deux, immobiles depuis le début de l'office, leurs lèvres n'ayant dit ni un « Deo gratias » ni un « Ainsi soit-il », leur cœur n'ayant rien entendu du prêche ou des bénédictions, leurs yeux posés ailleurs, secs, loin. Etrangers. Avec Léo qui dort sur son catafalque. A quelques centimètres d'elles.

— Peut-être, elles vont vendre.

— Ite, missa est.

— Ce qui est sûr c'est que la Marie-Paule a maintenant vingt-cinq ans. Il faudra qu'elle se décide. Pour l'un ou pour l'autre.

Le prêtre fait un tour avec l'encensoir, un autre avec le goupillon. L'officiant miniature qui, surplis blanc et soutane noire, hier encore lui tendait la coupelle a disparu dans le désintérêt des générations nouvelles, l'accroissement des tâches et des loisirs.

— Ton blé est sorti. Tu es plus en avance que moi.

Mathilde Sahuc se courbe devant l'aspersoir. Bordenave au contraire se redresse, en homme qui veut avoir sa part. Il prend chaque fois qu'il vient à l'église des allures de vicaire rural. Ses yeux assurés disent au curé : « Tu peux compter sur moi, mon fils. »

— De profundis...

Les six amis du défunt ont repris le cercueil.

Ils vont le long de l'église, suivis par la Sauvine qui a toujours son visage vide, par les femmes qui marchent avec précaution pour ne pas faire craquer les cailloux et troubler la sépulture. Les hommes ont des mains désorientées, trop lourdes pour les heures oisives.

Les jaunes et les violines en pots multiples, le tricolore d'une gerbe donnent au cimetière un air de fête d'automne, une apparence vraiment gaie qui ne lui vient qu'une fois l'an, quand la Toussaint et le jour des morts et le 11 novembre ont mis des chrysanthèmes sur tous les deuils, des souvenirs sur toutes les gloires.

— ... Vendre ou alors louer... Même en partie.

— Faut voir.

Un homme reste seul devant le trou.

Tête nue, les poings serrés dans les poches de sa canadienne, il est revenu à Soulac où ils étaient entrés ensemble, armés chacun d'une mitraillette Sten dont tout le monde leur disait qu'elle ne tuerait pas une vache dans un corridor. Le lieutenant leur avait signifié qu'ils ne seraient pas de l'assaut. Qu'ils suivraient. En nettoyeurs. Ils avançaient avec d'autres qui parfois sautaient des barrières, se glissaient dans des jardinets de sable en se baissant. Léo et lui ne prenaient pas d'initiative. Ils se sentaient dépaysés, comprenant soudain que la guerre n'était pas pour eux et que si un Allemand était planqué derrière une fenêtre il allait les canarder.

Enfin on leur avait donné des prisonniers à escorter. Ils étaient revenus vers l'arrière. Tout s'était terminé ainsi. Même le tonneau qu'on avait mis en perce dans la cour de la villa « La Dune ».

Alors Léo s'était mis à chanter.

La fête
S'apprête.
La danse
Commence...

Il chantait bien Léo. On peut pas dire.

Le cimetière est désert.

Aimée Couderc est revenue sur ses pas. Elle ne pouvait pas continuer à attendre près du portail.

Elle tire son mari par le bras.

Il se laisse entraîner vers sa voiture.

Sa décision est prise.

Parfois avec les copains il dit : « Un litre de rouge me descend pas. C'est moi qui le descends. »

A midi il en boira deux s'il le faut.

Après il pleurera tout son soûl. On dira : « Il a picolé. »

Ça lui fera une excuse.

Le soir Jeanne et Aubin Soubret sont restés à Pénichon.

— On ne va pas vous laisser seules.

— Faudra bien s'habituer.

Elle disait ça, la Sauvine, comme ses gestes pour mettre le couvert disaient : « Faut bien manger quelque chose. » Comme tout en elle disait : « Faut bien continuer. »

Continuer quoi ? La ferme ? La vie ? On ne savait pas. La Sauvine non plus ne savait pas. Ça n'était même pas « continuer à subir ». C'était « continuer ». Les jours. Les tâches. Faudra bien.

Marie-Paule a les mêmes mots et les mêmes mutismes que sa mère, le même plissement de la bouche devant la fatalité présente, l'avenir douteux. Avec, imperceptible, la marque soudaine d'une volonté quand à la fin du repas, avec une coutumière autorité, elle pose un verre à liqueur devant les invités. Elle a pris la décision sans commentaire d'ouvrir le bocal de cerises à l'eau-de-vie. Ce soir, oui. Faut bien vous remercier.

— Servez-vous. Moi, j'en prends pas.

Faut pas.

Aubin est né là, à la Tuilière, il y aura bientôt cinquante ans. Jeanne est du bourg. Elle est venue le rejoindre quand ils se sont mariés. Depuis ils vivent dans la sérénité monotone des couples sans enfants.

Leurs terres touchent les terres de Pénichon. Elles se mêlent même un peu du côté de la combe, à Labousque où le champ de la Sauvine forme un capmarteau, comme on dit ici.

A quelques lieues, dans les pins des Landes ou de la Gironde, le capmarteau se voit devant toutes les scieries, planches superposées en carrés, en hauteur, aérées par l'alternance de la pose, deux dans un sens, deux dans l'autre. Ici le capmarteau est un petit supplément de terre, en bout de champ. Les mots sous tous les cieux sont nés des choses et de l'observation patiente que nos pères en faisaient : bout de terre ou bout de bois, en Aquitaine ou en Quercy, dans les deux cas une infime partie de l'objet dépasse le corps principal comme, dans le marteau, un bout du manche dépasse légèrement la masse. Il en est véritablement *lou cap*. Comme encore, le cap Corse audessus de Bastia...

— Avant, avec dix hectares, ils vivaient. Avec trente, ils étaient riches. Nous, avec trente hectares, on paie juste le crédit.

— Et pourtant on n'a rien en friches. Et on fait l'assolement.

Si Jeanne soutient son mari c'est qu'Aubin ne sait pas toujours donner les détails nécessaires. Dans la conversation il va à droite, il va à gauche et après, il oublie le principal. Un peu comme quand il va à la chasse. S'il part avec un chien courant, on peut être sûr qu'il ramènera une bécasse.

— C'est pour ça que... si vous cédiez un champ... ou deux...

— Tu trouves qu'on en a trop ?

Au ton de Marie-Paule, Aubin craint que sa femme soit allée trop loin. Trop vite.

— On dit pas que ça va se faire. On dit juste que... si vous vouliez vendre... ou louer... ou mettre en fermage... nous on est sur les rangs, voilà ce qu'on veut dire.

L'horloge est adossée au mur. On l'avait arrêtée à l'heure du trépas. On l'a relancée au retour du cimetière. Parce que le mort avait quitté la maison. Maintenant elle est seule à parler. Avec les assiettes que la Sauvine tourne dans sa bassine, sur l'évier creusé dans la pierre et que Léo avait tapissé de carreaux en plastique. Bleu et blanc. C'est plus propre.

C'est peut-être là, face au mur, que la Sauvine a pris son regard qui ne voit rien.

Marie-Paule se décide :

— On vendra pas, Aubin. On louera pas non plus... On restera là, la mère et moi.

Le balancier a continué sa course. Mais les assiettes un instant se sont tues.

Ripette se met à aboyer. Quelqu'un doit passer dans le chemin.

Marie-Paule tapote le bocal :

— Le père voulait vivre toujours dans le bon voisinage. Après lui, ce sera pareil. Si un jour on devait faire quelque chose, on en parlerait d'abord aux plus près. Ça, vous pouvez en être sûrs.

Aubin et Jeanne Soubret approuvent.

Ils se lèvent.

La Sauvine va chercher leurs vêtements qu'elle avait portés dans la chambre. Une tache de graisse c'est vite arrivé.

Marie-Paule est restée à table.

Elle pense que le cerisier a son âge.

Léo Nadal l'avait planté le jour de la naissance de sa fille.

Il n'y a plus de saisons peut-être. Mais il y a toujours une arrière-saison. Rousse. Dorée. Chaude. Faite d'herbes plates où tombent des cartouches fumantes. De soleil rayonnant sur vendanges miniatures : ici, chacun boit sa vigne. On voit des sillons frais et des arbres qui, déjà, s'appauvrissent. Les chemins, ensemencés du fumier tombant de toutes les charrettes, montrent du champ à la ferme des itinéraires de Petits Poucets agriculteurs. Les touristes ne les verront pas. Ils sont partis. Vers le nord, les pôvres. Les oiseaux s'en vont. Vers le sud, les veinards.

L'automne quercynois est coulé dans la douceur de vivre. Il respire paisiblement le temps des récoltes en grange, des repos en perspective. La nature s'ensommeille. L'homme ralentit ses gestes. Rien ne bouge. Que les couleurs. Et puis bientôt les vêtements qui s'épaississent parce que les nuages prennent de la vitesse au-dessus des maisons où s'abritent les géraniums, les lauriers-roses.

Ce n'est pas l'hiver officiel. C'est l'hiver du premier « Brrr ! Je vais rentrer du bois ». L'hiver de fin novembre. Venu en avance. On dirait bien « en éclaireur » s'il ne tombait sur vous justement avec un air sombre, un après-midi où les femmes soudain glissent leurs mains sous leurs manches de laine, bras croisés, frissonnant à la fois de la froidure qui les pince et de la petite chaleur qu'elles se donnent en attendant mieux. Il se trouvera toujours un homme pour leur dire : « Hé ! Catherine ! Tu as besoin d'être réchauffée, je crois ! » C'est un hiver provisoire qui vient à vous pour quelques jours peut-être mais qui à chacun fait penser : « Ce soir, je serai bien dans mon lit. »

Ça n'est pas contre le froid que Marie-Paule a mis ses vêtements rudes, un pantalon ancien, un blouson qui était dans la maison peut-être avant elle.

Le ciel l'étonne toujours : partout il est là.

Le causse peut vers Grézel sombrer en combes et en ravines ou au contraire vers Cantapic se recouvrir d'un blanc moule à charlotte, il peut vers Castelnau se coiffer de bosquets provisoires ou au-dessus de Gourdille exhiber son tumulus caillouteux, partout le ciel est là avec sa force panoramique, son silence qu'aucun tracteur ne peut vaincre vraiment. Avec ses « Bang ! » indisciplinés, l'insupportable armée des hommes même paraît puérile. Tellement éphémère dans cette paix qui vous entoure.

Ce que Marcelle Bordenave voudrait savoir c'est pourquoi son fils s'est fâché avec Marie-Paule.

— On n'est pas fâchés ! Qu'est-ce qui te prend ?

— Avant, tu la sortais.

— Y a longtemps.

— N'empêche : si ça a cassé, c'est qu'il y a quelque chose.

Raymond pense que les parents c'est des agences matrimoniales. Si on les écoutait, la première qu'on sort on la conduirait chez le curé.

Elle a de belles jambes, Marie-Paule.

Le séchoir, c'est une étable ancienne dont Léo Nadal avait rapiécé les murs de pierres avec des parpaings. La chance initiale ou les hasards du terrain peut-être l'ont faite longue, nord-sud, ce qui fait que du matin au soir frappant son toit de tuiles mitigé d'Everite, le soleil remplit sa tâche : pendus aux poutres, à des fils traversiers qui se sclérosent lentement sous les attaques de la rouille, les pieds de tabac déverdissent, prennent des tenues léopard, se donnant chaque jour un peu plus des airs de peau de chamois.

Un coin a été isolé par un mur de briques. Une porte venue d'ailleurs est fixée là par des charnières rudimentaires, taillées, pointées dans le pneu d'une antique voiture. Rien ne se perd. Il y a une cuisinière à bois qui, remplacée dans la maison par un gaz à quatre trous, sert ici, four toujours ouvert, d'appareil de chauffage.

Dans leur accoutrement massif, sale, amidonné de Tamex et de nicotine, la Sauvine et Marie-Paule s'assoient comme hier devant la table mordue par les couteaux, les outils, les emplois archaïques qui en ont fait successivement une mangeoire familiale, un établi, une enclume même lorsque, à la veillée, les hommes, de deux coups de marteau, cassaient les noix dont les femmes tiraient le cerneau.

Avec l'agile sûreté de l'habitude, la mère et la fille séparent les feuilles hautes des feuilles basses, mettent de côté les plus souples qui serviront d'attaches puis, en commençant par la pointe, elles forment les manoques exigées par la Seita.

Chacun de leurs mouvements rappelle le père mais elles n'en parlent pas.

Marie-Paule le revoit rabougri, parlant peu dans ce travail, l'un des rares qu'il accomplissait encore, ses doigts prestes devenus lents par la maladie, jaunes comme cuir, poisseux comme elles les ont aussi, comme les ont ceux qui, chaque jour pendant des semaines, trient, lient, groupent, couchent le nijker.

Ici, on se donne la main.

Le mot surprend le langage des citadins. Peut-être parce que la chose a fui leurs mœurs indifférentes, ignorant le plus proche voisin.

Au contraire, les travaux des champs, l'obligation de les accomplir à l'heure du soleil, d'être à l'étable à l'heure des animaux, les menaces du ciel et de la terre ont maintenu vivace la solidarité venue à pas lents du temps des vaches maigres. Les vaches de Garonne, blanches comme le causse. Chacun avait la sienne. Deux vaches voisines formaient un « combinage ». Deux laboureurs scellaient une amitié. Ce travail à quatre mains, ce joug à deux têtes, ce soc qui s'enfonce un jour pour toi, un jour pour moi ont laissé des sillons que n'a pas refermé tout à fait l'achat du premier « bœuf rouge » : du premier tracteur. Aujourd'hui où les fauchaisons, les liages, tous les chargements et tous les dépiquages, la tonte des moutons et même la mort du cochon reçoivent des solutions de spécialistes, à l'entreprise, il reste, de la crainte de l'orage et de la montée de la sécheresse, de la maladie des hommes, des bêtes et des récoltes, une telle crainte que, sur le seul pressentiment d'une difficulté, les lèvres paysannes retrouvent un « Si tu as besoin, tu m'appelles » qui vient de profond dans l'habitude et l'âme et le pays.

Pour le tabac, les Soubret ont toujours donné la main. Plus encore depuis que Léo en faisait moins.

Aujourd'hui, ils sont là tous les deux.

Jeanne essaie de parler de tout, de vaincre les soupirs.

A son habitude, la Sauvine se tait. On se demande comment ses mains peuvent si habilement trier les feuilles que ses yeux ne voient pas. Il y a longtemps peut-être que son regard a disparu. Dans les luttes perdues.

Françoise Combes-Marty a envoyé le grand-père. Avec Gaby qui le rabroue parce qu'il veut couper aux ciseaux les feuilles tachées de vert sur la bordure, celles qui ont séché sur pied dans le champ :

— Ça fait des points en plus.

— Qu'est-ce que ça me fout à moi, les points en plus ?

— Ça s'ajoute au prix de base. Ça permet d'être mieux payé.

Ça permet surtout de livrer le tabac plus tard, estime Gaby. De perdre des heures pour gagner trois sous :

— C'est du travail de mange-merde.

Le grand-père sursaute. Ce n'est pas la première fois qu'il s'accroche avec son petit-fils. Expérience contre franc-parler. Exigence de respect contre jugement sans embarras. Les mots de l'un violentent les idées de l'autre. Avec mouvement aller-retour de ces matières inflammables :

— Ça n'a pas de crête et ça veut faire le coq !

— Il vaut mieux faire le coq que le pigeon !

A la maison, ces altercations ont lieu au-dessus de la tête de Fernand, le père qui, ayant passé sa jeunesse à subir l'emprise venue du haut, voit approcher ses vieux jours où il subira l'autorité venue du bas. Celle qui est née dans les livres, à l'école, sur l'écran de télévision. Dans la confrontation des mondes, les discours syndicalistes, les découvertes de la technologie. L'autorité donnée par l'appétit juvénile qui, contrairement aux ancestrales habitudes, veut faire entrer le facteur temps dans le prix de revient, insérer le moment de plaisir entre les heures de travail, faire monter les vacances, le voyage touristique devant l'horizon paysan.

Le grand-père dit que ça n'est pas possible, qu'on est déjà bien heureux d'avoir une retraite, qu'autrefois les jeunes fermaient leur gueule : ça leur permettait de travailler davantage.

Depuis longtemps, Charles Bordenave ne se salit plus les mains au tabac.

C'est la Marcelle qui est venue. Elle aurait bien voulu amener Raymond avec elle mais il a dit qu'il avait vingt-six ans et qu'on ne le conduirait pas au champ quand il veut aller au bois.

Elle est donc là avec Janine, sa fille qui vient d'entrer en terminale. La médecine, la pharmacie consacreraient la famille. En attendant, il importe de lui montrer par quelles besognes sont passés ses parents pour en arriver où ils sont. On veut bien aider les gosses mais faut pas qu'ils s'imaginent que les cailles vont leur tomber toutes rôties dans la bouche.

La Janine prend le tabac comme si déjà il était en mégot.

La Marcelle est à l'aise. Ici comme partout. Elle estime la récolte de la Sauvine avec un air de propriétaire. Elle donne des conseils agricoles avec des manières d'institutrice.

A la fin de la journée, elle sortira de la large poche de son tablier une machine à calculer. En quatre coups de pouce et d'index, elle dit à la Sauvine combien elle touchera à la Seita, nijker et burley compris.

Si le visage de la Sauvine avait dû un jour marquer de l'émotion c'est sans doute à ce moment-là que ça serait venu. On a lu seulement une surprise furtive, une apparence de réticence, peut-être la résurgence de la crainte du Malin. Elle aurait bien voulu douter, la Sauvine. Mais le chiffre que venait de donner Marcelle Bordenave c'est celui que Marie-Paule avait trouvé hier soir sur un papier quadrillé. Après bien des opérations.

Si les Cassou ne sont pas venus c'est que tout cela fait assez de monde.

Et puis la Sauvine n'aime pas devoir : faut rendre.

Elle n'a pas envie de devoir de l'aide aux Cassou. Ils pourraient la lui demander quand elle n'a pas envie. Et pour des choses qu'elle ne voudrait pas.

Elle préfère se débrouiller avec sa fille.

De toute façon, même sans machine à calculer, avec dix-huit mille pieds de tabac, on a de quoi voir venir.

Heureusement qu'on a arrosé le sol. Avec ce novembre sans pluie, les feuilles auraient séché trop vite.

La Sauvine fait comme tout le monde : elle met les moisies ensemble. On les brossera la veille de la livraison. Comme ça, le moisi n'aura pas le temps de revenir.

Bien sûr, Marie-Paule a dit : « Si on devait faire quelque chose, on en parlerait aux plus près » mais ce qui, ce soir, tracasse Aubin Soubret c'est que... après tout... les Bordenave aussi sont près... aussi près qu'eux.

Jeanne n'est pas d'accord :

— Nous, on touche.

— Les Bordenave aussi touchent.

Jeanne voit juste. Elle est formelle :

— Ils touchent mais moins que nous !

Elle veut dire : plus loin de la maison.

Il pense : peut-être mais ils touchent sur plus de distance.

Il est inquiet, vraiment. Depuis la mort du pauvre Léo, il a vu Raymond qui traînaillait autour de Pénichon. Il sait bien qu'avec Marie-Paule c'est fini mais ces choses-là, quand on est jeune ça revient facilement. Surtout qu'on n'est pas loin de la Saint-Martin. L'été pourrait reparaître. Une rencontre au bout d'un chemin, un soleil sur une jupe et on a vite de l'herbe dans le dos.

Si ça se faisait avec Marie-Paule, les deux propriétés n'en feraient plus qu'une et lui, avec la Jeanne, il serait enserré au milieu.

— On est déjà enserrés.

Les femmes, il faut tout leur expliquer :

— On est enserrés entre deux propriétés... comme tout le monde. Là, on serait clavés dans la propriété d'un seul.

— Qu'est-ce que ça changerait ?

Ce que ça changerait, Aubin Soubret n'ose pas le dire : il a l'impression qu'il respirerait moins. Que sa terre respirerait moins.

Angel est le plus vieux des deux Cassou.

Il n'est pas le chef mais depuis cinquante ans il a pris l'habitude d'être l'aîné. Dans leur existence coutumière et un peu malingre de célibataires sans avenir, cela lui donne droit aux perspectives.

La tronçonneuse a arrêté ses soubresauts. Le boqueteau retrouve le calme, les « clacs » paisibles et espacés de la hache sur le bois. Angel ébranche le tronc. Son frère bâtit le stère près du chemin.

— La Sauvine et la Marie-Paule, elles ont trente hectares.

Louis objecte :

— Il y a des friches.

— Les friches... Quand on les travaille, c'est plus des friches.

Louis ramasse une branche en Y. Quand il était gosse, ça lui aurait fait une belle fronde :

— Si les vieux ont laissé s'enfricher, c'est que ça vaut pas cher.

Le lendemain, ils plantent le poteau qui recevra la clôture électrique. En plein champ.

— N'importe comment, c'est pas à deux femmes qu'elles vont défricher, dit Louis.

— Peut-être elles vont vendre, estime Angel.

— Peut-être elles loueraient.

De loin, on voit la masse qui tape sur le piquet ;

mais le bruit parvient plus tard, comme à la télévision quand le son se dérègle.

Cela paraît puéril cet effort d'homme sur ce plateau nu qui n'en finit pas d'aller vers l'horizon.

La combe renvoie le bruit de la masse au moment où à nouveau elle arrive pour frapper le pieu. C'est très désordonné et l'écho vous poursuit, vous entoure, vous déshabille en portant à une lieue vos engueulades. Et même vos conversations. Peut-être vos pensées.

Il neigerait dans la nuit que ça ne serait pas surprenant.

Raymond regarde ce ciel de froid sec ; les gestes minimes des deux Cassou ; cette buse cherchant pâture charognarde en d'élégantes planées. Avec un lièvre sans méfiance, des cailloux bleus effrités de montagne, un avenir maigre et libre et collé au sol, cela est son pays.

Ce soir, il ira au tarot.

C'est Gaby qui organise la partie. Il s'est dégourdi, ce gosse, depuis qu'il va à l'école. Avant-hier, il a amené des filles. Si Marie-Paule pouvait venir, ça serait bien. Mais comment lui demander ça ? Elle ne va pas laisser sa mère…

C'est la soupe de la veille. La meilleure. Celle qui en plus de l'épaisseur des légumes prend dans la cheminée le parfum du bois.

Les Nadal, elles disent qu'elles vendent pas mais les paroles c'est pas du pain bénit : sous le chapeau et sous la jupe, les femmes aiment le changement. Faut compter avec l'imprévu :

— La Marie-Paule, elle va bien se marier un jour, dit Angel.

— Elle veut personne. Même le Raymond, elle l'a pas voulu.

— Les filles, ça dit « non » jusqu'au jour où ça dit « oui ».

On ne sait jamais ce qui se passe dans la défroque célibataire quand on parle du mariage de la fille voisine.

Si elles vendent, ça peut être à eux. Si la Marie-Paule se marie, ça sera avec un de son âge. Qui s'accrochera à Pénichon et, lui aussi, cherchera à s'agrandir.

On n'entend que les « flup ! flup ! » de la soupe ; le chabrot que l'on fait deux fois : une pour chauffer le vin ; une pour chauffer l'homme. La couenne se mange sans bruit. Le chou suit le silence.

Angel demande :

— Pourquoi ça serait pas avec toi ?

Le vent est très loin dans la nuit. Bien après la chienne de la Sauvine, la Ripette qui s'est mise à aboyer.

Louis Cassou a planté la moitié d'une patate sur son couteau. Il l'engloutit. Quand on passe sa vie dans la solitude des pierres et des bois, on ne rougit pas. Mais c'est tout comme.

Il n'écrase pas la patate dans sa bouche : il la laisse fondre.

— T'as beaucoup plus qu'elle après tout.

Angel veut dire : en propriété.

Louis pense : Quand Marie-Paule est née, je revenais du service. Ça fait une sacrée différence d'âge.

D'un autre côté, en vieillissant la différence diminue. Les ans travaillent pour le plus ancien.

— T'as vingt-cinq hectares de plus surtout. Ça compte.

Vingt-cinq hectares si on garde ensemble la part des deux Cassou. Mais quand on se marie, il peut y avoir des histoires.

C'est tout ça qui tourne dans la tête de Louis quand Ripette se remet à gueuler.

Il doit y avoir quelqu'un qui est venu voir les femmes et maintenant il s'en va. A cette heure-là, c'est tout de même surprenant. Le vétérinaire peut-être.

En vérité, ce sont les Soubret qui sont allés dire à la Sauvine et à Marie-Paule un petit bonsoir de voisinage.

Cet après-midi, Aubin a planté un arbre de Judée. C'est un peu bête de planter des arbres quand on n'a pas d'enfants.

La Sauvine tournique les assiettes à vaisselle au-dessus de l'évier.

Si on pensait toujours qu'on n'a pas d'enfants, on ne ferait rien, on n'entreprendrait rien.

Marie-Paule attrape, dans le buffet, le bocal de cerises :

— Il reste des prunes si vous préférez...

— Raymond c'est un bon garçon, convient Aubin avec la voix fermée.

La figure contrariée. Surtout qu'on ne lui demandait rien.

La Jeanne renchérit :

— Il est même travailleur.

L'éloge s'arrête là.

Il y a longtemps qu'il n'a pas neigé.

Ça pourrait bien venir cette nuit.

Le froid tombe en silence dans la maison.

Les flocons caressent la conversation.

— Hiver de neige : an de bien.

Malgré tout, le Raymond c'est un Bordenave. On ne peut pas dire le contraire.

Et les Bordenave, on n'a pas à s'en plaindre vraiment mais enfin on les connaît bien : ils crieraient famine sur un tas de blé.

C'est à ce moment que les Soubret sont partis.

Ils ont dit qu'il était l'heure de se coucher.

Autrefois, le soir on filait le chanvre pour le drapier de Castelnau. Il fallait du drap qui résiste aux ans et, pour le porter, une peau qui résiste au drap.

Ou alors, on égrenait le maïs sur le soc de la charrue. On écharpillait la laine. On faisait des tresses à chapeau.

Ce soir, les Bordenave regardent la télé.

La grand-mère dit que la charrette partait à quatre heures avec les légumes et deux paires de canards. On arrivait à sept heures sur le marché de Cahors. Quelquefois même, on y allait à pied. Quinze kilomètres. Autant pour le retour. On rentrait pour soigner les vaches. Ou la chèvre qui était la vache du pauvre. Un berger gagnait quinze francs par an. Nourri et logé avec, en plus, une paire de sabots de bois et une paire de chaussettes filées et tricotées par la patronne. Elle est comme la télévision, la grand-mère : elle ne varie pas beaucoup ses sujets. Et puis avec elle on ne peut pas changer de chaîne. Quand ils s'installaient sur le marché, son père voulait qu'elle dise aux premiers acheteurs : « Etrennez-moi ! Etrennez-moi ! » Ça faisait rire. Elle avait honte. Surtout quand ils étaient installés depuis une heure. Et qu'ils avaient vendu plusieurs fois.

Le frère de Gaby s'est marié à Lalbenque. Il exploite la ferme de sa femme. Ils ont des truffes. Il ne reviendra pas ici. On peut donc dire que Gaby aura quarante hectares. Marie-Paule en a trente. Françoise Combes-Marty a bien fait ses calculs : trente plus quarante, ça fait soixante-dix. Avec ça, on peut se défendre.

Le grand-père laisse dire parce que les films policiers faut pas perdre le fil. Sans ça, on ne comprend plus rien.

Evidemment avec le frère il faudra faire l'arrangement. On a des petites économies. On pourra aider l'un ou l'autre. Le principal c'est que les deux garçons soient établis. Et puis aujourd'hui il y a des primes.

A la décohabitation par exemple. C'est une chose à étudier.

Quand Maigret a arrêté l'assassin, le grand-père range sa chaise. Il a toujours des gestes lourds et des observations qui leur ressemblent :

— Quel âge elle a, Marie-Paule ?... Le gamin, il a même pas fini son école !

Françoise Combes-Marty ne répond pas. Ce qu'elle sait c'est que des occasions comme ça, de la terre voisine sans bourse délier, ça ne se présente pas tous les jours.

Raymond était au téléphone avec son copain Benoît qui, depuis qu'il s'occupe des Jeunes Agriculteurs, n'en finit pas de parler du manioc de Thaïlande et du soja brésilien. Il a des théories sur tout. Des statistiques. Il dit que les problèmes du monde doivent être envisagés à l'échelle mondiale. Vue d'ici, ça vous écrase, une idée pareille.

Charles Bordenave a peur que son fils se fasse coincer, que, les yeux sur Bruxelles, il oublie de revoir l'électricité de l'étable. Garrigue a eu sa vache électrocutée. Une histoire comme ça, c'est pas intéressant. Surtout si l'assurance ne veut pas marcher... Et puis la faim dans le monde et les emplois que peut créer l'agro-alimentaire c'est sans doute intéressant mais ça n'empêche pas la réalité : plus on a de terre, plus on peut s'équiper. Plus on s'équipe, plus on produit. Plus on produit, plus on gagne.

La mère s'est couchée la première. C'est rare.

Lorsque Charles entre dans la chambre, il lui dit :

— Dis donc, Marcelle, je pense à un truc... Léo, pour son crédit, il avait l'assurance-décès, forcément... Ça fait que maintenant, la Sauvine, elle doit plus rien.

C'est ainsi que, soir de neige après nuit de vent, un matin arrive le printemps. Avec les bourgeons et les idées qui poussent autour des fermes. Sans qu'on s'en aperçoive.

La mairie c'est, au milieu des vingt maisons qui forment le bourg, une maison comme les autres. Sauf que, devant la porte, un petit coffret grillagé est réservé à la légalité. Une fois l'an, il dit un mariage. Une autre fois, il appelle sous les drapeaux.

Dans la salle de réunion, le plan cadastral est prêt à témoigner. Une bibliothèque garde des souvenirs de gloires et de mesquineries, des livres qu'on lira un jour, des procès-verbaux, la trace de la voie romaine et de l'oppidum qui la contrôlait.

Jamais on ne croirait que, sur ces terres désertes, se croisaient jadis le chemin de Cahors à Toulouse avec celui qui de Lyon conduisait à Bordeaux, à l'océan, en suivant à travers villas et palais la petite Barguelonne conduisant à la grande Garonne.

A quoi bon battre le tambour sur cette terre vide où chacun habite à une demi-lieue de chacun ? N'importe : le tambour, on l'a toujours vu là. Dans son rôle d'inutile. Avec ses cordes distendues, sa peau grisonnante, son bleu qui s'efface dans l'inaction, il garde même un air vaguement officiel auquel il serait bon, un jour, d'enlever la poussière.

En premier, il faut s'occuper de l'orchestre ; s'y prendre assez tôt pour avoir le meilleur. Six musiciens le samedi et le dimanche. Un ou deux de moins le lundi pour le bal à papa.

Pour le jeu de boules, il suffira de trouver des bouteilles à casser. Ainsi, conforme aux vœux de Platon, la cité connaîtra la musique pour l'âme, la gymnastique pour le corps.

Ils sont contents les jeunes de prendre la fête en main. Ça prouve qu'on leur fait confiance, qu'ils se font citoyens et c'est vrai qu'on penserait au philosophe de la démocratie en les écoutant, soldats du civisme, débattre sinon de l'Etat, cet « homme en plus grand », du moins de la commune, cette Nation en petit. Et de la joie de tous. La seule différence est que, si pour sa République Platon ne voulait pas plus de cinq mille familles, il aurait de la peine ici à en trouver cinquante.

La question du bouquet requiert toutes les attentions. Il convient de savoir qui va voir qui. De n'oublier personne et de grouper l'argent aussitôt ramassé. Surtout si on veut un manège. Le forain a dit que, dans les petits bleds, il demandait une garantie. C'est vexant mais la terre enseigne le réalisme :

— Pour faire venir le blé aussi, on paie d'avance.

Raymond et Gaby sont chargés de Pénichon, de la Tuilière, de Grézel, de Cantapic et des trois fermes de Gourdille.

Partout, on attendra les vendeurs. La somme aura

été discutée en famille. Souvent, elle sera prête. Dans un tiroir ou une ancienne boîte à gâteaux.

Ces billets donnés ici et là contre une fleur de papier dentelé qui ne vaut pas dix francs, c'est cela aussi l'attachement à la commune véritable, à sa tradition, à ces trois jours de réjouissances dont la plus grande sera sans doute de se retrouver sur la place pour parler du temps qu'il fait, qu'il va faire, de la récolte qui vient ou qui tarde à se montrer, de la famille qui pousse à sa façon dans les jupes des femmes. Celles-ci passeront la journée autour du bal, s'épanouissant de voir leur fils entrer dans la danse, mouchant le plus petit en lui recommandant de ne pas faire le fou, montrant un intérêt difficilement maîtrisé pour les amours qui, comme les lavandes, commencent à fleurir. Encore que ce ne soit plus comme avant. Aujourd'hui, les couples ne se cachent guère. Ça enlève le plaisir de la devinette, l'honneur qu'il y avait à être le premier témoin du premier regard : ce regard par lequel tout allait commencer et dont il convenait de comprendre qu'il était la première caresse.

A Pénichon, Raymond n'est pas entré tout de suite. Mais le mort est en terre depuis six mois ; cela à coup sûr autorise la démarche.

Tout de même, il ne voudrait pas tomber sur la Sauvine. Elle a beau être forte, la Sauvine, elle a beau faire toujours dans son travail et dans ses mots comme si son homme était encore là, Raymond ça le gênerait de dire : « On vient pour la fête. » A une veuve, en somme.

Marie-Paule tire cent francs du fromager, sous le rideau.

Raymond demande :

— Tu viendras ?

Elle ne répond pas. Peut-être qu'elle préfère en parler à sa mère.

Il sait bien pourquoi il n'est plus sorti avec elle. Parce qu'un jour elle lui a dit qu'elle ne voulait pas danser. Elle avait mal aux pieds. Le dimanche suivant, elle était partie se balader avec Guiguitte. Alors la semaine d'après, c'est lui qui était parti de son côté.

Il n'y avait pas eu d'autres raisons. Pas d'autres explications.

Seulement, sa mère le fait rigoler quand maintenant elle a l'air de regretter. Sur le moment, les soupirs et les réflexions de la famille, c'était plutôt du genre : « Avec ce qu'on a, tu peux espérer mieux. »

A bien y regarder pourtant dans le soleil de la fenêtre, Marie-Paule a des cuisses solides. Des bras vaillants. Le sourire rare peut-être, le front sombre comme la Sauvine mais ça ne veut pas dire qu'elle soit désagréable. Ses « oui » et ses « non » ont de la franchise. Comme sa peau. Décidée. Elle est nature. Elle conduit le tracteur sans hésitation. C'est une fille comme il n'y en a pas beaucoup.

— Tu viendras ?

— J'irai à la fête. Peut-être, je danserai pas.

Le chemin de Grézel conserve ses bordures lointaines, s'affaissant ici et là, ces murets bâtis jadis avec la pierre sortie du champ, calée avec un caillou minutieux, sans chaux, sans ciment, sans terre, avec seulement un sens de l'équilibre, une patience éprouvée, le goût des réussites artisanales.

Raymond se demande pourquoi les chênes rabougris s'accrochent si longtemps à leurs feuilles sèches. Il faut que Pâques soit venu pour qu'ils se décident à les lâcher sur les violettes des sous-bois. Sur ces tulipes sauvages qui font, dans l'herbe des vallées, des taches épiscopales.

Quand les jonquilles seront parties, ce sera la fête.

Les filles mettront leurs robes claires, pense Raymond.

Marie-Paule se dit : les chênes étrenneront leurs feuilles neuves. Toutes vertes. Bien cirées.

Dès le matin, tout va comme prévu.

Les armoires s'ouvrent, la pile de mouchoirs s'effondre, la mayonnaise monte en direction des œufs mimosas ; le jambon descend de sa poutre ; il y a des chapeaux dans l'air, un parfum de pâté agréablement mêlé aux senteurs de la poule farcie et surtout, venus de Souillac ou de Limogne, du causse ou de la vallée, de la truffe ou du chasselas, les cousins débarquent dans la cour.

On s'embrasse copieusement, à franches goulées,

ici avec René qu'on n'a pas vu depuis l'année dernière, là avec la tante Bournat qui a encore perdu une dent, les plus réjouis avec Romain dont la vue seule promet une journée gaillarde. Sûr, au dessert il racontera l'histoire de Capitoul, le maître moutonnier si habile à manier ses outils qu'il avait réussi à tondre le notaire !

— Dépêche-toi, Fernand !

Le lambin n'a pas encore fini de se raser. La bru, sur la nappe blanche, pose le vingt-troisième couvert. De la 4 L, tonton sort dame Jeanne.

— Oh ! il fallait pas !

— Tu avais peur qu'on n'ait pas de quoi ?

— C'est lui qui avait peur de manquer !

— On peut pas arriver les mains vides !

Chacun connaît son rôle. Il l'a déjà joué l'année dernière. L'année d'avant. Il lance sa réplique dans le dialogue immuable des maladies d'hiver. On fait un succès au vainqueur du dernier rhume. Pour bien montrer qu'on est là, tous, pétants de santé, décidés à passer une bonne journée.

C'est le moment que choisit Pierrot pour s'étaler sur une crotte de poule avec son costume du dimanche. Tant pis pour toi, tu iras à la fête comme ça, imbécile. Ou alors, chez les Combes-Marty, Gérard ce grand dadais pousse sa cousine sur les cailloux, la voilà avec un genou en sang. Viens ici, ma chérie, mémé va te mettre du vinaigre.

La mémé ! En voilà une qui connaît son rôle ! Depuis le matin où plus que quiconque elle s'attendrit sur le dernier arrivé, le dernier-né, celui qui la pousse pourtant, jusqu'au soir où elle tire du buffet la dernière surprise sucrière, à aucun instant elle n'aura failli à sa tâche qui est de panser les blessures, d'arrondir tous les angles, de dire mieux que personne où sont les torchons propres et de veiller surtout à écarter les discussions politiques. Ça n'est pas facile. Les convictions montent lorsque les verres descendent. Et puis aujourd'hui, ces choses simples que sont le blé et la paille, la vendange et la moisson se recouvrent de plans de financement, de rentabilité à l'hectare, de statut de l'agriculteur, de monnaie verte et d'opérations groupées d'aménagement foncier d'où, à chaque seconde, peut venir le danger. La mémé est sage : on se méfie de ce qu'on ne connaît pas.

M. le curé Filhol est dans la paroisse depuis 1938. Il connaît tous ses fidèles. Ses fidèles connaissent tous ses sermons.

Pourquoi les changerait-il ? S'il avait plu mercredi dernier, il pleuvrait quarante jours encore ; en cette semaine de soleil éclatant qui vaut toutes les promesses, remercions notre saint patron de bien vouloir une fois encore protéger nos épis.

— Mais ne nous attachons pas seulement aux biens matériels, mes bien chers frères. Au-dessus des récompenses de notre travail – si méritées soient-elles – il y a la vertu.

C'est le passage délicat.

L'assemblée baisse la tête. Les vieilles parce que,

depuis leurs jeunes années, elles sont gênées pour elles. Les moins âgées parce que, depuis quelques années, elles commencent à être gênées pour le curé.

Quant aux jeunes, pour lesquels le discours est fait, ils ne sont gênés pour personne : une rosière, ils n'en ont jamais vu, ils ne savent pas ce que c'est ; le mot et la chose leur sont parfaitement étrangers.

M. le curé Filhol sent cet auditoire qui lui échappe. Un récent sondage du *Pèlerin* l'a fait frissonner : 70 % des Français ne croient pas à la réalité du péché. Dominant l'assemblée du haut de la chaire qu'il veut promontoire de la morale, il a dans la voix des larmes sincères. Il fustige les mœurs nouvelles qui conduisent les âmes vers le vice. Il évoque la haute figure de saint Médard, saint parmi les saints, pur parmi les purs, qui, voici quinze siècles, créa la sublime tradition. Il s'attendrit devant ce chapeau de roses jadis posé sur le front virginal de l'impétrante.

Depuis le printemps, Marcelle Bordenave a des inquiétudes à cause des retards successifs du car de ramassage qui, le soir, ramène sa fille du lycée ; avec les copains.

Elle lui jette un regard discret : Janine est comme les autres jeunes. Ceux qui sont là. On dirait que, devant eux, le curé dit la messe en latin.

La mère soupire. Ils ont de la chance aujourd'hui. Quand, il y a vingt-cinq ans, le curé Filhol entamait cette période de sermon, elle tremblait, Marcelle Bordenave, qui, alors, s'appelait Marcelle Roumégous. Et d'autres tremblaient avec elle.

Et puis il exagère, le pauvre vieux serviteur de Dieu.

Surtout quand il affirme que c'est la faute des riches si les pauvres n'ont plus de vertu. Dans les siècles, le seigneur dotait la rosière : on veut bien le croire. C'étaient là des écus bien placés pour le salut de son âme : la chose est possible. L'attrait de la dot stimulait la vertu : cela, on en est persuadé. Il n'empêche : c'est agaçant d'entendre cette pédagogie devant tout le monde. Non que Charles Bordenave soit vraiment contre un geste qui, l'assimilant au seigneur médiéval, le hisserait dans la considération générale. Seulement, s'il devait un jour lâcher un billet, il chercherait un domaine moins suspect que la vertu des filles. Oh ! il n'a rien contre la jeunesse, Charles Bordenave, et il est bien persuadé que certaines adolescentes se conduisent aussi sérieusement que leurs aînées. A commencer par la sienne qui a eu ses dix-sept ans en avril et dont il mettrait sa main au feu que jamais un garçon n'a osé même lui tourner autour. Pourtant, s'il devait faire un sacrifice, il choisirait plutôt de doter le concours de pétanque. Ça lui paraît moins aléatoire.

Chez les Combes-Marty, l'affaire n'est pas la même : Fernand Combes-Marty a beau suivre sa femme partout de son pas et de ses mots nonchalants, on a beau n'avoir jamais surpris dans sa bouche mollassonne le moindre propos anticlérical, tout le village peut reconnaître à l'épouse un grand esprit de décision joint à des sentiments vraiment chrétiens, un fait est là ; le suivisme de Fernand Combes-Marty s'arrête à la porte de l'église où, au dire de tous, on ne l'a vu qu'une fois : le jour de son mariage.

— C'est une fois de trop ! a murmuré Fernand un soir de franchise au vieux cahors.

Depuis, l'épouse dévote a tout fait pour que son homme ne passe pas le temps de l'office chez Fabre, le café-tabac qui ouvre le dimanche et les jours fériés. Dix fois même, dans la semaine qui précède la fête, elle lui a fait promettre de venir cette année, de s'asseoir à côté d'elle, de faire comme tout le monde ; dix fois, sous le regard autoritaire de sa femme, Fernand a promis. Et puis, au matin des réjouissances, le même scénario toujours s'est reproduit. Fernand ne regimbe pas, n'affronte pas ; on ne peut même pas affirmer que, dans la grange, à l'étable ou ailleurs, il cache ses grands bras et ses grandes jambes ; la vérité est qu'il se dilue : les cloches apportant dans les fermes l'appel du « premier » ont la propriété de le faire fondre et, lorsque le « troisième » annonce le début de l'office, Françoise Combes-Marty doit se décider : lèvres serrées, tête haute et fessier empli de dignité, elle fait sous la nef une entrée d'autant plus remarquée que, à cette heure-là, tout le monde déjà est à sa place et que l'air dévot de certains ne masque pas l'envie de rigoler de tous. Si les pauvres mortels que nous sommes n'éprouvaient pas une spontanée envie de rire lorsque leur prochain tombe dans l'embarras, la religion n'aurait plus aucun sens. Pis : elle n'aurait plus d'utilité.

Qu'importent ces mesquineries ! Après la communion céleste, c'est, dans le rayonnement du soleil de juin, la communion républicaine.

On a réussi à avoir l'orchestre de six musiciens indispensable au succès de la fête.

Dès que fidèles et infidèles se retrouvent devant l'estrade, le batteur roule la caisse, l'accordéon entame l'introduction.

Le chanteur décroche le micro. Il se lance :

Allons enfants de la Patri-i-e
Le jour de gloire est arrivé...

Le silence est total.

Les vieux retirent leur chapeau.

A la boutonnière, le père Chassaing gonfle ses décorations, heureux cette année d'avoir un garçon sur le podium. La chanteuse, c'est mieux pour le bal : pour *La Marseillaise*, le chanteur c'est plus approprié.

Aux armes citoyens !
Formez vos bataillons !

Les voix les plus anciennes reprennent l'hymne qui n'est peut-être pas de Rouget de Lisle mais qui fut de toutes les grandes heures. Et qui a le don de les rappeler :

— C'est à la Libération qu'on a commencé à la chanter.

— Je peux te dire que sur cette place, *La Marseillaise*, je l'ai chantée en 19 avec l'instituteur.

— En 19, peut-être : j'y étais pas. Mais en 38, on la chantait pas. Et en 39 non plus.

Après avoir abandonné leurs sillons abreuvés du sang impur de l'ennemi, les citoyens goûtent, chez Fabre, un vin blanc parcimonieux. Lèvre prudente pour certains. Gousset serré pour d'autres. Ou pour les mêmes.

Les jeunes sont entrés à la mairie : le comité offre l'apéro aux membres du conseil.

Quand ils en sortent, on voit que la fête est commencée pour pas mal d'entre eux. Les musiciens les suivent avec des musiques de farandoles. Cela dit : « C'est à boire qu'il nous faut ! » mais on n'en est pas sûr. On chante « Oh ! ç'te gueule, ç'te binette ! » en montrant Fabre et ses bouteilles. Dans ces conditions, le vieux Rigouste a du mérite de revenir aux choses sérieuses : *La Marseillaise* revient sur le tapis. Le point d'histoire devient pomme de discorde. A cause des jeunes qui parlent sans rien connaître et des vieux qui croient tout savoir alors qu'ils ne sont même pas d'accord entre eux.

— Moi, j'en connais qui la chantent bien fort aujourd'hui... Il y a trente ans, ils avaient moins de caquet.

C'est le boulanger qui a lancé ça. Comme chaque année. Ou presque. Le marché noir du pépé Bordenave, il l'a toujours en travers de la gorge, Arnaud Couderc. Les récits du maquis c'est son histoire sainte. Mais, si Judas est un salaud, voilà bien longtemps qu'il a péché. Il est un peu comme le curé, Arnaud Couderc : il perd ses ouailles. Surtout les jeunes. Aussi incompétents en matière de rosière que dans le domaine des cartes d'alimentation. Lorsqu'on leur explique la chose, ils ont tendance à penser que si le père Bordenave a vendu plus de patates au marché noir, ce n'est peut-être pas parce qu'il avait moins de patriotisme que les autres : c'est parce qu'il avait plus de patates. Ah ! oui, le civisme se perd.

Ce sont là propos de buvette. Sans conséquences et même insignifiants si on les compare à ce qui pourrait bien devenir l'événement du jour :

— Raymond danse avec Marie-Paule.

Certains le disent.

Tout le monde le voit.

A commencer par les Bordenave qui ne veulent pas avoir l'air d'aller trop vite dans la satisfaction mais qui, tout de même, enregistrent gaiement l'affaire. La Marcelle surtout. Elle trouve que son fils a de l'allure dans son costume. Le bleu lui va bien. Ça n'est pas comme beaucoup qui font Saint-Médard en blouson. La Marie-Paule n'est pas mal non plus dans sa cotonnade blanche. Elle la remplit tout à fait. C'est un beau couple, on peut pas dire.

Les voitures s'arrêtent sur le pré d'Albouys en bas du village, dans le chemin de Bessou pour ceux qui arrivent par le haut. On finit à pied, les femmes en fleurs et en chapeau, aérées, la gorge en pointe ou en cachette, sous la broche, selon leur âge et l'idée qu'elles s'en font. Elles portent sur leurs bras nus leur veste de laine ; le soir, des fois, la fraîcheur tombe vite.

Sous le soleil, les hommes conservent leur veston, résistant mieux à la chaleur qu'à la cravate. Ils ne l'enlèvent pas pourtant : elle fait partie du rite. Sa dignité peut être contredite par une face rougeaude, une interpellation bruyante et même un ventre qui se déboutonne, la cravate reste à sa place : dans la panoplie. Pour ceux qui en portent bien sûr. Aujourd'hui le polo fait partie de la fête. Et même la chemise à carreaux. Cow-boy en Quercy.

— Raymond danse avec Marie-Paule.

Françoise Combes-Marty a retrouvé son mari. Elle se demande où est passé son fils ! Elle parierait qu'il est au casse-bouteilles. Sans rien voir et au lieu de rester où il faut. A son âge, on aime le bal, il me semble. Ou alors ce n'est pas la peine de payer un orchestre.

La guitare électrique, le synthétiseur, l'ampli, les baffles envoient des musiques d'une autre planète. Ça n'a pas d'importance, pensent les paysans. Il y en a même que ça n'a pas l'air de déranger. Des femmes au contraire se bouchent les oreilles dès qu'elles arrivent près de la barrière que les autochtones franchissent sans payer.

En échange de leurs trente francs, les autres reçoivent sur la main un coup de tampon encreur au nom du comité. Ça leur tient lieu de billet d'entrée.

— Sauf que le coup de tampon, tu peux pas le refiler à un copain, disent les gentils organisateurs.

Approuvés par les pères, par tous ceux qui, habitués aux exigences de la terre, sont d'accord toujours pour faire bien les choses mais ne veulent pas qu'on les truque. Le poids c'est le poids. Le prix c'est le prix.

La Sauvine se tient à l'écart. Comme elle a toujours fait le jour de la fête. Les jours de sa vie.

Cochons roses et chevaux blancs, éléphants gris et cygnes miniatures : sous sa toiture basse, le manège fait tourner son infime ménagerie autour d'un succès de Chantal Goya.

Il n'y a qu'une baraque. Celle du père Carriconde qui, assis sur son fauteuil de toile, le nez à peine visible entre son comptoir et son béret, attend les mangeurs de cacahuètes, les suceurs de bonbons, les lanceurs de pétards.

— C'est plus beau que l'an dernier.

Tout le monde en convient. Sauf Juliette Laur dont le fils, cette année, ne fait plus partie du comité puisqu'il a quitté la commune.

Raymond danse avec Marie-Paule :

— T'as fini ton foin ?

— Pas tout.

— Il pourrait faire orageux bientôt.

— On verra.

La fille est comme la mère : il n'y a rien sur son visage.

Elles ne sont pas comme les bêtes pourtant, les deux Nadal. Elles comprennent autant que d'autres. Mieux que d'autres, peut-être. Mais elles ont le même regard posé sur le même désert. Sur le même vide qu'on ne connaît pas.

Même la grand-mère Rigouste n'est pas comme ça. Elle est la doyenne du village pourtant : on lui permettrait des absences.

Après le déjeuner, avant que la musique soit en place, Fabre lui a descendu une chaise. C'est son gendre ; elle a toujours aimé le bal. Depuis trois heures, les mains posées sur son sac posé sur ses genoux, elle regarde. Sans rien dire à personne et sans parler non plus avec ses yeux. Mais ça n'est pas pareil. Elle a beau être immobile du corps et des paupières, elle est là. Avec la danse devant elle. La Sauvine, elle, est dans ce là-bas inaccessible où elle a toujours été ; dont elle ne revient jamais.

C'est cela l'événement : Charles Bordenave a quitté la table en plein air devenue table familiale. Il a serré deux ou trois mains de camaraderie et il est arrivé à la Sauvine.

— Alors, la voisine, tu vas pas rester toute seule !... Viens boire un coup avec nous.

On le sait : dans l'univers de la Sauvine, l'étonnement n'a pas de place. L'interrogation non plus qui pourrait faire demander au Charles en quel honneur, cette année, il s'intéresse à sa solitude. Il répondrait sans doute : en raison de Léo.

— Tu peux bien t'asseoir avec nous... Ça fera plaisir à Marcelle.

La Sauvine a suivi dans sa marche imprévisible.

Les gens regardaient ce spectacle qu'ils n'avaient jamais vu et, après, ils se regardaient entre eux. Il y avait des hypothèses derrière chaque front. Elles allaient de l'avenir prochain à un passé contradictoire pour revenir toujours à un mariage possible des enfants et des terres.

Ça ne plaisait pas à tout le monde. Françoise Combes-Marty voyait des papillons noirs. Le plus surprenant n'était pas l'invitation roublarde de Bordenave. C'était l'acceptation de la Sauvine. Autant dire son consentement. Avec ses airs de muette, elle savait où elle mettait les pieds.

En vérité, à l'instant où Bordenave lui avait offert à boire, la Sauvine avait pensé : « J'ai soif. »

On a commandé des orangeades.

Avec cette chaleur, ça fait du bien de boire frais.

La Sauvine a trempé ses lèvres sages.

Alors, une autre idée lui est venue : « Pour la fête, j'ai toujours eu soif. »

Elle a déclaré :

— Va pleuvoir.

Puis, parce qu'on ne peut pas rester comme des ours, elle a demandé :

— T'as rentré ton foin ?

Charles a répondu :

— Ça y est, on a fini.

La Sauvine a dit :

— Tant mieux.

Elle aurait arrêté là le savoir-vivre si Marcelle Bordenave n'avait alors désigné son fils, devant l'orchestre :

— T'as vu le Raymond ?... Il fait danser ta fille.

La Sauvine a bien compris qu'elle devait répondre. Elle a dit :

— Nous aussi, on a tout rentré. Ou presque.

Dans le bal, la grand-mère Rigouste avait toujours son sac sur ses genoux, ses mains sur son sac.

Elle se disait : « Celui-là, là-bas, qui a regardé Marie-Paule quand elle a quitté Raymond pour aller rejoindre Guiguitte, il n'est pas du pays. Ça n'est même pas un cousin de quelqu'un d'ici, sans ça je l'aurais déjà vu l'année dernière ou l'année d'avant. Et puis, il est avec un autre garçon que je ne connais pas non plus. Ce sont des étrangers. Maintenant, avec les voitures, ils ont vite fait un tour. Ils viennent de Cahors et même de Montauban. »

Les autres vieilles, celles qui font le tour du bal pour avoir tous les points de vue, murmuraient quand elles se rencontraient :

— Pauvre Léo ! Il aura pas été pleuré longtemps !

Comment, après le méchoui, Marie-Paule s'est retrouvée dans les bras de ce garçon-là, comment, lorsqu'elle eut fait une danse avec lui, elle en fit trois autres en suivant, c'est une chose que personne peut-être n'aurait pu expliquer, même pas elle et même pas lui qui, sur un slow, avait fait l'entrée en matière :

— T'es d'ici, toi ?

— Oui.

— Tu travailles à la poste ?

Marie-Paule se demandait bien pourquoi il voulait qu'elle travaille à la poste et le garçon se disait déjà qu'il avait été idiot de poser une question pareille. Ce qui l'avait guidé c'est que dans son village, près de Fumel, la postière lui ressemblait.

Quand on s'est lancé sur la pente de la balourdise, il est bien rare qu'on en remonte seul :

— Tu travailles pas à la poste, alors ?

Marie-Paule peut-être avait peur de décevoir. Elle s'entendit répondre :

— Je travaille à la mairie.

La conversation aurait pu continuer sur la sécurité de l'emploi administratif. Ou alors Marie-Paule aurait pu révéler qu'il n'y avait jamais eu de bureau de poste dans la commune et que, de toute façon, l'annexe postale avait disparu avec le courrier distribué depuis le canton. Bref, sans parler des comparaisons qu'ils auraient pu établir entre la fête présente et des festivités voisines, mille possibilités de bavardage s'offraient à eux lorsque, au milieu du bal, quelqu'un cria :

— Les confettis !

Une ruée secoua l'assistance, surprenant le chef d'orchestre qui venait d'attaquer *Laser dance*, un morceau particulièrement réglé, particulièrement éclairé qui partout ailleurs assurait son succès. Ici, c'était la fuite des jeunes et des vieux, la bousculade vers la sortie.

— Les confettis ! Les confettis !

— Poussez pas ! Y a des gosses ! Vous pouvez faire attention, non !

Sur la piste, deux ou trois couples s'obstinaient. Partout, toujours, il y en a qui ne font pas comme les autres.

Son sac posé sur ses genoux, ses mains posées sur son sac, la grand-mère Rigouste les regardait.

Elle pensait : « Je n'ai plus l'âge d'aller aux confettis. »

C'est une espèce de pluie de cirque, un carnaval aérien qui entoure l'église et fait le ciel et les cheveux et les épaules couleurs de fête.

— Elle est pour moi !

— Je l'ai !

— Paul, c'est la tienne !

Dans cette ondée multicolore qui descend du clocher, dans ce merveilleux nuage dansant à la rencontre des projecteurs, les poches entières arrivent avec force au-dessus des bras tendus. Les mains les guettent, s'en saisissent, les serrent, s'en vont avec autour d'elles des voix d'envie, d'admiration, une compétition largement ouverte dans le rire, la provocation, une poussée à la dernière seconde qui, du vainqueur probable, fait le vaincu sans rancune.

— Salaud !

— T'auras la prochaine !

— A moi !

— A moi !

Là-haut, les jeunes le font exprès : ils envoient une poche à droite, une autre à gauche puis, en une seconde, ils en envoient trois, quatre, cinq, six au même endroit. Dessous, c'est la cohue et la désorganisation. On tend les mains vers l'une, on les déplace vers l'autre et c'est une troisième, imprévue, qui, évitant l'aguet, tombe sur la tête de l'ambitieux, du distrait, avec un bruit mou et des exclamations rigolardes aux alentours.

— Celle-là, tu l'as pas manquée !

— Ce serait l'âne d'un pauvre homme, il en serait déjà mort !

A ce moment, les rires se multiplient, l'ambiance se débride à l'unanimité : Louis Cassou se mêle à la joute avec le projet téméraire de la gagner. Il prétend faire preuve d'habileté, lui qui n'en a jamais eu beaucoup et qui, ce soir, tient difficilement sur ses jambes. Il est encouragé, tiraillé, bousculé par ceux qui l'entourent. Il est repéré, visé sans doute par ceux qui, là-haut, lancent les confettis. La conjugaison de ces efforts trouve bientôt sa récompense : Louis Cassou reçoit une poche sur son hilarité d'ivrogne. Le voilà avec des cheveux rouges, verts, jaunes.

Un cri part de Gaby, repris sur-le-champ par tous les copains :

— Cassou est punk ! Cassou est punk !

Chacun s'offre une pinte de bon sang, ceux qui ne savent pas ce qu'est un punk comprenant bien l'essentiel : Cassou a pris la poche sur la gueule. Les autres, les petits qui n'ont pas eu le temps encore d'exercer leur observation, qui parlent par on-dit et ne savent pas que l'expression vient des ancestrales pertinences, disent à leur voisin :

— Tu ris comme une fève !

Et, forts de leur droit au jeu qui, ce soir, passe la barrière des âges, ils lancent une poignée de confettis dans le visage de leur maman, l'indulgence amusée de leur tonton.

Marie-Paule se demande ce qui se passe.

Elle se souvient très bien des moments où elle aussi, de sa petite main, essayait d'atteindre le rire de son père mais, même en ces heures où elle croyait vivre la nuit la plus impressionnante du monde, jamais elle n'avait vu un ciel si mauve, si pointillé de mauve dans la lumière du clocher.

Le garçon murmure :

— Je m'appelle Pierre.

Elle pense : c'est simple.

Une bombe éclate dans les airs.

Et puis une autre qui fait moins de bruit et se transforme en une pluie d'étoiles.

Une autre vient, partant comme une fusée et plongeant vite en un bouquet léger, comme une girafe gracieuse qui sourirait de jaune et de vert, au bout de son cou fulgurant, vite effacé au-dessus des têtes levées, illuminées par la débauche flamboyante de tous les Ruggieri.

— Moi, c'est Marie-Paule.

Il se dit : elle m'a répondu.

Le père Clavière n'en démord pas : depuis trente ans il est l'artificier. Son ombre claudicante va d'une pièce à l'autre, torche à la main, magie au bout du geste qui ici fait jaillir un soleil, là une source à huit trous dégoulinant d'or et d'argent en haut du pré de Mathilde. Oui, c'est plus beau que l'an dernier vraiment. Juliette Laur doit en convenir lorsqu'elle voit le pigeonnier de pierres blanches s'illuminer à son tour et, au milieu de son toit pentu, pointu, se gonfler d'un tourbillon d'étincelles.

Tournant le dos à ce déluge, une silhouette s'est figée, regardant la foule qui l'ignore car elle est tout à sa féerie, à la vision du pigeonnier rajeuni, multicolore, pirouettant dans les étoiles.

Ainsi, Marie-Paule voit Raymond qui ne voit

qu'elle. Il a beau avoir le visage dans l'ombre et ne rien montrer de sa surprise et peut-être de sa détresse, elle se demande soudain ce qu'elle fait là, ce qu'elle a fait depuis une heure et si ce feu d'artifice est celui de ce soir ou celui de jadis qui, si longtemps la nuit, revenait dans son lit d'enfant.

La main de Pierre est sur son épaule.

Elle la retire doucement.

Cela lui revient maintenant : il l'avait posée il y a un instant en demandant :

— Tu as froid ?

Autour d'eux, les gens se séparent. Des jeunes crient :

— Vive monsieur le maire ! Et la fête continue !

En vitesse, ils regagnent le bal.

Marie-Paule se dit qu'elle va faire une danse ou deux et après elle rentrera avec sa mère. Pour une première fois après le deuil, il vaut mieux ne pas rester trop longtemps.

Pierre est à côté d'elle. On dirait qu'il a chaud.

Raymond les suit.

Marie-Paule rencontre le regard de Jeanne Soubret, d'Aubin, de Françoise Combes-Marty, de tout un tas de gens qui, depuis longtemps, avaient disparu dans la nuit des danses et des confettis.

Elle aperçoit même Louis Cassou que Gaby et d'autres voudraient voir s'étaler dans le fossé. Ils le poussent à tour de rôle en expliquant :

— Ça tient chopine et ça veut boire le litre !

Tout à coup, Raymond se retrouve face au couple. Sans que nul n'ait pu le prévoir, il détend son bras vers Pierre. Mais alors que Marie-Paule a un mouvement de recul, le geste, comme la fusée dans le ciel, se termine par une pluie de mauves et de verts, de jaunes, de bleus. La colère de la jalousie retombe en larmes de confettis.

Après le feu d'artifice, la Sauvine s'était dit : « Je vais rentrer avec la voiture. Marie-Paule trouvera bien quelqu'un pour la raccompagner. A cet âge, on n'est pas en peine. »

Mais elle n'aime pas conduire. Encore moins la nuit. Même pour si peu de distance.

Et puis, elle a vu la tête des Bordenave.

Ils la regardent comme tous leurs chiens toujours ont regardé les gens qui passent sur leur chemin.

Ils sont prêts à mordre.

La Sauvine sait qu'avec les chiens, il ne faut pas montrer sa peur. Ils la sentent et ça les encourage.

Elle reste au bal.

Dans son éternelle figure de vide énigmatique, personne ne pourrait deviner qu'elle dit à Bordenave : « Toi, mon vieux, tu regrettes ton orangeade. »

Chez Fabre, le pépé Rigouste attend sa vieille devant un panaché blanc.

Il commence à s'endormir. Mais il sait bien que, avant la fin du bal, la mémé ne quittera pas sa chaise.

A deux heures, il se décide pourtant.

Il traverse la piste clairsemée, se plante devant sa femme.

Son sac sur ses genoux et ses mains sur son sac, elle consent à le voir.

Elle dit :

— Tu crois pas que je vais partir maintenant qu'on s'amuse, non ?

Ce matin, comme la Sauvine soignait une brebis qui avait le piétin, la Jeanne s'est pointée en disant que les cerises allaient être mûres et qu'on allait pouvoir les ramasser.

Puis, tout en considérant que les moutons sont plus têtus que les ânes et qu'il n'est pas facile de leur faire prendre un bain de pieds même quand c'est pour leur bien, elle a demandé :

— Avec qui elle dansait ta fille, hier ? Je le connais pas ce garçon.

La main dans la laine vivante, un œil sur un agneau qui cherchait sa tétée, la Sauvine a répondu :

— J'ai pas vu.

La Jeanne, ça l'a surprise que la Sauvine n'ait pas vu cet étranger que tout le monde avait remarqué tant il était assidu et empressé auprès de Marie-Paule.

Malgré tout, quand on n'a pas vu, on n'a pas vu.

On ne peut pas aller contre et bâtir une conversation sur rien.

L'agneau ne trouvait pas les tétines, même en l'aidant. Il faudrait lui préparer un biberon. Marie-Paule allait s'en occuper.

Jeanne Soubret a fait :

— Il est pas mal, ce garçon.

Dans la circonstance, c'est tout ce qu'on pouvait dire.

Les autres, les Bordenave, les Combes-Marty, les deux Cassou, pendant plusieurs jours on ne les a pas vus autour de Pénichon.

Les boîtes à pain sont formées de quatre planches mal ajustées, posées sur quatre pieds noueux ou, comme chez Garrigue, sur la première branche d'un petit chêne. Elles peuvent être faites aussi d'un bidon posé à hauteur d'homme : inaccessible aux chiens. Le bidon, ça protège bien le pain de la pluie mais évidemment à la longue, ça rouille.

Elles sont au bord de la route, à l'angle du chemin qui mène à la ferme.

Ça fait que la ferme quelquefois est à cinq cents mètres, à un kilomètre de la boîte. Plus loin même.

Ils sont marrants les Parisiens de l'été : si le boulanger allongeait sa tournée seulement d'un kilomètre chez chaque client – en comptant l'aller et le retour – il boufferait son bénéfice. Même avec le diesel.

La voiture le suit. Depuis des minutes il l'a repérée. Quand il s'arrête, elle s'arrête aussi ; loin derrière. Arnaud Couderc se demande si, par hasard, on n'en voudrait pas à sa sacoche. Aujourd'hui, il faut s'attendre à tout. Même dans les campagnes. Des souvenirs de maquis passent dans le rétroviseur. Pas les combats contre les Allemands. La lutte avec les copains. A mains nues. Pour jouer au plus fort. S'il le faut, il va arrêter la camionnette et aller trouver le type. Face à face. Couderc quand on le cherche, on le trouve.

Il sourit : la bagnole est immatriculée 47. C'est le gars qui dansait dimanche avec Marie-Paule. Dans le fond, il préfère ça. Il a les cheveux un peu blancs pour jouer les James Bond. Trente-sept campagnes de battage et toutes ces nuits passées à faire lever la pâte qu'on a pétrie de ses mains, glissée dans le four chauffé avec le bois qu'on a coupé, rentré soi-même, tout cela lui dit chaque jour un peu plus qu'il a l'âge, bientôt, d'arrêter la tournée. Dans son livre blanc de boulanger tranquille, une page s'effacera. Faite de solitude ambulante, de soleil libéral, d'un lièvre qu'on connaît et qu'on croit lever tous les jours parce que, deux fois en deux ans, on l'a vu au même endroit.

Chez les Combes-Marty, le pépé est là-bas, assis sur le puits, près de la maison. Guettant la venue de la camionnette mais ne partant pas avant de l'avoir vue arriver : il convient d'économiser ses pas usés dans le cas où, contre toute attente, le boulanger aujourd'hui ne passerait pas.

Assuré maintenant, il démarre, descendant le chemin en lançant sa canne en avant, sur la castine, le buste presque droit à cause de la pente, contrairement au retour où la côte à monter et le pain sous le bras l'obligeront à se casser en deux, à s'appuyer sur son bâton, peinant, soufflant mais fier quand même de n'être pas tout à fait rien puisque, à cette maison qu'il a bâtie de ses mains, il est encore celui qui ramène le pain.

Or, lorsqu'il arrive à la boîte, la 4 L des Combes-Marty part en trombe de la ferme, pilotée par Gaby qui n'a pas encore le permis et qui, baissant sa vitre, arrive en criant :

— Monte, pépé ! Je te ramène !

Alors le pépé hurle, tonne, écume. Si on ne le savait homme à apprécier la valeur des choses, on penserait qu'il va briser sa canne sur le capot de la 4 L :

— Je t'ai dit cent fois de ne pas venir ! Je te l'ai dit cent fois !

Gaby est d'une complaisance imperturbable :

— C'est pour pas que tu te fatigues !

Le grand-père explose :

— Je suis pas fatigué ! Je t'ai dit cent fois que j'étais pas fatigué !

Et, comme Gaby fait un demi-tour avec la voiture, il le poursuit avec son bâton :

— Tu as compté à combien il te revient, ton pain ?... Hé ! imbécile ! Tu as compté à combien il te revient ?

Caché par les broussailles que les Ponts et Chaussées feraient bien de couper s'ils ne veulent pas qu'il y ait un accident, Arnaud Couderc secoue la tête : aux écoles aujourd'hui, ils n'apprennent pas que les bonnes manières.

Il remonte sur son siège : le godelureau à la Marie-Paule est toujours dans le rétroviseur.

Allons ! Il va faire un heureux.

A Pénichon, la boîte à pain est en bordure de la route, à l'entrée de la cour.

D'ordinaire, Couderc dépose la couronne et s'en va.

Aujourd'hui, il klaxonne... Encore.

Il a de la chance : c'est Marie-Paule qui paraît, sortant de la grange. Bizarrement fringuée.

Le boulanger lui fait un signe de la main.

Il s'en va.

Dans le rétroviseur, le dénouement s'installe exactement comme il l'avait prévu.

Il se réjouit, le boulanger.

Oh ! il n'a rien contre le Raymond. Ni même contre les Bordenave. Quoi qu'il dise quelquefois, il sait bien que les histoires de marché noir les gens s'en foutent comme des ans 40. Ce qui lui tape un peu sur les nerfs chez le Charles et la Marcelle, c'est leur façon de vouloir régenter les amours. On se croirait au Moyen Age. Ou même au temps de sa grand-mère : quand on avait voulu la marier, on avait convoqué les oncles, les tantes, les cousins, tous les grands-parents et, tous réunis autour du cantou, de la cheminée si vous préférez, on avait fait passer un examen à un jeune homme qu'elle n'avait jamais vu et qui, tant bien que mal, devait répondre aux questions de chacun. Avait-il fait son tour de France ? Combien ses parents comptaient-ils de brebis ? Avaient-ils à voir avec le bureau des hypothèques ? La dot de la mariée était faite d'une armoire en noyer avec son linge auxquels on ajoutait trois mille francs de pièces d'or payables à raison de trois cents francs par an : combien les parents du prétendant apportaient-ils en échange ? Le pauvre garçon transpirait. Il avait peur de mal dire. De mal faire. Il tisonnait sous la bûche, relançait le feu. Alors il transpirait de plus belle ; les cendres se collaient sur son front et la grand-mère se disait que son mariage s'annonçait très mal avec ce jeune homme timide et poussiéreux. C'est ce qui lui avait donné l'idée de se promettre à un futur de son choix que, dans le scandale, elle avait épousé. C'est ce qui, cinquante années plus tard, avait incité le boulanger à amener chez lui Aimée-Germaine Lacaze-Bru dont tout le monde lui disait grand mal et dont il avait fait sa femme.

Une brave fille son Aimée. Pas une de ces mégères qui, lorsque le mari boit un coup de trop, l'appellent ivrogne ou le font coucher à la grange. Au contraire, quand ça lui arrivait, Aimée-Germaine Couderc lui tenait la tête au bon moment. Voyez comme les couples se solidifient : pour pas user trop son dévouement, avec les ans il avait raréfié la chose. Maintenant, il lui faut une occasion. Par exemple la mort d'un ami.

La fête
S'apprête.
La danse
Commence.

Il n'y a pas à dire : il chantait bien, Léo.

Les ruches sont de l'autre côté de la combe. En allant vers Fourgnal.

Pierre et Marie-Paule marchent sans même se parler du temps qu'il fait. Dans la satisfaction réciproque, cachée par la sagesse.

Il y a aussi l'amusement des fausses blessures :

— Tu t'es bien foutue de moi.

— Je me moque jamais de personne.

— Pourquoi tu m'as dit que tu travaillais à la mairie ?... J'y suis allé, moi, à la mairie !

Elle ne sait pas. Une idée. Ça avait l'air de lui faire plaisir qu'elle soit dans les bureaux.

Ça ne lui aurait pas déplu, c'est vrai.

Il a un copain qui s'est marié avec une comptable de la fonderie à Fumel. Ça fait un salaire sûr et en plus, sur une exploitation d'aujourd'hui, quelqu'un qui manie la comptabilité c'est précieux. Il ne le dit pas.

Marie-Paule aurait préféré qu'il la trouve dans une autre tenue. Un autre travail. Sur le tracteur. En pleine compétence. Les ruches, c'est la première fois qu'elle s'en occupe. Il faut les enfumer pour prendre le miel d'hiver. Elle aurait dû le faire depuis longtemps.

Elle a pour masque une antique cloche à fromage. En treillage fin comme les garde-manger de jadis. Avec un voile qu'on serre bien au cou pour éviter les envahisseurs. Elle met de grosses chaussettes grises en guise de mitaines. L'attirail du père, quoi.

Il murmure :

— A bien réfléchir... je préfère que tu sois à la terre.

Il regarde le champ bleu. A branches basses. Sèches. Pignada lilliputienne.

— Tu fais la lavande ?

— Non. C'était juste pour les abeilles.

Ce qu'ils font ici le plus c'est le tabac. Et après, c'est un peu de tout.

— On se nourrit. On nourrit les animaux. On vend un peu d'orge et, depuis quelques années, on fait le colza et le tournesol.

Pierre, lui, fait la prune et la vigne. Avec son père, ils ont arrêté presque tout le reste depuis qu'ils sont en appellation contrôlée. Ils font un peu de melon.

— Dans la vallée, vous êtes favorisés.

La terre est meilleure, c'est sûr. L'eau est facile.

— T'as beaucoup d'abeilles ?

Elle ne répond pas.

C'était l'affaire du maître de savoir le nombre. Il gardait le secret. Quand il mourait, on posait un crêpe noir sur chaque ruche. L'usage s'est perdu. Pourtant, quand le père a disparu, Marie-Paule a failli venir. Pour mettre le deuil.

Elle continue son mutisme.

Les deux Cassou lui ont demandé de céder les ruches qui font, c'est vrai, bien peu de rapport pour le travail. Elle va les vendre mais la mère dit que, dans les autrefois, l'argent sur les abeilles portait malheur. On les échangeait plutôt.

On ne peut pas raconter tout ça quand on ne connaît pas bien. Un jour, peut-être...

— Dimanche, il y a une fête par chez moi. Tu viendras ?

Elle se sent rougir. D'un coup. Inattendu.

— Il faudra pas que je rentre tard... à cause des bêtes.

A cette saison, on n'a pas bien le temps de bavasser. Tout de même, sur un champ ras peuplé de dolmens de paille, de bottes rectilignes qui, ce soir, seront en grange, le fait se confirme :

— J'ai vu sa voiture trois fois dans le chemin.

— La voiture marquée 47 ?

— Oui. C'est un étranger. Il est du Lot-et-Garonne.

Entre une charrette rentrée et la tournée en camionnette, le boulanger dit à sa femme :

— C'est pas parce qu'il est pas d'ici : il peut être aussi bien qu'un autre.

Castelnau, à l'entrée du bourg, conserve ses trois moulins. Immobiles dans leur fierté de pierre blanche, ils attendent le vent du nord.

Muets, Pierre et Marie-Paule voyaient d'un commun accord des ânes anciens, roux et gris, qui, sortant des contes et des souvenirs, des livres scolaires, d'images d'Epinal, montaient la butte rêche pour porter au meunier ce blé qui était, dit-on, le meilleur de la région.

Comprenant qu'il s'intéressait, Marie-Paule conduisit Pierre à Boisse où monsieur Malmont a fait refaire les ailes de son moulin. Et aussi les toiles. On les met le jour du 15 août. On tourne le toit pour prendre le vent. La vieille charpente s'ébranle. La meule suit. La farine tombe en mince coulure. On fait les crêpes. Le village danse la ronde autour des temps anciens, de l'accordéoniste en blouse et en chapeau de feutre qui parfois joue une musique en langue occitane.

La main dans la main, Pierre et Marie-Paule contemplent le causse blanc, le lointain infini fait de brume bleue.

Deux perdreaux arrivent sans les voir. A pied. Patauds. Comme allant faire leur marché.

Pierre et Marie-Paule s'embrassent. C'est la première fois.

Les perdreaux s'envolent, entraînant avec eux leur famille, six ou sept perdrillons qui ressemblent à de gros poussins maladroits auxquels avec dignité les parents auraient dit : « Venez, les enfants. »

Jeanne Soubret soulève son chapeau de paille. Elle essuie son front :

— Il a des terres à ce qu'il paraît. Si Marie-Paule le suit, la Sauvine pourra plus tenir. Elle va louer... ou vendre.

Aubin examine toutes les hypothèses :

— ... Ou se mettre en viager.

— En viager, on peut la prendre aussi bien que d'autres.

Aubin a souvent le front soucieux :

— Faudra compter.

C'est vrai qu'elle est solide, la Sauvine.

On peut pas dire le contraire.

Dans le bruit interminable des moteurs, Bordenave travaille aux phares. Il a commencé ce matin à cinq heures. Raymond sans doute l'a relayé. Ils ne sont pas hommes à laisser l'entrepreneur tout seul. Surtout avec ces jeunes qui sont sur la machine. Oh ! ils font aussi bien que d'autres, ils sont aussi appliqués et même aussi vivaces mais enfin ce ne sont que des étudiants.

Combien en ont-ils vu des nuits qui viennent, les vieux Rigouste ? Combien en verront-ils encore, assis sur leur banc de pierre, leur dos appuyé contre le mur de la terrasse, sous le tilleul qui déjà les endort, leurs pensées posées en arrière, sur l'ancienneté ou alors sur Bordenave, sur la moissonneuse-batteuse, sur ces travaux qui autour d'eux se transforment en mettant les gens, quoi qu'on en dise, hors des misères d'autrefois ?

Le pépé fume sa retraite dans sa pipe écornée. Par bouffées sages.

La mémé est presque aussi muette que la pipe de son mari. Ses mots font des volutes intermittentes. Insignifiantes si on les compare à leur longue vie.

Elle aussi pourtant a vu passer la voiture-surprise :

— Ça serait bien qu'elle s'en trouve un bon, Marie-Paule. Elle est vaillante. Elle mérite de tirer le bon numéro.

— Son père avait débuté à la journée. Il s'est établi tout seul, Léo. Les coucous ne font pas des merles.

L'air est chaud soudain. Le tilleul se parfume.

Au bout de longues minutes, il n'y a pas à s'en faire pour Marie-Paule. Encore moins pour la Sauvine : c'est pas elles qui achèteront un chat dans un sac.

Il y a une dizaine d'années, un soir que son père rentrait d'une réunion des « Fifis », elle l'avait entendu dire à Arnaud :

« La boulange, quand j'aurai du pognon, je bâtirai un pigeonnier ici. »

Il montrait l'entrée de la cour.

Le rêve puéril n'avait pas troublé le boulanger :

« Ça serait bien. »

Léo avait ajouté :

« Ça emmerdera Bordenave. »

Le mot l'avait surprise. Et aussi le sentiment. Elle n'avait jamais pensé que son père avait des ambitions. Ni pour lui, ni contre les autres.

Toute petite fille, elle avait appris que le pigeon est propre ; que, pour rien au monde, il ne salirait son chez-soi ; que, nez dans sa maison et cul à l'air, il laisse tomber à l'extérieur ses excréments. Elle savait que les pierres en saillie sous chaque trou étaient là pour retenir la fiente avec laquelle le laboureur ancien fumait sa terre. Née à l'ère des engrais, grandissant devant un tas de fumier toujours renouvelé, elle avait de la peine à comprendre la valeur antique de ces minuscules déchets. Pourtant, contemplant la façade de leur pauvre baraque, cent fois elle avait imaginé sa mère en robe d'autrefois raclant la pierre pour nourrir sa moisson. Petitement. En gestes d'aujourd'hui.

Un éclair a fait, autour du volet, une clarté brève.

Le grondement est lointain.

A nouveau, le volet se fait masse sombre sur rectangle d'acier. Fulgurant.

Elle sait que le vrai pigeonnier, celui de Bordenave bâti hors de la maison, les pigeonniers à colombages, gros cubes au toit pointu, construits sur quatre piliers, sont les témoins vieillots de richesses passées. Elle ne sait pas qu'ils sont vestiges de dominations seigneuriales interdisant aux paysans d'avoir leur colombier d'où les pigeons des pauvres seraient partis picorer les cultures des riches. Elle ignore plus encore qu'il avait fallu la nuit du 4-Août pour abolir, avec d'autres, ce privilège ; que, bien des décennies après 1789, le laboureur respecta l'ancien droit du maître : même quand le maître avait changé de nom. De rang. Le sarcloir et la faucille donnent des courbatures. Le poids des menaces et le lourd fardeau des habitudes longtemps les ont entretenues.

Le pigeonnier du XIXe siècle c'est le symbole de la guérison. Il a des louis d'or dans son matelas et des terres nouvelles autour de lui. C'est la colonne de la Bastille dressée dans le jardin. A portée de l'orgueil.

Sous le drap allégé par l'usure et trop chaud pourtant, dans cette chambre où nul ce soir ne pourrait dormir, Marie-Paule comprend brusquement qu'elle a toujours fait sien le rêve de son père.

Avec Pierre à ses côtés, avec la force de Pierre, elle pourra le bâtir.

Il sera content, le pauvre Léo.

Les Bordenave en auront la jaunisse.

Il a bien fait de travailler à la nuit, Bordenave.

A une heure, l'orage est monté. Plus effrayant que jamais. Surtout chez les Cassou où Louis n'avait pas fermé ses volets. Ils ont commencé à taper dans la violence du vent. Les pigeons s'apeuraient dans le grenier, les ailes battantes, la gorge plaintive. Le jeune frêne se tordait sous les éclairs. Des courses de feuilles traversaient la cour. Avec le plastique qui s'était arraché des tomates et allait en lambeaux se plaquer contre la grange, accompagné par un vieux sac d'engrais, des papiers, des plumes. Tout cela dans le bruit des chiens qui hurlaient en tirant sur leur chaîne ; dans le craquement du ciel et la chaleur insupportable qui, dans les lits, apportait ses cauchemars.

Un cheval passa devant la fenêtre de Louis. Il sauta le muret de l'ancien four où il resta suspendu, hennissant, s'allongeant pour prendre toutes les poules sur sa croupe :

— Le drac !

Le fracas était effroyable, vraiment. On pouvait croire qu'une bombe venait de tomber sur le pré, fendant les arbres en deux dans le souvenir des grandes catastrophes : la guerre, le pauvre Mathiot électrocuté sur son tracteur, les Garrigue voyant la foudre entrer chez eux par le trou de la serrure, traverser la pièce en une traînée de flammes sulfureuses, fulgurantes qui secouaient la cheminée.

— Le drac !

Louis est en bannière, orteils à l'air, au pied du lit de son frère qui n'est jamais content quand on coupe son sommeil. C'est toujours quand ils ont bien bu le soir, quand ils se sont couchés heureux, pleins, heureux d'être pleins, que ces choses arrivent.

La pluie est plus épaisse que jamais. On l'entend arriver à grosses gouttes, trop grosses sans doute pour les feuilles du frêne qu'elles doivent maltraiter, écrasant les larges feuilles du figuier, la cour grasse, les tuiles canal sur lesquelles elles rebondissent de plus en plus vite, de plus en plus fort. On dirait la guerre, c'est vrai. Une mitrailleuse lourde qui s'emballe dans le cyclone.

— Ça va détuiler, c'est sûr !

Les vaches dans l'étable se mettent à gueuler. Il faudrait aller voir mais il pleut à pleins tonneaux et Louis accuse le drac, le diable, Barabbas, le bouc, l'homme cornu, le loup, la bête ! Il accuse les revenants et maintenant voilà qu'il a vu le pauvre Léo qui tapait au carreau !

— Et tout ça, c'est ta faute ! Moi, je pensais à rien ! C'est toi qui m'en as parlé !

— De quoi je t'ai parlé ?

— De Marie-Paule ! C'est toi qui m'en as parlé.

Tu vas pas dire que c'est pas toi qui m'as mis l'idée en tête ?

Il ment, Louis Cassou : Marie-Paule, il y a toujours pensé. Depuis qu'elle a mis sa poitrine de jeune fille, ses cuisses rondes ; il les a bien vues un jour qu'elle gardait, assise dans la combe, les genoux sous le menton ; lui, il était en bas, derrière le bouquet de merisiers, la ronçaille. Il l'avait suivie d'autres fois, sans qu'elle s'en aperçoive, en se cachant bien ; comme les premiers samedis où il allait au cinéma à Cahors pour le film qui passe à minuit. Maintenant, ça lui est égal qu'on le sache. Il ne doit rien à personne. Et puis, ils peuvent appeler ça le porno, en vérité c'est la vie. Celle des autres peut-être. Il se figure. Mais il n'y a pas assez de femmes dans la salle. Les seules qui sont là, ce sont des jeunes qui rigolent avec les garçons, au milieu d'eux, protégées on dirait.

— Si elle s'en va, t'as plus besoin de t'occuper d'elle : tout s'arrange, dit Angel.

Louis, ça lui fait mal des mots comme ça.

Son frère ne s'aperçoit de rien :

— Tu vois pas la Sauvine faire marcher la ferme toute seule, non ? Faudra qu'elle vende.

Hé ! qu'elle vende ! Il s'en fiche bien, Louis Cassou, que la Sauvine vende ! Ce qu'il voit c'est que Marie-Paule ne sera plus là. Il ne rencontrera plus ses pulls ronds, sa jupe ferme, cet espoir secret qu'elle porte entre les jambes, dans la fourrure de l'imagination et des images de cinéma.

— Le principal c'est qu'on ait la terre ! On pourra s'agrandir.

— A quoi ça sert de s'agrandir si on reste tous les deux ?... Tu trouves qu'on n'a pas assez d'ouvrage ?

Il gueule, Louis Cassou. Plus fort que l'orage qui, d'ailleurs, se calme un peu. On dirait qu'il s'en va vers Pern, vers Lalbenque, porter sa fureur sur l'Aubrac ou le Larzac, loin, égorgeant le Lot ou le Tarn aux pentes du mont Lozère. Dans ce chaos du ciel et de la terre, ce dialogue de feu et de vent, d'eau en furie et de bêtes en frayeur, Louis Cassou reste seul ; comme d'habitude. Avec sa nuit qui a si mal commencé. Cette maison qui est dégueulasse. La grange qui tombe en ruine. Le buffet pourri qui n'attend plus qu'un coup de pied dans le ventre pour casser sur les carreaux ses verres de Prisunic, sa faïence de timbres-primes. On a beau faire comme si on ne le voyait pas, il y a des moments où on le voit bien qu'on vit comme des porcs. A manger des œufs au lard et à se moucher dans le mouchoir à cinq coins. Parce que les mouchoirs et la blanquette de veau, la chemise propre et la tarte aux fraises c'est l'affaire des femmes. Parce que, dans une maison sans femme, les nuits sans sommeil font la vie longue comme un jour sans pain. Louis, sers-moi à boire, nom de Dieu. Sois pas chien, vieux frère. Si la bonbonne est vide, j'aurai pas besoin d'aller à l'inséminateur pour la faire remplir. La barrique est pas loin. Je suis pas fainéant d'aller à la grange, tu sais ?

Quand, son cauchemar dans ses mains, Louis a séché la dernière goutte, quand, la tête sur la table, il ronfle comme un bœuf malade dans l'inertie d'un bœuf mort, l'orage a eu le temps de passer les Cévennes, le Rhône.

Il est au mont Blanc, peut-être, alimentant les sources et faisant péter les glaciers.

Marie-Paule est reçue.

Les mots n'ont pas le sens d'autrefois, sans doute. On ne reconnaît plus aux visites, aux invitations, au « je voudrais que tu connaisses mon père », la même force d'engagement que dans le temps.

Pourtant, quand elle a traversé le verger, quand près de Pierre elle est arrivée sous la galerie où, avec des gestes surannés, la grand-mère reprisait de gros bas noirs sur un œuf de bois, Marie-Paule a senti en elle un désarroi qu'elle n'aurait pas su définir. Ou alors, elle aurait dit :

« Je suis heureuse. »

Et encore :

« Il y a des fois où le bonheur vient vite. »

— Bonjour, mademoiselle.

C'est un terrien, monsieur Barraste. Cela se voit à sa démarche lourde, à ses mains formées sur l'outil. Ses mots ont le goût de l'ouvrage bien conduit, de la branche coupée à temps, le parfum du fruit rentré.

— Avancez, je vous en prie.

Son corps a l'équilibre de ses comptes, de ses prévisions, de sa réussite qui ne lui donne pas l'arrogance d'un porteur de décorations mais le regard d'un militant à la cause profonde :

— Asseyez-vous.

C'est un militant, monsieur Barraste. Il croit à la cause de l'entreprise. A l'initiative. Il croit à la terre et au travail qui la met en germe. Il sait la nécessité d'aider les jeunes, de libérer les propriétés en leur faveur lorsqu'ils sont à l'âge du dynamisme. Il parle de revaloriser l'indemnité viagère de départ. Il affirme que, plus sûrement que le travail ingrat, le pouvoir patriarcal a tué les vocations les meilleures. C'est lui qui a empêché la modernisation du matériel et même des habitations ; c'est lui qui a envoyé vers la ville la fille des champs.

Marie-Paule comprend tout cela. Elle est étonnée qu'on lui en parle. Intimidée quand monsieur Barraste, d'un mouvement de tête, semble lui demander son avis. Elle approuve sans grand commentaire. Il repart sur la nécessité de la responsabilité du chef d'entreprise, condamne les agriculteurs à la traîne et ceux qui investissent à mort prochaine sur le conseil des firmes alimentaires, des marchands de plans qui sont, dit-il sans rire, des marchands de salades. C'est un homme à certitudes et sans jalousie. De la campagne vraiment : l'un de ces individus rares qui, toujours prêts à défendre le Droit contre les coquins, ont encore le goût de trouver du mérite à ceux qui réussissent.

Aline est de l'assistance. Elle sourit d'un sourire habituel. Joli mais qui ne semble pas s'adresser à vous. Un sourire sur une peau fraîche avec des fossettes et des boucles brunes qui, si elles n'effacent pas tout, savent du moins cacher l'âge de l'enfant. Elle a vingt-cinq ans. Elle en paraît seize. Elle n'est pas débile vraiment. Elle n'est pas claire, comme on dit.

La grand-mère a préparé des petits gâteaux secs. Avec une bouteille de vin blanc. Ici, le vin blanc, on n'en fait pas. Juste une pièce pour nous. Pour les amis. En souvenir de la disparue pour qui elle marquait la fête.

Marie-Paule sait cela : c'est la grand-mère qui a élevé Pierre. Le visage de la mère est dans un cadre, au-dessus de la cheminée.

Dehors, le soleil est sur la vigne.

Maintenant, Marie-Paule comprend pourquoi Pierre riait lorsqu'elle lui montrait le moulin de Boisse avec ses ailes retrouvées : il en a un, lui aussi.

— En vérité, il est à la grand-mère. C'est sa terre ici. Elle disait toujours : « Le moulin, il était plus beau quand il avait ses ailes. » Alors... un hiver, elle a faibli un peu... je me suis dit : « Je vais le lui refaire... pour qu'elle le voie encore... avant de s'en aller... »

Le sentiment, les mots qui le disent ont la simplicité du geste tâcheron :

— J'avais les arbres. Je les ai coupés. Avec mon père on a tout fait tous les deux.

Quel mystère nous attache aux moulins ? Pourquoi, sur ce terroir de pierres féodales, le touriste qui sort de Bonaguil ou de Moissac, de cloître ou de forteresse, de donjon et de cathédrale, de barbacane ou de Rocamadour arrête-t-il soudain son regard et son cœur à la simple couronne d'un moulin ? Les hommes en armes ou les hommes en robe, la religion de la force ou la force de la religion donneraient-elles à l'âme de l'homme moins d'émotion que la marque de son labeur ? Ce travail perdu aurait-il pour venir vers nous la douceur tiède et impalpable du vent qui l'aidait à s'accomplir ? Bonnet de meunier, ton-moulin-ton-moulin-va-trop-vite et bonnet par-dessus les moulins, c'est-la-fille-de-la-meunière-qui-dansait-avec-Lucas, à l'heure électronique garderions-nous dans l'oreille les mots et les notes qui font gazouiller les berceaux ? Ou alors cette maison ronde à chapeau pointu serait-elle la nôtre parce que, de graine en épi, d'épi en grain et de grain en pain blanc, ici se nourrissaient nos pères ?

La farine aussi c'est beau.

— Tu crois qu'autrefois, ils étaient plus heureux qu'aujourd'hui ?

— Oh ! non.

— Ah !... Pourquoi ?

— Parce qu'ils ne te connaissaient pas.

C'est bête de dire des choses comme ça. D'ailleurs Pierre aime bien dire des phrases qui embarrassent : elle l'a déjà remarqué.

La meule est inerte. Fraîche à la main alors que le bois, l'arbre de couche, le tamis chantent l'été. La lucarne voit loin sur les vignes, les fruitiers. C'est plus vert que chez nous, il n'y a pas à dire. Le Lot sort d'un bosquet dans un coude bleu qui aussitôt entre à nouveau derrière les bouleaux blancs.

— Autrefois, ils n'avaient pas la télévision pour leur montrer que d'autres avaient plus qu'eux.

Ils sont descendus. Il fait vraiment bon. On est mieux que dehors, c'est sûr.

— Voilà où vivait le meunier.

— Peut-être qu'il était heureux.

Peut-on appeler ça un lit ? Une couchette tout au plus, entre la porte et l'escalier. On est prié de ne pas trop grandir.

— Peut-être qu'ici il faisait l'amour.

Marie-Paule a très chaud.

C'est cela sans doute qui lui donne de la gravité :

— Peut-être qu'ici un enfant est né.

Sa poitrine se gonfle, on le voit bien. Pierre met sa main dessus. Comme pour la calmer. Ça fait que Marie-Paule parle plus vite. En allant vers des hypothèses historiques :

— Peut-être simplement qu'il habitait ailleurs... C'était juste un lit pour se reposer... pendant que tournait le moulin...

Mais Pierre tient à son idée à voix rauque :

— Ça n'empêche pas qu'il y faisait peut-être l'amour.

Ce que Marie-Paule voit maintenant c'est l'échelle, les pierres hautes plus blanches que celles du bas, le plancher défoncé avec, au-dessus, la charpente tranquille. Et plus rien. Le corps de Pierre sur le sien. Comme il est solide vraiment. Comme c'est bon la caresse tendre d'un homme solide. Deux bouches ensemble.

— Pierrot ! Pierrot !... T'as vu le Pierrot ! T'as vu la lune et le Pierrot !

C'est Aline. Ils reconnaissent sa voix.

— Viens ici, ma chérie. Ne marche pas si vite. Mémé ne peut pas suivre.

Elle est avec la grand-mère. Elles sont venues à pied. Sous le soleil. Par le chemin de Boussuges.

Savent-elles la présence du couple ?

La clé est restée à la porte. Dehors.

Pierre et Marie-Paule remontent à l'étage. Doucement.

— T'as vu le Pierrot, mémé ?... Le Pierrot et la lune ?

Elles approchent. Elles vont arriver. Ouvrir.

Marie-Paule est blottie contre Pierre. Elle a une petite peur. Pourtant, il y a sur le bois, sur les murs, sur la poitrine de Pierre, l'odeur paisible du blé moulu.

— Pierrot... Pierrot-la-lune... Pierrot-Pierrette... Pierrot-Pierrette sous la lune...

— Allez, viens, mon petit... Tu vois bien qu'il n'y a personne... Nous allons rentrer.

Les voix s'en vont.

Marie-Paule tremble.

Pierre veut l'embrasser.

Elle se détourne.

On a beau ne pas faire les manières d'autrefois, c'était bienvenu tout à l'heure ce baiser qui l'avait courbée sur la couche du meunier.

Quelque chose s'est cassé et cela lui semble un mauvais présage.

Dans les contes des cheminées, quand une folle s'approchait d'un moulin, la farine devenait rouge.

On laisse huit, dix, douze feuilles par pied selon la nature du tabac.

Il y a quelques petites années, pour empêcher la remontée de la fleur, sur chaque tige coupée on cicatrisait la plaie en posant à la burette une goutte d'huile. Le bagne. Sale. La poussière de l'été s'agglutinait sur l'huile et la transpiration.

Aujourd'hui, il y a le pulvérisateur. C'est plus pratique.

La Sauvine va d'un pied à l'autre, son bidon sur le dos, cherchant la blessure avec à la main cette tige métallique qui fait penser à une longue roulette : on dirait un dentiste agricole.

Marcelle Bordenave profite de ce qu'elle travaille dans son champ pour venir faire une causette, sécateur entre ses doigts, au repos.

Elle donne les dernières informations :

— Tu es plus en avance que nous : j'en suis encore à couper... C'est que le Raymond nous a laissés tomber : il est allé passer deux jours à Belfort-du-Quercy... Tu sais : où il avait fait son stage.

Si la Sauvine sait où Raymond avait fait son stage, elle n'en montre pas une grande émotion : elle vaporise, elle avance, elle vaporise...

Marie-Paule, à vingt mètres de là, est dans le même mouvement.

— Ils l'invitent souvent à Belfort-du-Quercy... quand y a ceci ou cela.

La Sauvine essuie son visage avec son bras.

Elle se dit qu'elles auront peut-être fini ce soir. Ou demain midi.

Elle repart dans la coupure et la vaporisation.

Ici, la langue française est en cause avec ce mot « entendre » aux diverses significations. Marcelle Bordenave est comme beaucoup : elle croit que quand on parle plus fort on vous comprend mieux.

Elle hausse le ton :

— C'est que... c'est pas pour dire parce que c'est mon fils mais... mon Raymond... partout où il passe on le regrette.

— Vaut mieux comme ça, fait la Sauvine qui, on le sait, n'a jamais été contrariante.

Marie-Paule garde la tradition familiale. Sa bombe à la main, elle travaille dans le silence catégorique.

Il fait très chaud. Les cailloux blancs font claquer le soleil devant vos yeux. Quand vous vous relevez, vous avez des étoiles qui dansent sous les paupières.

Ça n'empêche pas que la Marcelle voit loin :

— Y en a d'autres qui pourraient le regretter, le Raymond.

— Ça se pourrait, approuve la Sauvine d'un ton éventuel.

Elle coupe. Elle vaporise. Elle avance.

L'autre est obligée de suivre. Si elle se croit maline, la Sauvine, elle va mal tomber. Et sa dédaigneuse aussi. Il y a une chose qu'elles ne savent pas. C'est que le Raymond aime bien y aller à Belfort-du-Quercy.

Marcelle Bordenave a le sourire des initiés. La voix alléchante. Elle est dans le mystère intéressant :

— Il y a une fille dans la famille, tu comprends ?

Peut-être que la Sauvine comprend mais elle n'en a pas l'air.

On est obligé de lui mettre les points sur les i :

— ... Des partis comme mon Raymond... qui ont autant de bien... ça se trouve pas sous le sabot d'un âne.

— Je comprends.

Cette fois, c'est elle qui le dit. Seulement, elle garde sa figure qui s'en fout, ses yeux posés sur son travail qui s'en va déjà sur l'autre pied de tabac ; sans perdre un instant.

Marcelle Bordenave a beau être patiente, elle sent ses nerfs qui s'agitent. Faire un bide, d'après ce qu'ils disent à la télévision, c'est arrivé à tous ceux qui montent en scène. Mais là, en plein champ, avec un monologue sur lequel on comptait pour mettre les admirateurs de son côté, il y a de quoi perdre son sang-froid.

Avec ça, elle est comme tous les êtres humains, la Marcelle : l'honnêteté lui vient quand le succès la fuit. Ça lui donne l'idée d'aller vers la franchise :

— Remarque... il m'a rien dit, le Raymond.

Et puis, s'il y a encore un espoir d'avoir de la terre ici plutôt qu'à Belfort-du-Quercy, ça serait bête de gâcher l'avenir par des paroles incertaines :

— Je sais pas si c'est pour la fille vraiment qu'il y va.

Le public à deux têtes est toujours sans réaction.

— ... C'est peut-être pour une autre.

Il y a un grand temps vide.

Et tout d'un coup vous savez ce qu'elle dit, la Sauvine ?

— C'est de son âge !

Et vous savez ce qu'elles font, ces deux têtes de public, pendant qu'on s'escrime à les intéresser ? Elles vaporisent ! Elles avancent ! Elles vaporisent !

Marcelle Bordenave est démontée.

Elle ne doit pas le laisser paraître.

Elle conclut :

— Ah ! ça, je le dis souvent : il n'en profitera jamais si jeune !

Et, son sourire d'indulgence amoureuse coincé dans les plis de la colère, le sécateur agité, elle coupe, elle coupe, coupe, coupe les tiges de tabac.

Charles Bordenave arrive. Il la voit. Des pensées de jeunesse et de jalousie, des images de cuisses découvertes et de coq satisfait lui reviennent dans un coup de chaleur. Il pense : « Malgré tout, j'ai fait une bonne affaire quand j'ai épousé la Marcelle. C'est une belle travailleuse vraiment. »

A midi, on croirait que le soleil est tombé dans la cour. Qu'il est là sur la terre blanche, allongé ; avec son souffle retenu.

Les poules renoncent à marcher. Affalées contre le mur de la grange dans la dernière ombre du matin, on dirait des madame Récamier un peu grasses, rondes, oppressées qui dans leur maintien aplati conservent l'œil vif pourtant. Les flancs s'affaissant sans aucune retenue, le jabot un peu plus fier et la crête en éveil, elles regardent à droite et à gauche ; sans cesse. Dans cette heure désertée, où rien ne bouge plus, leurs rouac-coua-couac permanents semblent demander : « Qu'est-ce qui se passe ? »

On mange à l'heure précise chez les Combes-Marty. Même le dimanche.

Françoise a raconté l'agacement de Marcelle devant la Sauvine et comment Charles avait malheureusement interrompu tout ça pour une histoire d'antibiotiques dont il avait doublé la dose dans l'allaitement du veau.

Ce qui est sûr c'est que le garçon est arrivé chez la Sauvine comme on partait pour la messe. Il a emmené Marie-Paule dans sa voiture. Elle doit déjeuner avec lui, faut croire. S'ils en sont là, l'affaire est fichue.

De son bras gauche replié, de sa main gauche cassée à angle droit, le grand-père ramène vers lui toutes les miettes, toutes les croûtes tombées de la miche quand, dans son rôle de toujours, il a coupé le pain pour tout le monde.

La terre n'est plus le « porte-blé » d'Homère.

Dans ses prêches de jadis, le curé disait : « Tu gagneras ton pain à la sueur de ton front. »

La transpiration ne m'a pas manqué, pense le pépé. Il revoit ce livre d'école où, la morale rejoignant la lecture, le père envoyait l'enfant ramasser le quignon distraitement jeté. Il entend son propre père lui parler du froment et du respect qu'on lui doit. Il le voit traçant la croix chasse-famine sur la boule à entamer. Il a devant les yeux l'image de sa mère qui, pour rien au monde, n'eût trempé la soupe avec des tranches de moins de trois jours.

D'un geste brusque, le pépé ferme son couteau. Il y a quelque trente ans, cela voulait dire : « J'ai fini mon repas : vous avez fini le vôtre. »

Aujourd'hui, personne ne se lève. Cela suffirait à lui faire comprendre que, dans cette entreprise qu'il a créée, il n'est plus le maître. La télévision a tout changé. Et leurs expériences atomiques, leurs fusées qui bouleversent le ciel. Le temps n'est plus le même et la jeunesse ne pense qu'à s'amuser.

Ce qu'il ne sait pas, l'aïeul aux mille regrets, c'est que, entre BD et cassettes, entre badge de Jim Morrison et poster de Snoopy, Gaby Combes-Marty a déjà inscrit dans le graphisme mental de sa galaxie futuroïde le clac du couteau, le geste du grand-père ne voulant rien perdre et, de sa main repliée, s'accordant quelques miettes de pain en guise de dessert.

Les vieux Rigouste aussi l'ont vue partir, Marie-Paule. Avec le garçon.

— Elle avait une nouvelle robe, dit la mémé.
— A nouveau cheval, nouveau harnais, dit le pépé.

Marie-Paule n'a pas osé demander à Pierre si elle est la première qu'il amène chez lui.

Son frère l'a bien accueillie. Robert. Il est carrossier dans la banlieue parisienne. Ça lui a donné un accent bizarre. Une sorte de Paris-sur-Lot un peu nature, un peu je-m'écoute. A courant alternatif : avec, entre deux intonations banlieusardes, un *r* perfide qui parfois roule un brin en remontant des racines.

Il passe ses vacances ici. Une partie du moins. Avec Lydia, sa femme qui n'est pas très allègre. Pendant tout le repas, elle a dit seulement qu'être bobineuse dans un coin pendant que son mari travaille dans l'autre, ça n'est pas une existence enviable. Surtout avec les trois gosses qu'il faut conduire à la crèche et à l'école avant de partir au boulot. Le soir, elle les prend en revenant. Et il y a les courses. Le dîner. Coucher les enfants. Elle dit que les hommes ne se rendent pas compte.

Robert a voulu la chahuter un peu pour ramener l'ambiance mais dès que le dessert a été pris elle s'est levée et elle a offert aux petits d'aller voir les pruniers. Elle est partie avec eux.

— Ce que j'ai pu en mettre du bois dans ce four !... Et les chariots : j'en ai poussé quelques-uns avec le père ! dit Robert.

Ils visitent.

Monsieur Barraste n'a pas suivi.

Marie-Paule pense que c'est bien ainsi. Qu'il est réservé. Une inspection de toutes les installations avec en tête le chef de famille, ça serait une démarche officielle, ce que dans le pays on appelait « faire bistaye », ce que plus haut, dans la Creuse, on nommait « las vudas ». Qu'il y ait des mots un peu partout prouve bien qu'un peu partout cette visite de la propriété offerte aux futurs époux, à leurs parents, avait une belle importance.

— On mettait les prunes à l'étuve. Elles séchaient sur les claies. Il fallait du bois qui tienne bien le feu.

— J'y ai mis des bûches grosses comme une barrique !

La nuit, le père venait toutes les deux heures pour voir si la chaleur ne tombait pas :

— Tu parles d'un boulot !

— On a été les derniers à tenir.

— Maintenant, on porte tout à la coopérative. Ils font ça au mazout.

En parlant, les deux frères se rendent compte que, à trente ans à peine, leur jeunesse déjà a rejoint le passé ; le domaine perdu de l'impossible.

— Sur le plateau, il y a quelques pruniers, dit Marie-Paule. Pour la table. Mais le pruneau, non, c'est vers le bas, la vallée.

— Parbleu ! Vous avez les truffes. C'est d'un meilleur rapport !

On a surtout les cailloux ! pense Marie-Paule. En 60, son père a planté tout un champ de truffiers... Il a attendu vingt ans...

— ... Maintenant, on a les chênes, oui... mais les truffes, sur tout le champ on n'en fait pas la livre.

— Tu sais pas te débrouiller !

Ils sont revenus vers la galerie. La grand-mère intervient :

— La taquine pas : les femmes, faut pas les moquer.

Pierre pense : elle va commencer à se mettre avec elle. Il en est content.

Marie-Paule se dit : elle est gentille, la grand-mère. On a de l'estime à l'entendre.

Aline est sûre d'elle :

— Moi, j'en ai vu, des truffes... On les trouve dans le pâté.

La grand-mère la prend par le cou.

Il est l'heure de rentrer.

Monsieur Barraste se tourne vers Marie-Paule :

— Tu veux pas manger la soupe avec nous ?

Elle aimerait bien. Sa mère l'attend.

— Téléphone-lui.

Il a désigné l'appareil.

Ça ne la gênerait pas, Marie-Paule, d'avouer : « On n'a pas le téléphone. » Ce qui la gêne c'est d'appeler chez les Soubret. Ce sont eux qui ont la cabine. Pour une commission comme ça, intime plutôt, expliquer qu'elle reste chez des gens que Jeanne et Aubin ne connaissent pas, elle préfère pas :

— Il y a les brebis à soigner.

Le père connaît ça :

— Les bêtes, c'est l'esclavage. Moi, il y a quinze ans que je m'en suis débarrassé.

La grand-mère sort les assiettes de la machine à laver. Elle les met sur la table. Avec les couverts :

— Ça empêche pas qu'une jeune femme, ici, elle sera pas de trop.

Le père regarde discrètement Marie-Paule, Pierre, tout son monde. Il n'aime pas les mots qui précipitent les choses. Pourtant puisqu'on est sur le sujet, il parlera en homme de franchise. Mais doucement :

— On peut même dire qu'on l'attend.

Aussitôt, il se passe un désordre dans la poitrine de Marie-Paule. Ses jambes deviennent dures. Et tremblantes. Elle ne pourrait pas parler.

C'est comme ça que les belles journées se terminent dans la panique.

En arrivant à Pénichon, Pierre demande :

— Tu n'as pas dit un mot pendant tout le voyage... J'ai fait quelque chose qui ne va pas ?

— Non.

— C'est la grand-mère ?... Le père ?

Il cherche une éventualité. Il l'explique déjà :

— Si c'est le frère... il est de Paris : il n'est plus tout à fait comme nous...

Une idée lui vient. Qui l'assombrit :

— C'est Aline ?... Mais... tu sais comment elle est... Il ne faut pas faire attention... Tu ne m'embrasses pas ?

Elle l'embrasse oui, mais il voit bien qu'elle a des pleurs tout près des lèvres.

— A dimanche.

— Peut-être.

Il est désarçonné :

— On ne se voit pas dimanche ?

— Je crois que ma mère a besoin de la voiture.

— Et alors ?... Aujourd'hui, je ne suis pas venu te chercher ?

— Je veux pas toujours t'embêter.

L'embêter ?... Elle a raison la grand-mère quand elle dit que les hommes ne comprennent pas les femmes. Qu'elles ont des coins secrets où, paraît-il, les lourdauds ne savent pas aller. Des mystères, des choses compliquées qu'elles appellent une pudeur. Ou un jardin.

Il aimerait bien découvrir ce pot aux roses. Il est sûr que, si on le tirait au grand jour, les couleurs reviendraient à la minute : comme sur les polaroïds.

Marie-Paule préfère rester dans sa chambre noire :

— Viens pas. Je t'appellerai. Je te dirai quelque chose... J'ai plus le temps. Ma mère va avoir soigné.

Il veut la retenir.

Elle est partie.

Lorsque après avoir ébruité sa course dans le criaillement des virages, les coups de frein tardifs, les accélérations exagérées, de dos-d'âne en nids-de-poule il arrive chez lui, le père et le frère bavardent sous la galerie.

Il ne met le couteau sous la gorge de personne, Robert.

Seulement il est évident que si on pouvait arranger

les affaires, si Pierre lui payait sa part sur l'exploitation... cette année... ou dans un an...

— T'as un local en vue ?

— On n'en est pas là... Simplement, comme on dit à l'atelier : c'est con d'être carrossier chez un tôlier.

Et puis, il y a Lydia. Elle n'est pas en bonne santé, vous le voyez bien. Et c'est vrai que le gymkhana qu'elle se cogne tous les jours avec les mômes et le boulot, c'est pas pour l'arranger. Alors, s'il pouvait prendre quelque chose à son compte... Lydia s'occuperait des factures, de la paperasse...

— Tu voudrais trouver là-bas ?... Vers Pantin ?

Surtout pas. Dans la carrosserie, vaut mieux être près du pognon :

— Les miteux, faut qu'ils aient leurs bagnoles comme des jupes plissées pour venir nous voir.

Pierre sait que le père a mis toutes ses économies dans le nouveau Renault ; que, du côté du Crédit Agricole, il est « complet », comme il dit. Il sait que si Robert veut vraiment sa part, il faudra vendre. Au moins en partie. S'amoindrir.

Pourtant, il écoute ça dans l'indifférence des soirs d'été, la tranquillité de la maison qui, tout autour d'eux, a commencé de dormir.

Son tumulte à lui, c'est : est-ce que Marie-Paule va appeler ?

Les jours suivants lui posent la question. Il vit en regardant Aline qui ne regarde que lui ; le père qui passe ses jours dans l'inventaire des travaux à effectuer, des initiatives à prendre, dans l'entreprise et dans la région, dans la profession, en France, à Bruxelles, dans sa tête, sur le papier, sur le terrain. Pour que le pruneau d'Agen gagne la Chine et que le vin d'Italie reste chez lui. Que les prix soient les mêmes partout et que la qualité seule stimule la concurrence. Il lui faudrait des mois pour expliquer comment il voit l'Europe verte et le raisin mûr, l'insecticide nécessaire et l'oiseau protégé. L'écrevisse aussi que dans son enfance on pêchait au fagot. Il n'y en a plus. Ou si peu. Entre un discours sur le statut d'associé d'exploitation et une perspective d'aménagement foncier, monsieur Barraste est formel : la campagne ne peut offrir les plaisirs de la ville ; pour le moins laissons-la nous donner des jeux qui lui appartiennent.

La grand-mère va du ménage à Aline, d'Aline à la préparation des repas en passant par Aline. Sans le montrer. Avec des pas tranquilles, des gestes organisés auxquels ne manque même pas un sourire sous ride qui peut passer pour une affection, une audace, une pointe d'humour, dont nul ne croirait capables ses éternels vêtements noirs.

A la radio, une quelconque féministe conseille aux épouses mal considérées de punir le malotru par la grève du sexe.

— Ça, par exemple ! murmure la grand-mère. Il me semble que je ferais le contraire !

Et aussitôt, pour montrer les limites de son savoir :

— A Paris… ça n'est peut-être pas pareil !

Cette semaine, Pierre regarde vivre la grand-mère.

A la campagne, l'espoir est toujours discret. Depuis des siècles, on a tellement pris la grêle et la séchcresse sur la tête et les orages et les épidémies que, tant qu'on n'a pas vu l'épi dans le silo, on vit dans la joie prudente des réussites en perspective. Différée même jusqu'au moment où le chèque est à la banque. Amoindrie encore par la connaissance de la vie qui est faite d'une bonne moisson et de la suivante qui l'est moins, de la catastrophe qui, cette année, est pour le voisin mais qui, l'an prochain, pourrait être pour nous.

Il n'empêche, en tant que plus proche voisine Jeanne Soubret a ranimé la flamme :

— Ça fait quelques jours que j'ai pas vu la voiture.

Le facteur, ça ne l'intéresse pas vraiment mais le boulanger qui, en quelque sorte, avait si bien arrangé les présentations est un peu déçu.

Il trouve Marcelle Bordenave à la boîte à pain :

— C'est déjà cassé, tu crois ?

Elle ne peut pas aller jusque-là : les amours des jeunes c'est comme les humeurs du temps. Elle sait seulement que Marie-Paule a un fichu caractère. Ça serait pas la première fois qu'avec un galant elle arrêterait les frais sans savoir pourquoi. Dans tous les cas, Marcelle Bordenave n'est pas fâchée que son Raymond s'en soit aperçu à temps. Il est plus finaud qu'il en a l'air, le Raymond.

Dans son camion, Arnaud Couderc se dit qu'il aurait aimé emporter la jarretelle. Ou même simplement voir Marie-Paule en robe de mariée. Rapport à Léo.

Il estime aussi que cette satisfaction de la Marcelle sur un bonheur qui se défait, c'est bien une façon de Bordenave. Avec le Charles, ils se sont bien trouvés ces deux-là. Comme les Combes-Marty. Le Fernand en tant que taciturne il pouvait pas mieux tomber. Chez lui, il a qu'à écouter : sa femme fait le reste. Avec ça, elle croit avoir des visées cachées alors que tout le monde les voit plus grosses qu'un pain de dix livres à travers ses manigances.

Le soir, elle dit au grand-père :

— Après tout, vous pépé, vous étiez plus jeune que votre femme...

Il ne répond pas, le pépé. Il pense : aussi, elle est partie la première.

Sa bru a l'oreille fine. Le sentiment moins délicat :

— Il faut bien qu'il y en ait un qui s'en aille avant l'autre !

Le menton coriace du pépé, à peau rêche, à poils blancs, s'agite un peu. La voix est enfoncée :

— J'aurais préféré que ça soit moi.

Françoise Combes-Marty hausse les épaules. Ce sont des paroles de vieux : ils ne sont jamais contents. Ce qu'il faut c'est que le petit ait de quoi. Plus on a de poules, plus on a d'œufs.

Marie-Paule est calme. Allongée. Les mains sur son ventre. Sans intention. C'est plutôt un corps qui se retrouve. Machinal. Avec cette pensée qui lui vient pour la première fois : jamais elle n'a vu sa mère pleurer. Elle a dû avoir des occasions pourtant, la Sauvine. Elle a dû passer des nuits comme, ces temps-ci, les nuits de Marie-Paule : les yeux grands ouverts dans le noir. Sans voir ce qui vous arrive. Sans comprendre ce qu'il faut faire.

Au-dessus de sa tête, les pigeons grattent. Des pigeons d'indigents. Sans permis de construire. Dans la misérable tradition de la ferme : le maître et sa famille, les bêtes et les pigeons sous le même toit.

Ou alors, c'est l'effraie qui a encore réussi à rentrer dans le grenier.

Comme ça au moins on n'aura pas de mulots. Ça évitera de mettre des grains empoisonnés. De toute façon, ça ne sert plus à rien. Ils ont compris, les mulots : maintenant, décortiquant, ils mangent la graine et laissent les gousses roses sur le plancher. C'est la nouvelle génération : son idéal, c'est d'éviter le génocide.

Le dimanche la surprend là. Avec un coq lointain, un clocher dans le vent et sa mère qui est levée, comme toujours.

— Alors, tu viens pas ?

— Je t'ai dit non.

— Qu'est-ce qu'il va dire ton parrain ? C'est la première fois que tu ne viens pas pour la Saint-Louis.

— Tu lui diras que je devais sortir avec des copains.

— Tu sors avec des copains ?

— Mais non !

La Sauvine va de l'évier au lit, des canards aux

chiens. Elle a beau avoir déjà son chapeau sur la tête, elle trouve toujours un édredon à étendre, une soupe à tremper. Pour Ripette. Pour le cochon.

Marie-Paule, ça l'agace plutôt :

— Je t'ai dit que je rangerai. Je m'occuperai de tout.

— Tu sais bien que j'aime pas conduire... Alors... aller là-bas... toute seule...

— Ce soir, je soignerai les brebis. Tu pourras rester avec les cousins. Amuse-toi.

La Sauvine hausse les épaules.

Elle regarde sa fille. C'est peut-être un essai d'affection :

— Si tu venais, ça te changerait les idées.

— J'ai pas d'idées à changer !

Allons donc ! On a été fille avant d'être mère.

La Sauvine pourtant partira dans la discrétion : on n'a pas besoin de poser des questions pour connaître les réponses.

Alors, après que Ripette eut un instant couru derrière la voiture, après qu'elle fut revenue la langue pendante et un reproche triste dans les yeux, la ferme est rentrée dans l'apaisement du dimanche.

Marie-Paule a déjeuné seule. Dans la fraîcheur des murs de pierre. Regardant les chaudrons de cuivre et ce long chauffe-lit que son père et sa mère avaient dû trouver dans la maison lorsqu'ils l'avaient achetée. Depuis longtemps ces bassinoires n'amusent plus que les touristes, les implantés, les Parisiens comme on les appelle : même s'ils viennent de Tarbes ou de Besançon.

A quatre heures, elle est partie avec les moutons. Ça lui rappelait des dimanches anciens. Quand elle gardait ; avec l'un ou avec l'autre. Le père lui parlait des oiseaux. Des pièges qu'il tendait pour les grives et où, parfois, malencontreusement se prenait un merle.

« Pourquoi tu n'aimes pas tuer un merle, papa ?

— Hé ! parce qu'il siffle. »

Il avait des phrases douces. Elle les entend devant cette combe qui ne change pas, les genévriers, les genêts, ces brebis qui forment toujours le même troupeau. Sur ses pattes de peluche, l'agneau blanc tend ses oreilles comme des ailes d'avion.

« Tout à l'heure, je le ferai s'envoler.

— En vrai, papa ? »

Un bruit imprévu la vieillit d'un coup.

Quelque chose a craqué derrière le roncier.

Quelqu'un est là, elle en est sûre.

Elle regarde à la dérobée.

Si c'est Cassou, elle préfère faire celle qui ne voit pas. Comme d'habitude.

Elle sait qu'il ne peut plus avancer. Sur ce sol souple et dur, il y a partout du bois sec, des cailloux incertains, une pierre gelée qui casse et trahit votre pas.

Il est sur elle.

Elle sursaute. Se rassure aussitôt :

— Ah ! c'est toi ?

— Tu vois... Ça te surprend ?

Elle a, dans la poitrine, un cœur démesuré.

Pierre est debout. Grand.

— Si ça te dérange trop, je peux repartir.

— Je t'ai rien dit.

Il s'assied.

Ça ne la calme guère.

— Moi, j'ai des choses à te dire.

— C'est quoi ?

— C'est que quand on veut plus voir les gens, on leur dit pourquoi.

Elle a le mot à mot puéril des amoureuses tricheries :

— Qui t'a dit que je voulais plus te voir ?

— On n'a pas besoin de me le dire : je m'en aperçois.

Il n'est pas venu pour la voir se cacher derrière les fraisiers, comme dit son père. Quand on lui explique, il comprend :

— On danse, on sort, on se plaît, on se revoit, tu viens chez moi. Tout le monde est content et...

— Chez toi tout le monde est content, rectifie Marie-Paule. Chez moi, ça n'aurait pas été pareil.

Il est arrêté net. Sidéré. Silencieux soudain. Pour tout dire, un peu vexé. Il est un homme. Il est costaud. Il a du bien. Il croit être discret sur ces avantages mais il les connaît suffisamment pour n'avoir jamais pensé que la Sauvine, qu'une femme éprouvée dont la situation n'est pas des plus florissantes...

Marie-Paule a les yeux au fond de la combe. Sur le maïs des Soubret. A côté, c'est leur maïs à elles. Il faudra le ramasser bientôt. Et le tabac. Et les melons. Et puis reviendront les labours et le fumage et la petite vendange.

On ne peut plus éviter les problèmes :

— Je sais que tu as de l'affection. Que tu me prendras pour femme... Que ton père attend une bru, que la grand-mère attend une petite-fille. Je sais qu'on me recevra bien et... j'aurai plaisir à m'occuper de ta maison...

Pour dire « ta maison », pour avouer le plaisir qu'elle aura à s'en occuper, Marie-Paule a baissé la voix.

Elle regarde Pierre :

— Mais... ce sera *votre* maison ; *votre* ferme ; votre exploitation...

Sans le laisser parler, elle demande :

— Et ma mère à moi, qu'est-ce qu'elle devient dans tout ça ?... Elle reste avec la propriété sur les bras ! Condamnées. Elle et la propriété.

Pierre ne sait pas quoi dire.

Les moutons ont la sagesse des gros mangeurs. La force de ceux qui à la terre arrachent leur nourriture. Elle est engloutie dans le craquement des dentures que multiplient le groupe calme, l'écho de la pierre, l'appétit infini qui ne prend pas le temps de relever la tête.

Une brebis a fait la belle dans le champ des Soubret.

— A tu, Ripette ! A tu !

La chienne part en courant.

C'est le moment de ramener la brebis égarée.

— Ça te fait rien ?

— Quoi ?

— Penser qu'on se reverra plus... Ça te fait rien ?

— Je veux pas laisser ma mère. Je peux pas.

Elle lui ressemble à la Sauvine. Elle a son front de plomb. Tiens ! Comme le bélier, comme la brebis quand elle fait la « truca » : quand elle a décidé de faire face et que, tête obstinée et pattes accrocheuses, rien ne pourra la faire bouger.

— Pourquoi tu laisses pas ton père, toi ?

— T'es folle !

— Ah ! Pardine !

Il n'y a pas de pardi : il ne va pas laisser la bonne terre, une exploitation qui marche...

— Qu'est-ce que tu crois ? Chez nous aussi ça marche !

— Oui. Les genêts ! Vous pouvez faire des balais !

Elle a envie de le gifler.

Il le devine, peut-être. Ses deux mains ont pris ses avant-bras. Elle se débat. Il la maintient. Il montre sa force. Elle s'emporte, s'insurge, se rebiffe :

— Lâche-moi !

— Jamais ! Jamais je ne te lâcherai !... Jamais je te laisserai partir ! Jamais ! Je te quitterai jamais !

La voilà cette violence qu'elle craignait tant. Que Cassou nourrissait de ses visions maladives, de sa solitude rude ; trop musclée pour des rêves célibataires.

Le voilà aussi ce geste qu'elle redoutait. Le sien. Qui ne repousse pas.

Dans son écho immuable, la pierre et la combe et le pays répètent :

— Jamais je ne te lâcherai ! Jamais je ne te laisserai partir.

La Sauvine n'est pas restée à la fête.

Avec son caractère de mal embouché le parrain lui a envoyé quelques réflexions le matin et pendant le repas parce que la filleule n'était pas venue. Il disait qu'il n'était plus assez bien pour elle, peut-être. Il est comme tous ceux qui n'ont pas d'enfants : ils parlent sans savoir. La Sauvine, on la connaît : en bouche fermée, les mouches n'entrent pas. Mais lorsqu'on a eu fini de déjeuner, elle a laissé partir les hommes au village, elle a un peu aidé la tante à balayer, à refaire la table pour le soir et puis elle s'est mise au volant.

Dans la cour, elle voit la voiture de Pierre. Ça s'est peut-être rabiboché.

Ils doivent être dans la combe ; avec les brebis.

L'agitation moutonnante de la bergerie contredit sa supposition. Elle n'a pas besoin d'aller voir. Le troupeau joue au mille-pattes sur la paille ; un « bé-é » dit : « J'ai faim » ; un autre : « Pousse-toi, c'est ma place. »

Elle entre dans la ferme.

Le blouson de Pierre a pris le dos d'une chaise pour portemanteau.

La chambre de Marie-Paule est plus discrète que la bergerie mais, tout de même, la Sauvine a entendu quelque chose. Un murmure. Un frôlement.

Elle se demande ce qu'elle doit faire.

Ça ne la gêne pas d'être complice. Ça la gêne d'être témoin. C'est pas la place d'une mère. Pour le reste, sa fille est majeure et on les a bien assez embêtées autrefois avec ces histoires. La mère, le père, le curé, tout le monde s'y mettait. Et l'autre jour à la télé l'évêque dont elle a oublié le nom avait beau dire que là n'est pas l'essentiel de la religion, elle sait bien que de son temps ce n'est pas comme ça qu'on présentait les choses ; ce n'est pas comme ça que les filles l'entendaient quand, au confessionnal, ce péché-là elles le gardaient pour la fin. Celui qui ne passe pas. Même le docteur vous faisait la morale et parlait de punition quand ça tournait mal. Elle sait ce qu'elle veut dire.

Pauvre Sauvine ! A-t-elle remarqué seulement que parce qu'un dogme entreprit de salir l'acte d'amour, elles sont dans le village plusieurs vieilles qui, au moment de dire « je vais soigner le cochon » à un inconnu, hésitent, baissent la voix et, pudiquement, ajoutent : « Excusez-moi. C'est le mot. On ne peut pas dire autrement. »

Elle prend une décision : elle va sortir les brebis puisque Marie-Paule ne s'en est pas occupée.

Elle traînera un peu le long du chemin pour laisser à Pierre le temps de s'en aller.

Quand les bergères sont amoureuses, les moutons en profitent.

Quand il a vu que la voiture de Pierre ne s'arrêtait plus à proximité de Pénichon mais que, au contraire, désormais elle entrait dans la cour plusieurs fois par semaine, que Pierre parfois en descendait pour donner la main aux travaux, le voisinage comprit l'officiel de l'affaire.

Françoise Combes-Marty en eut le plus de dépit. Suivie de près par Marcelle Bordenave.

La première estimait qu'elle avait enfanté un incapable ; un timoré qui ne savait pas se débrouiller.

Gaby écoutait ça d'une oreille molle. La Marie-Paule, elle n'est pas plus mal qu'une autre mais, avec ses six ou sept balais de moins qu'elle, il aurait eu un peu l'impression de se placer en débutant ; sous sa coupe dès le départ. Ça lui aurait fait le présage de renouveler le mariage de son père. Il n'y tient pas.

Et puis tout ça soulève bien des questions. L'amour d'abord. On n'est pas certain que ça existe mais on en parle tellement dans les livres et à la télé, au cinoche, partout que peut-être il y a un fond de vrai. Il faut voir à l'expérience. Bien sûr, une femme qui connaît la terre, une propriété qui s'agrandit c'est intéressant aussi. Gaby, ce qu'il pense vraiment c'est que pendant quelque temps il aimerait bien rigoler avec les copains ; sortir en boîte à Fontanes ou même à Cahors. De toute façon, sa femme il voudra qu'elle rigole avec lui ; qu'elle soit pas comme ces empotées qu'on planque à la maison à galérer tout le jour sur l'entreprise sans voir que la vie passe à côté ; comme sa mère par exemple : toujours occupée par l'appât du gain que, quand elle délire à mort, elle appelle l'amour de la terre.

Le grand-père dit :

— Si Marie-Paule suit son mari, la Sauvine vend ou loue. On peut se porter sur les rangs aussi bien que d'autres. Il n'y a pas besoin de se marier pour ça.

Françoise Combes-Marty, des mots de cet acabit ça la révulse. Le pauvre vieux ne voit pas que si la Sauvine vend, avec le monde qu'il y a autour, elle aura beau jeu de faire monter les prix. Au plus fort la guirlande.

Chez Bordenave la mère tient le même raisonnement. Qu'elle agrémente de pensées humanitaires.

— T'énerve pas, dit Charles.

— Je m'énerve pas... Je dis seulement qu'elle aurait été plus heureuse avec Raymond !

Le mari est plus philosophe : le principal c'est d'avoir la terre.

Marcelle n'en démord pas :

— Et le Raymond aussi aurait été plus heureux avec elle... cette ambitieuse !

Plus heureux que Pierre et Marie-Paule, ça ne pouvait pas être.

Rien n'avait changé pourtant dans leur situation. Sauf ceci : désormais ils étaient sûrs. Le vrai bonheur c'est la certitude. On la lisait dans leurs yeux. Marie-Paule avait montré l'obstacle. Ils allaient le franchir ensemble. Ils le disaient. Le croyaient. Tout le monde le voyait.

Un matin, alors que le vent d'est appelait les fidèles au clocher de Granéjouls, les deux Nadal en robe du dimanche avaient pris la voiture.

Comme, exception faite pour la Saint-Louis, la Sauvine ne quittait jamais sa ferme, il n'était pas difficile de deviner où elles allaient.

Françoise Combes-Marty avait passé un après-midi effroyable. Pour un peu elle aurait regretté les vêpres de jadis qui, quoi qu'on dise, avaient le mérite de vous changer les idées.

Ç'avait été une bien autre amertume lorsque, quinze jours plus tard, visiblement l'avanie allait vers la précipitation : alors que le vent d'ouest renvoyait ses fidèles du côté de Cézac, l'auto du Lot-et-Garonne était arrivée à Pénichon chargée d'un bonhomme qui devait être le père, d'une vieille qui sans doute était la mémé et d'une gosse un peu jolie un peu geignarde qui s'accrochait à elle.

C'est vrai que dans son langage de trop grande petite fille, Aline demandait souvent :

— Mémé, où c'est qu'il est, Pierre ?

— Il est allé se promener.

— Avec la fille ?

La grand-mère rectifiait doucement :

— Avec Marie-Paule, oui.

— Pourquoi il est pas allé se promener avec moi ?

La grand-mère disait :

— Ah ! il va quelquefois avec toi... Quelquefois avec Marie-Paule... C'est chacune son tour.

L'enfant éternelle demandait encore :

— Ce sera quand mon tour ? Ce sera quand ?

Son angoisse montait avec les feuilles rousses. Elle trépignait :

— Tu m'avais dit qu'il irait se promener avec moi et il est encore avec la fille. Il n'est plus comme avant ! Il n'est plus comme avant !

Les épouses Bordenave et Combes-Marty étaient presque dans le même état.

Longtemps, on avait dit : « La Sauvine, seule, ne pourra pas tenir » ; maintenant une idée tragique traversait l'esprit de ces fines mouches :

— Il est libre, le père. La Sauvine aussi. Si par malheur il leur prenait fantaisie d'unir leurs veuvages, un couple dans une ferme et l'autre dans l'autre, c'en serait fini des espoirs de vente ou de location.

Devant cette perspective désolante, la Françoise parfois inventait un démenti de jalouse. Elle hoquetait :

— Tu l'as vu cet homme ? Il est encore pas mal, ma

foi ! Il a du bien. Et la Sauvine, tu l'as vue ? Tu crois pas qu'il en voudrait, non ?

C'étaient là des propos en jupon, des jaseries de vendanges, des conjectures de jour de marché. Un peu nerveux et manquant d'assurance. On les prenait comme tels.

Surtout quand, peut-être pour faire chauffer la marmite, le pépé Rigouste laissait tomber :

— Hé ! le vieux pot fait le bon bouillon.

Jeanne Soubret restait sceptique.

Et plus encore le boulanger. La Sauvine, il la connaît depuis longtemps :

— C'est pas bien son genre... De ce côté-là, on n'a jamais rien entendu dire sur elle.

Mais quand le pessimisme vous tient, la tête s'égare vite vers la neurasthénie.

Dans son équité admirable, sa généreuse logique d'homme qui a vécu, Charles Bordenave allait jusqu'à trouver des excuses à la pécheresse :

— Remarque, y aurait pas de mal : son mari est en terre depuis plus d'un an.

La Marcelle ne pouvait que renchérir :

— Y a des femmes qui n'attendent pas si longtemps pour donner à chausser les pantoufles des morts.

Ce qu'on ne peut pas nier c'est que l'homme est là cet après-midi. En semaine.

Pendant que le fils courtise la fille en plantant les poireaux d'hiver, le père est resté avec la mère dans la maison aux volets tirés. Qu'ont-ils à se dire donc pour parler si longtemps ?

La question fait vite son chemin.

L'idée de Françoise Combes-Marty, des Bordenave, l'idée du voisinage traverse même l'esprit de Pierre.

Elle l'arrange tellement qu'il se redresse d'un coup et la dit à Marie-Paule.

Elle reste calme. Et même, bien que ce ne soit pas commode lorsqu'on est courbé sur le sol pour planter des poireaux, elle hausse les épaules :

— Tu ne crois pas qu'ils se parlent d'amour, non ?

Elle a tort, Marie-Paule.

C'est bien d'amour que, dans l'ombre de la pièce, parlent la Sauvine et monsieur Barraste.

Dans son air d'absence immuable, sa main tournicotant son verre de cerise et son regard loin vers le temps perdu, elle murmure :

— Quand je l'ai connu, il revenait des « Fifis » à la pointe de Grave. Il avait encore son uniforme. Moi, à ce moment-là, j'étais placée... dans une ferme près de Caussade. On s'est un peu fréquentés et puis on s'est plus vus. Je sais pas pourquoi. Faut dire que j'étais très jeune alors... Et on s'est retrouvés douze ans après. Et comme on s'était pas mariés ni l'un ni l'autre, on s'est mariés ensemble. Et on a eu Marie-Paule.

Le père parle sur le même ton venu des jours adolescents :

— Moi, ma Suzanne, je l'ai toujours connue... Depuis l'école. Et même avant. On était voisins. Ça fait que le jour du mariage, tous les invités sont presque partis du même endroit... N'importe : quand je l'ai vue sortir de la maison avec sa robe blanche...

Il se gratte la gorge, monsieur Barraste.

Pour qu'il se repose un peu le long de ses souvenirs, la Sauvine dit :

— Moi, j'avais pas la robe blanche.

Il sourit à peine :

— Oh ! c'est pas qu'elle la méritait encore, pardi... Même, pour tout dire, on avait un peu fait Pâques avant Rameaux. Alors, la robe blanche... la Suzanne, elle disait qu'elle la voulait pas. Mais... vous savez comment c'est dans les familles...

La Sauvine approuve :

— Surtout dans ces temps-là.

Cette fois, monsieur Barraste doit faire un aveu pas facile pour un homme :

— Vous ne me croirez pas...

Il s'arrête.

Il flotte un peu.

Il repart :

— ... Cette robe qu'on voulait pas... quand j'ai vu ma Suzanne dedans... Ça m'a fait... ah ! je sais pas comment vous dire...

C'est vrai qu'il ne trouve pas le mot. Il retrouve Suzanne peut-être. Et l'émotion, qu'il a eue voici plus de trente ans quand il l'a vue dans sa robe blanche. Sous son diadème. Son bouquet à la main.

Il y a un grand silence. Avec un petit craquement de petite cerise à l'eau-de-vie ; sous la dent.

La Sauvine n'avait pas de robe blanche. Ça n'était pas de mise :

— J'avais trente ans... Et puis on n'avait pas un sou...

Au bout de cinq années pourtant, ils avaient réussi à prendre cette terre. En s'endettant bien sûr. Elle peut dire que, pendant longtemps, pour voir l'heure de la misère elle n'avait pas besoin de regarder l'horloge du voisin.

— Ce qu'il y a, c'est qu'elle était vaillante, ma Suzanne.

— Mon homme, croyez-moi, il n'avait pas les deux pieds dans le même sabot.

Les jeunes n'ont pas connu ça. Ils ne peuvent pas comprendre. C'est dur, la terre.

— C'est dur, oui. Mais quand même... quand on sait qu'on est deux... c'est pas pareil.

— Non. C'est pas pareil.

Voilà, fidèlement rapporté, le dialogue d'amour qu'ils ont eu ce jour-là, monsieur Barraste et la Sauvine.

Pierre riait comme un gosse. Il y croyait, ma parole.

Marie-Paule restait sur ses positions :

— Même si ça marchait entre eux, tu penses pas que ton père quitterait son chez-soi pour venir habiter ici, non ?

Elle montrait la maison. Elle pensait au manque de

confort. De matériel. A la petite terre. Aux efforts qu'il faut faire pour en tirer trois sous.

Elle questionnait :

— Et alors, c'est toi qui viendrais ? Tu laisserais une exploitation comme la tienne ?

Il n'osait pas répondre. Il savait bien que seul, son père ne pouvait plus faire marcher l'entreprise. Qu'avec les charges, il n'était pas question de prendre quelqu'un. Que, le pourrait-on, avec les horaires d'aujourd'hui et les congés, ça n'est pas une personne qu'il faudrait pour le remplacer mais deux.

Alors Marie-Paule s'assombrissait :

— On est allés trop loin... On aurait mieux fait de s'arrêter. C'est moi qui avais raison.

Des jours passèrent ainsi. Sans solution. Mais avec des caresses tellement immédiates qu'elles faisaient oublier l'avenir.

Le rossignol a chanté toute la nuit.

Il continue dans la fraîcheur du petit matin. Sur sa branche où on ne le voit jamais. La Sauvine estime qu'ils doivent être plusieurs. A faire les trois-huit, comme dit la télé.

Elle a couvert son lit, trié du linge qu'elle a mis à tremper ; elle a soigné les bêtes, libéré les poules, nettoyé l'abreuvoir qui commençait à lui faire honte ; elle a, en un mot, lancé la ferme et le travail de la journée. Elle gratte une casserole oubliée.

Marie-Paule est à table, déjeunant.

La voiture arrive dans la cour.

Pierre n'est jamais venu à une heure pareille.

On pense à un accident.

Il entre. Il dit :

— On se marie.

La tartine s'arrête dans la main ; à mi-chemin entre le bol et la bouche. De toute façon, il y a une boule dans la gorge qui empêcherait une myrtille de passer. La poitrine picote. Au bout des seins. Dessus. Dessous.

Pierre est lancé :

— J'y ai pensé cette nuit…

Il explique :

— Toutes les nuits, je pense à toi !

Il repart :

— Alors, j'ai trouvé. On se marie et comme ça, un jour on travaille chez toi, le lendemain on travaille chez moi.

La tartine se pose sur la table. Elle se demande si le fiancé n'est pas devenu fou.

Or, il a tout calculé :

— Ça fait soixante kilomètres par jour.

— Plus le retour.

— Le retour, c'est le lendemain. Ça fait soixante kilomètres par jour : en gros quatre litres… soit cent vingt litres d'essence par mois.

— Et une heure de travail perdue chaque jour en transport.

— Oui mais on travaille à deux : on va plus vite.

Et puis… tous les soirs, on est ensemble. Cela, elle l'avait pensé avant qu'il le dise.

La Sauvine connaît bien sa fille.

Quand Léo avait décidé le mariage, ils s'étaient embrassés comme des fous.

Elle sort.

Sans médias et sans radio locale l'information est allée de Fourgnal à Bélen, de la Romado à Gourdille en provoquant dans les cours et dans les fermes, dans les cœurs et les conversations, des contractures et des exclamations, des doutes et des inquiétudes, quelques attendrissements, un peu d'admiration et beaucoup de ricanements : mener deux exploitations d'une même main, on n'a jamais vu ça ; à soixante kilomètres l'une de l'autre !

— Celui-là, il fait fort ! proclame Angel Cassou en parlant de Pierre.

— La vache a une grande queue mais elle n'attrape jamais toutes les mouches ! répond son frère.

Charles Bordenave estime en toute objectivité que, à ce régime, ils ne tiendront pas six mois.

Françoise Combes-Marty répète, lugubre :

— Peut-être. Mais ils seront mariés !

Dans le chemin qui mène à Cantapic, Pierre conduit le tracteur. Marie-Paule est debout près de lui. Ils tirent la même charrette, on le voit bien.

— Ça fait un beau couple, dit le boulanger pour varier la conversation.

Marcelle Bordenave ne s'y trompe pas :

— Il aura tendance à s'empâter.

— Moi, je les admire, approuve, le soir, la mémé Rigouste.

Elle se demande s'ils en auraient fait autant, avec son homme.

— Pécaïre ! On n'avait pas de voiture ! s'exclame le pépé.

Mais il n'est pas contre l'expérience. Loin de là. On accuse assez les jeunes d'être nés un dimanche... Si, pour une fois, on en trouve deux qui n'ont pas les mains à l'envers, on peut leur tirer le chapeau. Seulement... Dieu fait ce qu'il veut et l'homme fait ce qu'il peut : la perdrix que tu as devant ton fusil n'est pas dans ton assiette.

Dans le chemin qui mène à la Romado, Marie-Paule conduit le tracteur. Pierre est debout près d'elle.

Tout cela fait assez de remue-ménage pour que les Soubret décident d'aller voir la Sauvine. Après tout, on est voisins. On peut parler.

Dans le chemin qui mène à Grézel, le tracteur est arrêté.

Il n'y a personne à côté du tracteur. Personne dessus.

Il y a seulement le petit bois qui commence à perdre ses feuilles.

— Avec nous, y a pas de secret, dit Aubin en se dandinant. De la terre, on en manque. Comme tout le monde.

— On n'a beau être que tous les deux... Tels quels, on n'est pas rentables.

— Surtout de la terre mitoyenne.

Alors, ce qu'ils en disent c'est juste pour être sur les rangs : puisque Marie-Paule se marie, on suppose qu'elle s'en va...

La Sauvine rectifie :

— Elle s'en va pas puisqu'ils vont mener les deux fermes de front.

C'est là qu'il fallait en venir. C'est là que le scepticisme s'installe. Du côté des bottes. Les Soubret regardent la terre ; leurs pieds ; à droite ; à gauche...

— Ils vont mener les deux fermes... oui... ils le disent...

— Et même peut-être ils le croient.

Mais... deux fermes, c'est lourd. Surtout aussi éloignées.

— Alors, imagine qu'ils puissent pas y arriver : ils en garderont qu'une et... forcément, ça sera pas la tienne.

La Sauvine parle avec son air d'écouter :

— Pourquoi ça sera pas la mienne ?

Ici, les deux Soubret quittent le domaine de la supputation où le terrien n'est jamais très à l'aise. Ils abordent le sol péremptoire de la logique :

— Ça sera pas la tienne parce que Pierre, il lâchera pas la sienne.

— ... Et Pierre c'est l'homme.

— Et la femme doit suivre son mari.

— C'est la Loi.

Il y a des mots qui font dresser l'oreille paysanne. La Loi est de ceux-là.

La Sauvine évidemment ne dresse pas l'oreille : dans la fixité éternelle de son visage, son oreille est plus éternellement fixe que tout le reste. Figée vers le haut. Toujours. C'est une de ces personnes qui ne disent rien de ce qu'elles entendent mais qui, on peut le croire, entendent tout ce que l'on dit.

La Loi va marcher dans sa tête au pas des poursuites judiciaires, dans les chicanes administratives, sous la règle immuable de la vie qui fait que le petit est petit devant tout le monde et plus petit encore devant l'Etat qui, en tant que fort, sait toujours frapper le plus faible. On le dit bien ici : il pleut toujours sur le mouillé.

Faute de parapluie, regardons les nuages et sachons voir si le vent est à l'ouest.

Ainsi est venu l'orage.

Avec Marie-Paule qui a crié très fort qu'elle avait confiance en Pierre.

Puis avec Pierre qui a crié beaucoup plus fort que Marie-Paule. Il suffoquait de chauvinisme en disant que les gens du plateau étaient tous des culs-terreux et des attardés du Moyen Age. Il tapait sur sa voiture avec la colère de sa main. Il prenait une fourche dont il n'avait pas besoin. Il la plantait dans la terre pour libérer son indignation, sa rage, sa furie :

— Qu'est-ce que c'est pour toi, le mariage ? Qu'est-ce que tu crois ? Que je t'emmène et que je vais te garder de force parce que monsieur le maire aura dit que c'est obligatoire ?

Non, Marie-Paule ne croit pas ça. Elle a confiance en Pierre. Elle le connaît maintenant. Et sa mère le connaît aussi. Et même on peut dire que malgré l'apparence, la Sauvine a bien de l'estime pour lui.

— Alors ?

Alors... Ce que la Sauvine connaît le mieux c'est la terre. C'est Pénichon qu'elle a pris voici trente ans pour une raison très simple : personne n'en voulait. Ça veut dire que lorsque les bœufs tiraient la charrue, la Sauvine soignait les bœufs ; que lorsque le père réparait la grange, elle passait les parpaings ; ça veut dire que lorsque Marie-Paule avait deux jours, la Sauvine était sur la charrette, déjà, pour rentrer le tabac. Ça veut dire que Pénichon est à elle et que c'est là, aujourd'hui, son dernier mariage d'amour.

— Alors ?

Alors, on ne peut pas obliger quelqu'un à qui l'on doit tout de vivre toujours avec une peur au-dessus de sa tête.

— Alors ?

Marie-Paule ne répond pas. Lors de leur première rencontre, le père Barraste a dit : « Ce sont les femmes qui changeront les fermes. Sans ça, il n'y aura plus de femmes dans les fermes. » Il a dit aussi : « Ce sont les jeunes qui changeront la vie de la campagne. Sans ça, la campagne ne vivra plus. »

Marie-Paule a pris sa décision.

Elle rejoint sa mère dans la maison :

— Pierre soupe avec nous.

— Bon, je vais mettre un couvert de plus.

Il y a un petit temps.

Pierre entre.

Marie-Paule ajoute :

— Il couchera là aussi.

Il y a un petit « Hé ? » dans la bouche de la Sauvine. Quelque chose d'un peu imperceptible.

Pierre se dandine avec l'embarras des hommes devant la simplicité des femmes.

En cas d'incompréhension, Marie-Paule répète :

— Il couchera là.

La Sauvine va et vient.

Elle met les fourchettes.

Elle trempe la soupe.

Elle n'a jamais été bavarde mais là ça prend des proportions d'aphonie totale. Malgré tout, elles n'ont que deux lits. Ça lui fait, en regardant sa fille, le front interrogatif.

Marie-Paule le voit très bien.

Elle répond :

— Tu t'occupes de rien : on se débrouillera.

Un jour, Janot-de-l'Ouest dit à Jane-de-l'Est :

« Tu me vois bien marri, ma Jane, car au matin lorsque je viens vers toi, j'ai toujours le soleil dans les yeux, ce qui retarde ma route et mon plaisir de te voir. Et le soir, j'ai encore le soleil dans les yeux, ce qui retarde ma route et je dois, si je ne veux pas me faire gronder par mes parents, écourter les chers instants que je passe près de toi.

— Que tu es donc sot, mon pauvre Janot ! répondit Jane-de-l'Est : viens donc me voir le soir et tu repartiras au matin. Ainsi, tu n'auras plus jamais le soleil dans les yeux. »

Hier, Pierre a joué le conte de Janot-de-l'Ouest.

Ce matin, Pierre et Marie-Paule ont du soleil dans les yeux.

Ils ont passé ainsi ces premiers temps qui toujours à l'amour ajoutent de l'amour puisque aux jours ils ajoutent les nuits. On a beau avoir de l'autre fait l'expérience, la nuit commune approfondit les joies. Elle mêle le rêve et la réalité, les jambes et la jeunesse, les deux sommeils qui n'en font qu'un avant la surprise irremplaçable d'une caresse devenue le plus miraculeux des réveille-matin.

La grand-mère et la Sauvine s'accrochaient au rôle de cafétéria qui avait toujours été le leur. Pierre et Marie-Paule jouaient à fais-moi-passer-mon-bol-je-beurre-tes-tartines.

Après, le travail ne manquait pas. La vendange approchait. Monsieur Barraste avait commencé ce qu'il appelait sa saison de tonnelier ; moins importante évidemment depuis qu'on « portait » à la coopérative. La grand-mère comme autrefois nettoyait des chaudrons ; elle vérifiait que dans les armoires le linge blanc était à sa place, prêt à servir. Elle avait retenu deux femmes pour faire la cuisine des troupes.

Chez Marie-Paule, heureusement, les grands travaux étaient terminés. Il aurait mieux valu sans doute ne pas venir aussi régulièrement, donner dans la vallée le coup de collier vendangeur, quitte à rattraper par la suite le retard pris ici mais Pierre mettait un point d'honneur à tenir ses promesses, à se montrer devant Marie-Paule, devant la Sauvine, tel qu'il s'était dit ; tel qu'il se voulait. Il participait sans rechigner à ces occupations que, comme d'autres, il jugeait dérisoires ; il respectait ces traditions contre lesquelles, comme d'autres, Marie-Paule n'osait pas aller. Ainsi leur présence le deuxième mardi de chaque mois à cette foire de Castelnau où, comme dans les champs, les machines ont remplacé les bestiaux ; les maquignons portent cravate ; ils ont des catalogues imprimés ; des barèmes officiels. Ça leur permet d'expliciter ce que leurs aïeux auraient seulement expliqué et de cautionner la longévité de l'appareil en hommes qui ont fait un séminaire.

Devant ces offres tentatrices, ce qui n'a pas changé c'est l'hésitation paysanne. L'acheteur ne lève plus la queue de la vache ; il ne regarde plus l'œil ou les dents du cheval mais, avec circonspection, il tourne toujours autour de la marchandise ; autour du prix. Il tâte, il questionne, il se tait ; son front travaille ; il s'informe sur les garanties, compare avec les conditions faites à son beau-frère ; il secoue la tête en pensant aux services possibles, au capital engagé, à la saison qui vient et au crédit qu'il va se mettre sur le dos. Après quoi, il appelle un copain, quelqu'un de sûr, qui a déjà acheté ou, comme lui, hésite à le faire et, laissant tomber le vendeur technocrate, tous les deux s'en vont paisiblement vers le bistro. Là, pendant le long temps de boire un verre, ils parleront de ça et d'autre chose, du prix du maïs, de l'indemnité viagère de départ ou encore de la télévision dont le personnage le plus intéressant est sans doute Monsieur Météo.

Au bout du foirail, les femmes sont là depuis toujours avec, devant elles, leurs paniers d'œufs, leurs volailles, quelques légumes. Les vieilles s'accrochent à cette vente d'infime profit, de longue habitude. Le dollar peut, à la Bourse, faire la bouche en cul-de-poule, ici un œuf est un œuf, un sou est un sou. Les francs nouveaux n'y ont rien changé. La preuve : à leur âge, ils sont toujours nouveaux.

Marie-Paule est parmi ces femmes parce que pendant trente ans sa mère s'est toujours tenue ici : sous le troisième platane. Maintenant, elles viennent à tour de rôle. Avec la même façon de ne pas accrocher le client. De rester immobiles derrière leurs paniers. Sans voir la vacharde qui équeute un haricot vert pour vous en mettre le fil sous le nez ; sans entendre la touriste qui, soupesant une pintade, vous demande si vous n'avez pas de poulet plus gros. Avec les Nadal, si on vend on vend : si on vend pas on mettra en conserve ; ou au congélateur.

Dans l'allée, Marcelle Bordenave rencontre Françoise Combes-Marty. Ça ne pouvait pas mieux tomber. Leur regard sur Marie-Paule, les deux femmes se reculent avec discrétion derrière les faucheuses rotatives à relevage hydraulique :

— La voiture était là hier soir et elle était encore là ce matin, je peux te le garantir !

— Quand même ! Sous les yeux de la mère ! Ah ! il aurait fait beau voir que je ramène un galapiat à la maison ! Ça se serait pas passé comme ça, je te le dis !

La vieille Rigouste, ça la picote un peu ces propos qui manquent de mémoire. Sans viser personne, elle indique sa philosophie :

— Oh ! ils n'ont pas lancé la mode !

Françoise Combes-Marty se retourne avec une fulgurante dignité :

— Peut-être ! Mais nous au moins, on se cachait !

La trompe sonne.

Armé de son carnet, de sa sacoche et de son habituel regard d'expert, le ramasseur va pouvoir s'élancer, rafler les invendus, offrir des prix jugés trop bas qu'on refuse en espérant un dernier chaland ou qu'on accepte en disant « tu n'es pas raisonnable » ; ou alors en balançant des mots plus verts, plus plaintifs, plus coléreux : les mêmes que la dernière fois.

Marcelle Bordenave n'y tient plus : elle s'approche de Marie-Paule et, en riche officielle, en voisine serviable, elle propose :

— Dis, Marie-Paule, je voulais te dire... Si des fois vous avez besoin qu'on vous prête...

— Qu'on nous prête ? fait Marie-Paule en finissant de compter ses œufs.

— Bé... pour coucher... vous n'avez que deux lits... alors, si vous voulez qu'on vous prête... Nous, depuis que les grands sont partis, on a de quoi.

Marie-Paule est arrivée au bout. Il lui reste juste deux douzaines. Elle dit seulement :

— Non. Non. C'est pas la peine.

La Marcelle Bordenave, on sait pas si elle attendait ça ou autre chose. Dans tous les cas elle fait sa surprise, sa complaisante et, à coup sûr, celle qui pense vous mettre dans l'embarras :

— Ah ! bon ? Mais... comment vous faites alors ?

On sait pas trop ce qu'aurait répondu Marie-Paule parce que, à ce moment, il y a le Pierre, ce gros rustaud qui n'est même pas d'ici, qui se lance dans la conversation avec un air vraiment affirmatif :

— Vous inquiétez pas pour nous, allez : un jour, je couche avec la mère ; un jour, je couche avec la fille. Ah ! on n'est pas malheureux, je vous assure !

Tout ça d'un trait et dans l'absence totale d'indication de sentiment sur son visage. Parole : on dirait qu'il ressemble déjà à la Sauvine.

Ce qui n'est pas le cas de la Marcelle Bordenave. Elle a une figure tout à fait contradictoire : d'un côté, la suffocation qu'il convient de masquer pour empêcher la récréation de l'insolent ; de l'autre, ce désir prétentieux et même incompréhensible de sourire qu'on voit parfois aux lèvres du quidam qui vient de recevoir une paire de baffes.

Le ramasseur payait les œufs. Il disait que, ce mois-ci, il ne prenait pas les canards.

La vieille Rigouste regardait une robe pour sa petite-fille. Jeanne Soubret achetait des poussins qui s'élèveraient avec les autres.

C'est ainsi que se terminent les foires. On en ramène toujours quelque chose.

Si l'on en croit les statistiques, le curé Filhol représente le trentième des curés de l'Eglise actuelle. Les vingt-neuf autres portent un pull, un blouson, un veston au revers duquel certains accrochent la croix à laquelle ils consacrent leur vie. D'autres portent leur croix sans apparence. Au fond.

Dans la longue soutane que toujours on lui vit, dans les prêches qui le montent en chaire, dans les conseils de lectures pieuses qu'il donne aux amateurs de bandes dessinées, le curé Filhol va vers la retraite par les sentiers battus. Il a desservi deux paroisses dans sa vie. Il s'est enfermé dans celle-ci avec des certitudes sans faille. La plus grande est d'avoir été sur cette terre de lointaines menaces radicales la Morale pour tous.

Sa première action importante, il l'a faite en arrivant, en 38, lorsqu'il sut rompre le concubinage de Charlotte Sourgue et de Valentin Beynac qu'il unit devant Dieu en leur offrant leur messe de mariage. Ce geste avait eu un grand retentissement : les époux suivants ne voulaient pas payer la leur. Mais, deux années plus tard, l'initiative du prêtre trouvait sa récompense dont Charlotte Beynac devait longtemps le remercier :

— Tout de même, monsieur le curé, c'est bien grâce à vous que je touche ma pension de veuve de guerre !

Quand, de sa 4 L, il descend dans la cour de Pénichon, la Sauvine instinctivement pense qu'il est arrivé un malheur. Pour le moins, un ennui. Un office pour son homme qu'elle aurait dû célébrer. Saisissant la toile rude, elle essuie ses mains au coin bas de son tablier qui, devant elle, se fait triangle.

— Achevez d'avancer, monsieur le curé.

Marie-Paule est là mais le bocal de cerises ne revient pas sur le formica. Un prêtre, ça n'est pas les Soubret. Et dans les moments d'interrogation, c'est-à-dire d'inquiétude, on attend de savoir.

Le curé Filhol rappelle à Marie-Paule qu'il l'a toujours connue, qu'il l'a baptisée, qu'il lui a fait faire sa première communion, qu'elle avait même été à cette occasion classée première au catéchisme.

La lauréate ne dit mot. Elle se revoit sur le banc étroit, blaguassant avec Guiguitte pendant que monsieur le curé doyen de Castelnau-Montratier venu en voisin inspecteur parlait de la sainte religion. De temps à autre, il posait une question :

« Quelle est la plus grande fête de l'Eglise ? »

Toutes les petites mains s'étaient levées en même temps. La proclamation s'était faite à l'unanimité :

« Noël ! monsieur le curé ! C'est Noël ! »

La criaillerie affirmative était tellement énergique que Marie-Paule avait interrompu sa causette pour, levant la tête, apercevoir une moue de réprobation sur le visage de monsieur le doyen. Elle n'était pas plus bête qu'une autre, Marie-Paule : puisque visiblement la plus grande fête de l'Eglise n'était pas la Noël, il ne restait qu'une solution :

« C'est Pâques, monsieur le curé ! »

La réponse avait enthousiasmé monsieur le doyen : certes, il était important que Jésus fût né mais s'il n'avait, par sa résurrection, prouvé qu'il était fils de Dieu, un doute serait resté dans bien des esprits. Par le miracle de Pâques, il n'en subsistait aucun.

Monsieur le curé Filhol demande :

— Alors, Marie-Paule ? Tu as tout oublié ?

Au contraire, Marie-Paule revoit cette confession où, étouffée par la honte, elle n'avait pas osé avouer que ses lauriers étaient usurpés, que si elle n'avait pas jacassé avec Guiguitte elle serait allée, elle aussi, vers la crèche illuminée par la douceur de l'enfant Jésus. Un enfant naissant : ça parle. Aux filles, aux garçons, à tout le monde. Un mort qui ressuscite, ça ne dit pas grand-chose. Même le troisième jour.

— Remarque, je ne te gronde pas...

Après, elle n'était plus revenue à l'église.

Monsieur le curé Filhol sait bien qu'aujourd'hui les temps changent. Pas toujours en bien hélas mais quand on a pris la charge du troupeau, il convient parfois de ne pas l'affronter, d'aller un peu à sa guise pour mieux le ramener dans le bon chemin qui est le chemin du Salut :

— A sciences nouvelles, mœurs nouvelles, oui. Mais... ce qui n'est pas nouveau, c'est Dieu... qui nous regarde. Toujours. Et qui nous juge. Y as-tu pensé ?

La voix du vieux pasteur s'enfle un peu :

— Hein ? As-tu pensé au Bon Dieu ?

— Bé... non, souffle la pécheresse avec beaucoup de sincérité.

— Ah ! voilà !... Tu as oublié Dieu !

Il ne gourmande pas, monsieur le curé Filhol. Il triomphe. Il montre la supériorité de son Maître sur les pauvres pécheurs que nous sommes : Dieu, lui, n'a pas oublié Marie-Paule.

— C'est Lui qui m'envoie vers toi pour te rappeler la grande parole : « Malheur à celui par qui le scandale arrive. »

Comme la Loi, le scandale appartient à ce vocabulaire rigide, froid, inconfortable qui, à coup sûr, vous met dans votre tort.

Monsieur le curé Filhol a perçu le trouble de la Sauvine :

— Eh ! oui, ma bonne madame Nadal, le scandale arrive : déjà, il est venu jusqu'à moi.

On permettra à monsieur le curé Filhol de s'émerveiller : en cette époque de relâchement moral, il est magnifique que des gens de grande estime – des gens de vos amis, ma bonne madame Nadal – aient tremblé soudain pour une âme en perdition.

Monsieur le curé se lève. Solennel. Alarmé. Alarmant :

— Marie-Paule... et par contrecoup vous aussi, madame Nadal, savez-vous que si par malheur un accident vous arrivait demain – ce soir – le Saint Juge vous trouverait en état de péché mortel ? Avez-vous pensé que dès lors vous ne connaîtriez pas les félicités célestes et, au contraire, vous paieriez éternellement vos fautes dans les flammes de l'enfer ?

C'est une perspective qui vous ôte l'idée d'ouvrir le bocal de cerises.

Le soir, Pierre explose.

Ni cureton ni parpaillot, il est sur le chapitre de la religion comme son père. Comme la plupart des Français. Entre la bigoterie et l'anticléricalisme, ils observent une attitude qui n'est pas sans rappeler celle qu'ils observent dans le mariage : entre la débauche de tous les jours et la fidélité absolue, ils optent généralement pour une sorte de système alternatif où les genres se succèdent, apportant tour à tour des joies qui précèdent des déboires et, pour finir, un équilibre d'où chacun ressort plutôt satisfait.

Pierre, ce soir, n'est pas satisfait du tout. Il s'attendait à tout sauf à ça :

— Tu m'avais dit que vous n'alliez jamais à l'église !

— Eh ! oui, mais là, on n'a pas eu besoin d'y aller : c'est lui qui est venu !

— Tu m'avais dit que ton père ne croyait à rien, que ta mère ne croyait que ce qu'elle voyait !

— Eh ! oui, mais le curé, elle l'a vu ! Elle l'a même entendu !

Il change les vitesses en gestes de colère, en grincements inquiétants, prolongés jusqu'à la ligne droite qui est sa façon de voir la vie. Mais la cinquième roue de la charrette est toujours là pour mettre des bâtons dans les quatre autres ! Il est passé à la chambre d'agriculture. Sans le dire à Marie-Paule. A Pénichon, la vigne ne sert à rien. Qu'à faire de la piquette. A temps perdu, vraiment. C'est une idée qui lui était venue : s'il l'arrachait sur le plateau, il aurait droit de planter le même nombre de pieds dans la vallée ; sur sa parcelle de Birebiel où ils feraient plus de profit. A la chambre, la bonne femme lui a dit que sans être marié ça n'était pas possible : les deux terres doivent être au même nom. Elle faisait la navrée mais il se demande si elle était bien sincère dans ses mondanités et cet accent pointu que sûrement elle n'avait pas pris entre Cahors et Agen. Sur « une situation qui ne l'interpellait pas directement, sans donner une connotation morale à son propos elle voyait l'union légitime comme ressortissant à l'univers conceptuel de l'ethnie rurale ». Avec un langage comme ça, tu peux avoir confiance !

Marie-Paule ne dit pas un mot. Elle et la Sauvine, on ne voit pas bien quand elles rigolent mais quand elles font la gueule on s'en aperçoit tout de suite.

En plus, elle met sa tête dans ses mains.

Pierre ralentit. D'un coup.

Ses idées roulent moins vite. Moins en désordre.

Elles vont vers sa mère qu'il a si peu connue. Il l'imagine seulement ; sur photo et portrait-souvenir établi par les autres ; par exemple quand son père parle de la fois où elle avait pleuré ; au bout d'un an de mariage. Le père s'était dit qu'il était responsable mais, à elle, il n'avait pas pu lui dire.

L'orgueil, c'est imbécile. Ou alors, ça n'est pas de l'orgueil. Mais c'est imbécile quand même.

Marie-Paule ne pleurera pas. Ni aujourd'hui ni demain. Ça n'est pas dans son tempérament. Et il se l'est promis.

Il est muet. Les mots sont bloqués sur son volant.

Le père l'a entendu arriver :

— Je t'attendais. La petite Cavignac a été transportée à l'hôpital. Elle ne pourra pas venir pour la cuisine. Il faudrait que tu ailles jusqu'à Toujac. Il y a une Portugaise qui serait libre, il paraît. Tu t'entendras avec elle.

Ça n'est pas la course qui embête Pierre. Ça n'est pas, non plus, les neuf heures qui sonnent. C'est l'odeur de cèpes qui parvient de la maison. Il les sentait prêts pour le réconfort.

C'est Marie-Paule aussi. Il lui aurait coupé son pain. Il lui aurait dit : « Tu veux d'autres cèpes ? »

Il aurait fait le repenti et ils se seraient rajustés :

— Descends. Mange en m'attendant. Je vais faire vite.

Elle ne descend pas.

Il repasse le Lot avec une main sur le volant. L'autre est sur la jupe. Au bord de la jupe. Sous la jupe.

Ils finissent par trouver la Portugaise. Elle viendra. Elle a un vélomoteur. Mais il faudra qu'elle amène sa gosse qui ne va pas encore à l'école. Elle n'a personne pour la garder.

Au retour, les phares tournent à droite. Sur le panneau de Puy-l'Evêque.

— Où vas-tu ? Tu ne rentres pas ?

— Je vais voir un copain.

Le copain de son père à elle, c'était Couderc, le boulanger. Sa mère lui disait que quand ils se trouvaient, dans leur jeunesse, des fois ils passaient des heures à se parler de la pointe de Grave et des fusils-mitrailleurs, des poêles à frire qu'on utilisait, paraît-il, pour le déminage. Des choses qui n'intéressaient pas du tout la Sauvine.

Les hommes ont toujours un copain peut-être.

On dirait que l'odeur de cèpes est toujours dans la bagnole.

— Ta grand-mère va nous attendre.

— Si elle attend, c'est qu'elle est pas pressée.

Des fois, la Sauvine dit : « Çui-là, il est comme un bâton merdeux : on sait pas par quel bout le prendre. » Ça s'appliquerait bien à la circonstance.

Le gymnase est éclairé. Pierre l'aurait parié. C'est le soir du judo.

Stéphane enlève son kimono.

Il passe sous la douche.

Il les entraîne chez lui. Presque pas de meubles. Juste une table longue, pas trop belle avec, contre un mur, une sorte de buffet qui doit être un secrétaire ; de l'autre côté, au-dessus d'une banquette un peu fatiguée, un crucifix sur velours rouge bien défraîchi.

Ce qui est sûr c'est que, pour l'Eglise, le mariage est encore un sacrement important.

— Ça va peut-être te paraître naïf mais... chaque fois que j'unis un couple je suis ému.

A sa voix sérieuse, on comprend que Pierre pose une question d'avenir :

— Plus que pour un baptême ?

Stéphane est rêveur. Et formel : le baptême est

émouvant, bien sûr, mais... dans le mariage, ce sont des êtres en pleine force qui disent : « Nous plaçons notre union sous la protection du Seigneur. »

— Ça veut dire que pour nous...

Ça veut dire que le vieux pépère de curé Filhol, Stéphane le comprend : il vient d'un passé auquel il est fidèle...

— Il est le produit d'une culture : il la véhicule.

Stéphane regarde Pierre et Marie-Paule. Trois noms viennent de l'Evangile. Sur deux têtes. Deux êtres qui vont se réunir et vivre leur amour. Cet amour aura ses difficultés. Peut-être même lui en créera-t-il à lui, pasteur de l'Eglise, mais c'est un amour voulu par Dieu. Il n'a pas le droit de s'y opposer :

— S'il y a amour, c'est que Dieu est là, tu comprends ?

Non, Marie-Paule ne comprend pas. Ni le curé Filhol qui interdit ni Stéphane qui autorise. Elle vit la conversation dans un silence appliqué ; au bas d'un mur. Au-dessus du mur et surtout au-dessus d'elle, il y a l'inconnu. Inimaginable mais tout de même imposant. Elle veut se plaindre.

On l'entend à peine :

— Il nous a dit que nous faisions scandale.

Stéphane éclate de rire :

— Peut-être croyait-il entendre la voix de Dieu : en vérité, ce devait être la voix des voisins !

C'est bien ce que Marie-Paule avait pensé. Tout de même, elle est embarrassée de voir qu'on s'amuse sur le sujet ; ça n'est pas comme ça qu'elle envisageait la chose. Stéphane a beau lui répéter que personne ne représente Dieu sur la terre, que personne n'a le droit de parler en son nom, elle a sur chaque mot des objections secrètes, des questions qu'on ne connaîtra pas. En plus, voilà que Stéphane lui interdit de l'appeler monsieur le curé. Et même monsieur. Et même de lui dire « vous ». Nous sommes frères, peut-être ; nous avons le même âge, sans doute, mais il n'empêche : tutoyer un curé, c'est une liberté impensable. Une aventure en quelque sorte.

Heureusement, c'est lui qui parle : il est là pour faire connaître Dieu. Pour le servir. Et surtout pour l'aimer. L'amour c'est là que toujours il faut revenir :

— Si les hommes me voient agir dans la bonté de Dieu, ils auront envie de me suivre ; de donner, eux aussi ; alors, ils recevront : tous ensemble, nous partagerons notre amour pour le Seigneur.

Marie-Paule tremble un peu. Elle engrange les phrases surprenantes. Elle se demande, quand elle entend Stéphane et le curé Filhol, s'ils parlent de la même religion ; s'ils n'ont pas chacun un Dieu, l'un qui est mort sur la croix et l'autre qui ferait du judo. Elle pense que le premier est le vrai mais que le second est peut-être son fils : il est plus jeune. Peu à peu sans doute, il remplacera l'autre, le père, le grand, celui devant lequel lorsque vous êtes gosse on vous apprend à vous prosterner et qui vous écrase, vous impressionne et presque vous terrorise quand on songe à toutes ces églises, ces cathédrales qu'il possède par le monde et dans lesquelles se pressent des millions de gens. Pour Marie-Paule, une église c'est avant tout ce trou noir dans lequel elle avait gardé pour elle la honte de n'avoir pas mérité sa place d'honneur au catéchisme. Dieu c'est ce juge terrible qui paralyse les aveux. Quant à l'autre, celui qui ne les demande pas, il jette par là un trouble dans son âme :

— Mais... le péché ?

Stéphane la regarde avec des yeux de grand frère sûr de lui :

— Le péché... c'est de ne pas se réjouir du bonheur des autres.

Elle sait bien que demain elle ne pensera plus à tout ça, que, sécateur à la main, elle voudra être la première au bout du rang, de la *régo,* de la rège : pour montrer à son beau-père qu'elle est active ouvrière. Elle sait qu'il faudra aider la mémé, porter à boire aux hommes et le soir aller quand même à Pénichon puisqu'elle a promis à sa mère d'aller à sa place à la mairie pour la réunion sur le POS.

Elle sait tout cela mais la phrase de Stéphane lui revient en mangeant les aubergines (ça n'était pas des cèpes : Pierre est furieux).

Elle embrasse son homme devant la grand-mère, ce qu'elle n'avait jamais fait.

Elle a bien compris qu'il est allé voir Stéphane pour elle. Sans phrases et avec patience. Pour la rassurer.

Elle sait bien, elle aussi, qu'elle ne pleurera jamais. Comme sa mère. Pourtant si elle devait le faire c'est maintenant que ça arriverait ; avec cette idée qui vient, d'un coup, lui monter à la gorge : il lui semble que ce soir elle s'est mariée.

La nuit de noces commence dans cette chambre de Pierre qui est toujours une chambre de garçon.

Plusieurs fois, Marie-Paule s'est dit qu'il faudrait mettre un rideau, qu'il doit y avoir dans l'armoire de la grand-mère ou ailleurs une dentelle pour égayer la commode. La table en noyer n'est pas mal. Doit-on garder dessus, dessous, entre les pieds, à côté, ces collections de *La Terre*, de *L'Equipe*, ces articles découpés dans *La Dépêche*, ces dépliants de chez Pechiney, du Gnis, de l'Inao et même ces invitations à des dégustations passées, lointaines, auxquelles on n'a jamais assisté, organisées qu'elles étaient par le Bontemps-Médoc, les Fins Gosiers d'Anjou, les Chevaliers du Tastevin ou même la lorraine Confrérie des compagnons de la Capucine ?

— Dis, Pierre... Ton Stéphane, tu crois qu'il a le droit de parler comme il parle ?

— T'en fais pas pour lui : il sait ce qu'il dit.

La Jurade de Saint-Emilion est tombée sur le parquet. Faces contre terre. Marie-Paule remet les intronisés sur la pile :

— T'es sûr qu'il est curé au moins ?

— Cette blague ! Bien sûr qu'il est curé !

Les draps sont frais. C'est un bel automne pourtant : il n'y a pas à se plaindre.

Tout de même, c'est dur à avaler :

— S'il n'y a pas de péché... à quoi ça sert, l'Eglise ?

Pierre la rejoint dans le lit. Il a une caresse distraite. Il bâille. Il se tourne vers le mur.

Il y a des demandes qui sont comme des péchés de confessionnal ; on les garde pour la dernière minute :

— Dis, Pierre... la réunion à la mairie pour le POS... demain... va y avoir que des hommes là-dedans... Tu voudrais pas y aller, toi, plutôt que moi ?

En vérité, Pierre avait oublié cette histoire de POS. Il connaît le premier jour de la vendange. Il sait qu'on finira tard, qu'il y a toujours à la coopérative, dans les équipes ou sur le tracteur quelque chose qui ne va pas. Il avait espéré qu'on n'irait pas à Pénichon, qu'on sauterait un jour, que Marie-Paule comprendrait. Mais, évidemment, le plan d'occupation des sols, c'est important :

— Bon, j'irai.

Il est plus de minuit.

Demain, le père sera levé à six heures. Avant, même. Pierre veut descendre en même temps que lui. Pour ne pas avoir honte. Parce qu'il a dit que, ici et là-bas, il ferait son travail, il assumerait, comme dit la mijaurée de la chambre d'agriculture.

Il éteint. Pour Marie-Paule, Stéphane a trouvé les mots qu'il fallait. Il en était sûr. Il a bien fait d'aller le voir.

En vérité, les yeux ouverts dans la nuit Marie-Paule pense : le curé Filhol, au sujet de son œuvre de chair, il a pas de mauvais sang à se faire !

Ils ont sous la douche effacé leurs travaux. Ils ont mangé la soupe, fait chabrot ; ils ont calé leur estomac avec un repas issu de leur ferme, arrosé de leur vin. Ils ont remplacé leurs vêtements du champ et de l'étable par un veston propre, un pantalon comme il faut, quelque chose dans tous les cas qui ne sente pas la vache ou le mazout.

Ils arrivent un à un, dans la tranquillité de ceux qui, l'hiver ou l'été, le jour ou la nuit, marchent au soleil ; sachant que l'heure de la réunion est celle où tout le monde sera là. Devant la mairie ou à l'entrée de la salle, ils se disent des « Adioü ! » et des « Aquo bo ? » auxquels en vérité ils ne peuvent pas répondre hautement : ce soir, ils portent sur leur visage une méfiance apparente, procédant de l'expérience et renaissant chaque fois qu'il s'agit de la terre et de la préfecture, de décrets officiels, d'arrêtés illisibles dans lesquels on trouvera à coup sûr des mots barbares, des mesures d'intérêt général qui ne sont de l'intérêt de personne. C'est pour ça que, silencieux, avec la prudence qu'il convient de montrer devant le danger bureaucrate, tout de suite ils se plantent devant cette photo de la commune prise par avion et sur laquelle bientôt ils reconnaissent leur ferme. A coup sûr, ça leur fait plaisir « d'y être », de voir que l'avion ne les a pas oubliés ; mais il y a ces zones tracées au feutre rouge ou vert ; il convient de savoir au plus tôt si le rouge est plus menaçant que le vert, si le bleu reste en place ou s'il est condamné à l'expropriation : pris depuis les nuages, ce terrain est miné.

Il explose dès les premiers mots.

Certains ne veulent rien entendre. Ils pensent que les résidences ou les industries peuvent aller s'installer ailleurs : dans les communes voisines par exemple ; eux, ils gardent leurs terres. D'autres, qui ont un emprunt un peu lourd au Crédit Agricole, montrent plus de civisme : ils sont prêts s'il le faut à céder un champ en bordure de route, à condition bien sûr qu'on le leur paie au prix du terrain à bâtir et qu'on leur en trouve un, attenant à leur propriété, au prix de la terre labourable.

Cela donne des idées nouvelles à un groupe qui, jusque-là, s'était tenu tranquille : on ne peut pas toucher aux exploitations ; la vie économique du pays en dépend ; ce qu'il faut c'est percer une route qui traverse la garrigue de Foujols et offrir ce terrain aux résidents ; là, sur les cailloux, ils construiront des maisons solides : elles n'auront pratiquement pas besoin de fondations.

Bordenave est près de l'apoplexie : il imagine les frais occasionnés par le percement d'une route qui coupe sa propriété en deux pour aller à Foujols où il n'a pas la moindre parcelle à vendre !

Ici commence le malheur des républiques : il y a un instant tous unis contre le projet arbitraire de l'Autorité, les citoyens maintenant se divisent, se déchirent, armés de vieilles rancœurs et de robustes jalousies...

— ... *Ma boulès tout mantsa, mille dioü !* hurle Louis Cassou dans le nez de Bordenave.

— Je veux pas tout manger mais je veux pas qu'on me régente. J'ai de la terre : j'en suis le maître.

Le jeune maire sourit : depuis sa récente élection, il

a trouvé dans les archives des traces de ventes des biens nationaux, du partage des communaux voulu par la Révolution. Il imagine ses aïeux se disputant la même terre rude avec la même rude opiniâtreté. Du moins ces hommes qui, devant lui, s'accrochent à leur patrimoine se battent-ils pour un sol qu'ils ensemencent eux-mêmes et trempent de leurs efforts :

— Bordenave, si on vous a tous invités, ce n'est pas pour vous régenter. On est là pour s'entendre.

— Vous voulez toujours vous entendre sur le dos des gros !

— C'est pas que le travail qui t'a rendu gros ! lance le boulanger qui, on le sait, a de la suite dans les idées.

Depuis longtemps, Bordenave ne lui répond plus : le plus intelligent se tait, tout le monde vous le dira.

Malheureusement cette retenue et l'espoir toujours sous la cendre d'une réjouissante empoignade entre les deux fanfarons créent un petit silence inattendu dans lequel un aparté prend rang de réplique :

— Oh ! non ! C'est pas que le travail ! a fait le pépé Rigouste d'un air convaincu.

Perçue par tous, cette approbation machinale prend une importance considérable parce que les vieux, on dit qu'ils perdent la boule mais, à parler juste, ce sont des mémoires vivantes : dans l'histoire des fortunes, la mémoire c'est pas toujours bon.

Bordenave doit faire face. Il toise le pépé :

— Qu'est-ce que tu veux dire, le vieux, avec mon travail ? Je t'ai fait perdre quelque chose à toi, un jour ?

La gloire cabotine ne donne pas de modestie :

— Moi, celui qui m'a appris à marcher, il savait courir ! estime le pépé d'un air malin. Pour lui faire perdre un sou, il aurait fallu se lever de bonne heure. Ça n'empêche pas que les Bordenave, tous depuis qu'on les connaît, ils ont toujours bien aimé manger la soupe avec les aveugles. Et il y en a, dans la commune, quand ils ont compté avec eux ils auraient mieux fait de leur regarder les mains que les yeux.

Pierre voit l'heure qui tourne. En tant que représentant de la Sauvine, il est avec le moineau espiègle qui, sur sa branche, s'amuse quand le petit taon fait enrager le gros bœuf. En tant que fils de son père qui a su agrandir ses pruniers et faire prospérer sa vigne, il ne peut pas d'emblée condamner Bordenave.

Il se tourne vers le pépé Rigouste avec des mots conciliants :

— On n'est pas là pour s'engueuler.

A sa grande surprise, c'est Bordenave qui le rebute :

— On est là pour faire ce qu'on veut.

Louis Cassou s'en mêle :

— *Mê doun ès, tu ? T'y connaichi pas !*

— Vous me connaissez pas ? fait Pierre qui, trois ou quatre fois déjà, a rencontré les Cassou dans le chemin de Grézel.

Il se présente :

— Pierre Barraste.

— *Es pas d'aqui !*

— Qu'est-ce que ça veut dire « je suis pas d'ici » ? La Sauvine, vous connaissez, non ?

L'assemblée est unanime : la Sauvine on la connaît.

Mais Barraste, on n'a jamais vu ce nom sur le cadastre.

Ça encourage les interpellations :

— T'es pas foncier ici !

— Tu payes pas la taille !

— *Per parla, cal paga !*

Pierre s'entête :

— Et ma belle-mère, elle paye pas ? Et ma femme ?

— Ta femme ?... *Qu'ès aqueule femno ?*

— Tu connais pas Marie-Paule Nadal ?

On croirait que Bordenave est le maire, le préfet, le représentant exclusif de toutes les légalités. Il est formel :

— Moi, je connais Marie-Paule Nadal mais... j'ai jamais vu son nom sur le registre des mariages.

— Vous savez pas que je vis avec elle ?

Les sourires glissent d'un visage à l'autre.

Louis Cassou les traduit en langage clair :

— Oh ! pour faire la bête à deux dos, ça c'est pas difficile !

On s'esclaffe. On apprécie le mot et la chose. On les complète en mini-conciliabules qui font monter la rigolade. Elle mousse. Elle pavoise. Elle patoise.

Etienne, le mauvais sujet des Sahuc, se lève, un doigt en l'air comme il le faisait il y a trente ou quarante ans dans la salle de classe :

— C'est plus facile de labourer la fille que de labourer la terre !

C'est le déchaînement. On fête l'inventeur d'une si belle trouvaille (celle-là, elle est bien de lui). Il s'assoit entre tapes sur les cuisses et claques dans le dos. C'est la récréation. Etrangère à l'étranger que les plus discrets se contentent de regarder à la dérobée ; ou en secouant la tête pour dire : « Ça n'est pas sérieux. »

Ainsi fait le jeune maire. Souriant. Il considère ses turbulents administrés avec indulgence, leur fait des reproches inoffensifs et, appuyant son mandat sur le goût de la conciliation, il adresse à Pierre une phrase amicale, compréhensive, une tardive bienvenue.

La convenance est inutile : Pierre ne parlera plus.

Il sortira de la salle dès la séance levée. Il ne serrera la main de personne.

Le lendemain, à la coopérative, au chai, sur son tracteur tirant la grappe, il ressentira l'une de ces colères ténébreuses qui, du particulier insignifiant, conduisent à la généralité dangereuse ; au « c'est tous des cons », début modeste des redoutables philosophies.

Trois jours après, au pressoir, dans la voiture, à la bergerie, il s'agite encore :

— Le bonheur des autres les emmerde. Voilà la vérité.

Marie-Paule, puisqu'il parle de son bonheur, ça la ravigoterait plutôt ; au fond, bien sûr. Son visage marquerait-il quelque chatouillerie, comment s'en apercevrait-il ? Il revient sans cesse à cette soirée qu'il situe dans le vaste programme des mentalités à changer, dans une comparaison à l'avantage des jeunes agriculteurs où, à l'en croire, de l'Est ou de l'Ouest, chacun trouve sa place et la solidarité du copain :

— Tes zozos, ils me rappellent un dessin dans *Le*

Chasseur français... Quand j'étais petit. C'était une publicité pour un produit qui protégeait les poules de la maladie. T'avais le paysan qui l'avait utilisé... il était accoudé à sa barrière, pétant de satisfaction, et il disait : « Moi, maintenant, je regarde les poules crever chez les autres. »

Pierre, ça le tue une idée pareille ! Non qu'on mette semblable propos dans la bouche d'un paysan mais de se dire que le publiciste hélas ! avait vu juste et qu'il existe peut-être encore des culs-terreux pour lesquels la joie d'avoir sauvé leurs poules se double du plaisir de voir celles du voisin se retrouver les pattes en l'air !

Marie-Paule a d'autres tracasseries : Aline ne lui parle pas ; elle lui fait des farces stupides ; au dernier repas des vendanges, comme elle arrivait avec une pile d'assiettes, la bécassote a tendu sa jambe en avant ; exprès, elle en est bien sûre. Elle aurait été contente de la voir tomber au milieu des rires. On lit toujours dans ses yeux, quand elle regarde Marie-Paule, un sourire imbécile, hypocrite et sûr de lui, qui dénonce la perspective d'une mauvaise satisfaction. Hier, la grand-mère essayait de la faire taire mais Marie-Paule l'a bien entendue : elle se réjouissait que le mariage ne se soit pas fait et malgré la mémé elle a réussi à lancer à Marie-Paule : « Il t'a pas voulu-ue ! Il t'a pas voulu-ue. » L'enfance nous accompagne à tous les âges de la vie. Les débiles sont ceux qui le laissent voir.

Marie-Paule pense à tout ça lorsque, au bas de la combe, au coin du chemin qui monte chez les Cassou, Louis d'un coup est devant elle.

C'est un chemin nu ; bordé seulement à son extrémité. Cela veut dire que Louis était derrière la haie. Il la guettait.

— Bonjour, Marie-Paule.

— Bonjour, Louis.

Elle veut passer, comme elle fait d'habitude. Comme le fait sa mère. Dans l'indifférence.

Il la suit :

— Ça tombe bien que je te rencontre parce que... pour l'autre jour à la mairie... ça m'embête ce qu'ils ont dit à ton... à... Pierre.

Marie-Paule a une surprise soupçonneuse :

— Tu y étais pas dedans, toi ?

Cassou se dandine dans la franchise évasive :

— J'y étais... comme tout le monde. Dans ces coups-là, une phrase mène l'autre. Faut pas tout écouter.

Ce qu'il s'est pensé, Louis Cassou, c'est que... entre eux il y a une chose qui pourrait tout arranger.

Une pie-grièche passe à quelques mètres ; surprenante à cette saison, pense Marie-Paule.

— C'est quoi, ton idée ?

Louis a la respiration indiscrète. A base d'ail et de vin rouge. Panachés crasses.

Il se lance :

— C'est... je me suis pensé... tu pourrais te marier avec moi.

Elle est sidérée. Elle se demande s'il plaisante. Mais il est sérieux comme un pape dans la même circonstance.

— Tu sais pas que j'ai Pierre ?

Cassou, Pierre ça lui est égal :

— Tu le gardes si tu veux. Moi, c'est juste pour le nom... et pour la terre. Comme ça, y aurait un homme à Pénichon. Un légal. Quand il faudrait aller à la mairie... ou faire des papiers, ça serait plus régulier.

Pour un peu, Marie-Paule sourirait.

Il le voit peut-être. Il ajoute à son cocktail respiratoire un zeste de transpiration :

— Ce que j'en dis c'est pour t'arranger.

— Je comprends bien.

La pie-grièche a retrouvé son copain en haut d'un peuplier. Ils lancent un chant bizarre, un duo sans classicisme avant de partir pour la ramure dénudée de l'ormeau. Mort, comme partout. Ses branches font sur le ciel un puzzle désespéré. Comme des éclairs immobiles et noirs. Avec deux oiseaux qui, sur fond d'acier, agitent une queue d'une rare élégance. La beauté sur la désolation.

Marie-Paule regarde Cassou. Pour s'assurer :

— Alors, toi, tu m'épouserais et je garderais Pierre ?

Il est libéral, Cassou :

— Tu le garderais, oui.

A la réflexion, il est même très libéral :

— Tu le garderais... si tu voulais : tu serais pas obligée !

— Avec qui je coucherais ?

Il a son idée sur la question. Il n'ose pas la dire. Il regarde ses bottes dans la boue. Sa boue sur ses bottes. L'ail remonte quand même. Peut-être parce qu'il souffle plus fort.

Elle demande :

— Avec toi ou avec lui ?

Si c'était son genre, elle pourrait rire franchement : il ne la voit plus. Il ne regarde plus ses bottes : il est dedans. Il y a un « oh ! », un « hé ! », un soupir qui précède un mouvement de tête. La vinasse porte un vague « avec qui tu voudras », un anémique « avec lui ».

Elle insiste :

— Et toi ?

— Oh ! moi... pourvu qu'on s'arrange bien... pour la terre... et pour les papiers...

Le plus étonnant c'est qu'il a l'air sincère, complaisant, alliant sens pratique et bonne volonté. Elle pourrait l'arrêter là, d'un « merci », d'un « nous en reparlerons ». Mais les filles les plus discrètes, les Marie-Paule et les autres quand elles sont dans l'aventure de l'embarras au masculin, elles jouent leur rôle jusqu'au bout de l'impitoyable :

— Tu voudras pas que je couche avec toi ?

L'ail et la crasse ont une bouffée honteuse, une franchise de maquignon pris à son argument, un élan qui s'entortille dans ce qui est pourtant la logique de la vie :

— Hé !... Ho ! Ça se pourrait. Des fois.

Le « des fois », c'était le petit secret, le treizième œuf de la douzaine, l'avantage en nature que l'on pouvait espérer par-dessus le marché établi de bonne foi : sans tout se dire et où chacun trouve son compte.

Il attend, Louis Cassou. A découvert, il le voit bien.

Marie-Paule met fin au supplice.

Elle s'en va.

Un terrien ne reste pas dans le vague.

Il la rappelle.

Il la rattrape :

— Hé ! Ho !... Marie-Paule ! Tu me fais réponse ?

Non. Marie-Paule ne répond pas. Elle sait qu'il attend, qu'il la suit, qu'on ne laisse pas les gens dans l'imprécision et encore moins les voisins avec lesquels il importe toujours de se bien conduire : à charge de revanche. Pourtant, elle va vers Pénichon sans ouvrir la bouche ; avec devant elle une seule constatation : je suis une Sauvine.

C'est ce qui d'un coup lui donne l'idée.

Elle s'arrête.

Elle se retourne :

— Dis, Louis... si c'est juste pour qu'il y ait un homme à la maison... tu peux aussi bien te marier avec ma mère.

C'est un projet auquel Louis Cassou n'avait jamais pensé. Cela se voit.

Elle explique :

— Ça arrangerait tout aussi.

Il la regarde. Il essaie de s'en tirer :

— Ça arrangerait tout mais c'est pas pareil !

— Ah ! bon ? Pourquoi c'est pas pareil ?

Il ne dit rien.

Ou plutôt si. Au bout d'un moment :

— Je sais pas l'expliquer mais c'est rien qu'à te regarder... C'est pas pareil.

Il est rougeaud ; pataud ; l'œil obscurci ; arrêté par la déception.

Sur l'ormeau, la pie-grièche improvise. On dirait qu'elle veut imiter le rossignol. Qu'elle veut imiter l'été.

Avec cette énergie de femme seule qu'elle avait prise avant même la mort de son homme, la Sauvine s'en va sur le tracteur antique.

Marie-Paule et Pierre restent sur la friche qui bientôt n'en sera plus une. Ils vont ramasser le bois que, dans la cheminée, la Sauvine brûlera à l'économie ; sans flambée ; presque sans flammes : les bûches bout à bout avec mission mutuelle de s'entretenir et de maintenir la soupe chaude, la salle de ferme pas trop froide.

On ne voit plus la pie-grièche. On ne l'entend plus.

Marie-Paule pense qu'elle est partie. Elle se demande pourquoi elle est partie si tard. Pour où ?

Elle regrette de ne pas avoir retenu tout ce que, au fil des jours enfants, son père lui a dit sur les migrations. La science qu'on nous donne est plus fragile que celle que nous nous faisons à coups d'expérience et surtout de passion. L'homme à l'humeur braconnière accumule les connaissances sans savoir qu'il avance dans l'ornithologie.

Ainsi était Léo.

Il y aura un an bientôt qu'il est mort.

Marie-Paule aurait aimé que Pierre le connaisse. Pierre le sait et il aurait aimé, lui aussi, défricher avec ce père amateur de plume et de poil, ce qui veut dire amateur de campagne vivante : celle dont, en promenades patientes, en observations quotidiennes, on mérite les secrets. Il aurait aimé l'aider à chasser la pierre et à prospérer avec, en récompense, la bouteille qu'on boit ensemble aux jours de fête, en mangeant le « pastis » ou la « coque » de Pâques sur la table qui bientôt s'allonge d'une petite place et encore d'une petite place devant une grande chaise. Les joies sont entières quand les familles sont au complet.

Léo n'est plus là.

Pierre aurait voulu lui dire : « Père, chez nous on dit : Ni la femme ni la toile ne se choisissent à la chandelle. »

L'écho des siècles occitans aurait répété : « Ni la femno ni la télo, caousis lus à la candéla. »

Emu par ce passé simple de langage, par le présent qui, quoi qu'on pense, est toujours le plus grandiose de tous les temps – celui qui réalise : le temps de l'existence certaine –, Pierre aurait murmuré : « Votre fille, je ne l'ai pas choisie à la chandelle. Père, je suis fier d'elle et je vous remercie de me l'avoir donnée. »

Voilà ce qu'il pense en tirant vers les ruines grises du petit mur les genévriers que, voici un instant, le tracteur et ses chaînes ont arrachés au sol.

Voilà pourquoi il va, d'un bond, vers Marie-Paule qui s'est planté une épine sous l'ongle ; pourquoi il mord son doigt en guise de premier soin ; pourquoi il mord ses lèvres avec autant de force ; pourquoi il la serre contre lui avec une envie soudaine d'union à jamais :

— On va se marier et tout sera fini.

Elle est surprise par cet élan en plein jour, en plein

causse, en plein travail ; surprise par cette décision soudaine, par ce « tout sera fini » qui ne lui semble pas devoir suivre un projet de mariage.

Il s'explique :

— Les attaques des uns, les propositions des autres, ça sera fini : on se marie et, comme ça, on leur ferme la gueule à tous.

Il l'embrasse en force. Elle lui parle en douceur. Elle caresse d'un doigt son menton. Elle pose sa tête sur sa poitrine.

Ils sont debout devant le sommeil des champs, le silence de l'automne, les feuilles-écureuils quittant leurs branches pour se faire, en chutes douces, chemins de chasse, sous-bois dorés, parfums inoubliables de mercredis juvéniles.

La pierre soudain résonne. Le ciel s'emplit d'un drame, d'un appel, de la voix de Jeanne Soubret que l'on voit courir en criant, en s'affolant, en faisant au bout de la friche de grands gestes désordonnés :

— Marie-Paule ! Viens ! Marie-Paule ! *Beni, moun maïnatsi ! Pierre ! Lou malhurt ! Beni ! Beni aqui !*

Les amours sont cassées : Pierre et Marie-Paule partent dans le même temps, avec la même force. Dans le même pressentiment ou plutôt la même certitude de gravité. De tragédie.

Rebroussant chemin sans venir jusqu'à eux et ainsi les précédant encore, la Jeanne continue ses gestes et ses cris, tirant son mouchoir pour le porter à sa bouche, à ses yeux, sur tout son visage qu'elle semble vouloir cacher alors qu'elle voudrait seulement en chasser l'image qu'elle vient de découvrir.

Le tracteur est au fond de la combe, renversé ; venu se coucher là par maladresse, par imprudence surtout qui le faisait conduire sans toit, sans ces arceaux qui, en cas d'accident, arrêtent la catastrophe avant le premier tonneau.

La Sauvine est dessous. Sanglante. Terreuse. Etouffée. Broyée. Affreuse.

Aubin Soubret a entendu sa femme. Il accourt. Pierre et lui trouvent une énergie de géant pour tenter de leur dos collé à la masse, de tous les muscles de leurs jambes collées au sol de relever l'engin, de libérer la Sauvine. C'est peine perdue : le poids est vers la pente, prêt plutôt à entraîner à nouveau le tracteur pour lui faire reprendre sa course en passant une fois encore sur le corps de sa victime.

Au reste, ce qu'on peut faire ne compte plus.

L'image de Louis Cassou vient un instant devant le regard de Marie-Paule. Et le sourire à présage d'Aline. Et surtout, elle entend la voix du curé Filhol : « Malheur à celui par qui le scandale arrive. »

Elle sait qu'elle ne pleurera jamais.

Le deuil est revenu aux mêmes chrysanthèmes, avec les mêmes visites des voisins, les œillets et les glaïeuls, la même sortie du corps par la même porte usée.

La différence c'est l'inattendu de cette fin, le bouleversement qu'elle provoque à l'improviste. C'est la compassion maintenant concentrée sur Marie-Paule ; avec, chez les vieux surtout, des soupirs plus nombreux, plus accentués, des secouements de tête et des regards furtifs vers le ciel craintivement accusé d'être décidément impitoyable aux pauvres gens. Et à leurs entreprises :

— Une ferme à laquelle ils avaient tant travaillé tous les deux ! Qu'est-ce que ça va devenir tout ça ?

Quelque Bordenave, quelque Combes-Marty a des réponses prêtes.

Marie-Paule ne s'interroge pas. Elle vit le moment machinal ; enfermée dans son destin comme sa mère l'avait été avant elle ; ne cherchant pas à cacher son chagrin puisqu'il est où personne ne le verra jamais.

Elle ressemble à la Sauvine. Comme elle, déjà, elle est presque disparue.

Pierre est près d'elle. Il s'inquiète. Il la regarde. Il la devine. Il l'entoure. Jamais il ne s'est senti aussi marié. Même hier dans la combe quand il l'écrasait de ses projets de bonheur, il ne mettait pas plus de force devant elle. A son service, il voudrait dire. Pour qu'elle s'appuie. Qu'elle s'entrebâille. Elle se ferme. Ou plutôt : elle reste comme elle est. Sauvine. Sauvage. Des gens disent : indifférente.

En rentrant de la sépulture elle a passé un tablier et elle est partie vers les moutons. Elle les a sortis ; comme sa mère voici un an l'avait fait.

Lorsqu'elle est revenue, elle a dit :

— Je vais préparer le souper.

Il a répondu :

— Tu sais bien que la mémé nous attend. Et mon père.

Elle a préféré rester.

Les Soubret sont passés les voir. Ça fait presque une tradition.

C'était pour dire : « La vie continue. » Cela signifie : des joies reviendront et aussi des tracasseries.

Au fond, on le sait bien.

Et puis, un grand malheur n'empêche pas les mauvaises nouvelles : le lendemain, lorsque Pierre et Marie-Paule arrivent chez Pierre, Robert est là. Arrivé sans prévenir.

Ça le met dans une position délicate. Il se rend compte pardi que le moment est mal choisi. Seulement, dès qu'il a appris que le vieux bonhomme Birot était prêt à bazarder son affaire de Levallois, il a foncé :

— C'est à côté de Neuilly, tu comprends. Là, y a du pèze. Et il y est depuis trente ans, le pépère. Comme clientèle c'est du solide. Alors quand il m'a dit : « Je vous garde la préférence pendant quarante-huit heures », j'ai pris la bagnole et...

Pierre s'énerve :

— Qu'est-ce que tu veux que je fasse ? Que je vende la propriété ?

Bien sûr que non, Robert ne veut pas que son frère vende ! Pour qui il le prend ? Il avait juste pensé que, avec le Crédit Agricole...

Pierre s'agite, se calme, repart :

— Vous voyez ça de la ville ! Vous vous rendez pas compte.

Il s'exaspère, se défoule, se plaint. En vérité, il pense à Marie-Paule. Le ton de la conversation c'est celui de son inquiétude. De son chagrin. La peine des autres c'est la plus lourde. La sienne, on a des phrases pour la dire et l'alléger. Celle des autres, on n'a jamais pour l'adoucir les mots qu'il faut. D'ailleurs, à bien y réfléchir, comment de son garage de Pantin ou de Levallois Robert pourrait-il apprécier la situation ? Sur place, la moitié des agriculteurs sont inconscients ! Un emprunt pour ci, un emprunt pour ça, chaque jour ils font un peu plus la putain pour la banque ! Ah ! l'agriculture va mal mais la banque, elle, va bien ! Et les firmes d'engrais ! Et les machines ! Et la publicité ! Et l'agro-alimentaire : ceux-là on peut leur demander un service, ils sont toujours prêts à le rendre ; et à pousser à la transformation ; à l'innovation ; à la construction. Et après vous vous retrouvez avec une spécialisation qui ne marche pas, des bâtiments inutiles, des élevages trop onéreux pour un marché saturé ; vous vous retrouvez dans une situation pire qu'au départ avec à chaque coin de champ une main prête à vous étrangler ; sur toutes vos entreprises des garanties qui ressemblent à des hypothèques. Et Marie-Paule, ça lui fait deux deuils en une année. Les deux plus grands. Elle a été toujours solitaire, sans doute. Maintenant la voilà seule. Avec lui. Il faut qu'elle en soit sûre.

Un jour, ils auront un enfant. Garçon ou fille, ça lui est égal.

En novembre, il n'a jamais visité sa vigne sans sentir en lui de l'estime pour elle. Il pense qu'elle vient d'accoucher ; qu'elle a droit au repos ; à la protection de l'homme et, en premier, au buttage où l'on peut voir le vigneron bordant les ceps comme le mari bordant la nouvelle maman : pour la protéger du froid. Hier, on opérait à la main, à la pelle, au sarcloir. Aujourd'hui passe la machine : le drap de terre remonte plus vite sur les pieds mais c'est toujours le même soin ; avec moins de peine et plus de surface à couvrir ; moins de lumbagos et plus de hernies discales.

Pierre ne va jamais entre les rangs sans jeter un coup d'œil vers le passé qui, dominant la vallée, a laissé sur les coteaux les traces des anciens vignobles.

C'était le temps où, chaque hiver, le récoltant devait à la brouette ou à la hotte remonter la terre que les pluies et les orages avaient entraînée hors du champ, dans les ravines. La sève était faite de ces efforts longs et patients. Le vin le savait. Il offrait à qui le servait un goût de récompense.

La nuit porte conseil.

Cela ne veut pas dire que le conseil soit bon.

Le tracteur est arrêté au bout de la pièce, sur le chemin qui la sépare des pruniers.

Quant à être positif, Robert estime qu'il faut l'être tout à fait :

— Ce que je t'en dis, c'est peut-être un peu tôt pour en parler... J'y avais pas pensé, bien sûr : je pouvais pas savoir mais... maintenant que les choses sont comme elles sont, autant regarder le problème en face. Tu vas pas garder les deux propriétés ?

Pierre sursaute :

— Tu veux que je vende la ferme de Marie-Paule ?

Robert le rassure :

— Pas toi. Tous les deux. D'un commun accord. Je sais pas : vous pouvez y penser.

A parler franchement, Pierre y avait déjà pensé. C'est pour ça qu'il a montré de l'indignation : la suggestion immorale ou simplement la précipitation déplacée, il vaut mieux faire voir que ça vient de l'autre.

Il est bien certain que depuis la mort de son père Marie-Paule restait à Pénichon à cause de sa mère. Maintenant, la question se poserait autrement. L'ennui était d'avoir à la poser si vite.

Il ne s'y décida pas.

Ils allèrent pendant quelque temps du plateau à la vallée, dans des voyages quotidiens marqués en haut par le dépiquage du maïs, en bas par le fumage de la terre convalescente : il convenait de lui redonner des forces.

A Pénichon, l'auvent de la grange avait besoin d'être relevé. Pierre avait dit qu'il le ferait après les grands travaux. Il ne s'y mettait pas.

Marie-Paule ne le lui rappelait pas. Elle ne parlait ni de cela ni d'autre chose. Elle avait pris la place de sa mère. Non seulement dans les tâches de chaque jour mais dans la façon de les exécuter, allant de l'une à l'autre en personne qui sait ce qui l'attend, qui pense que les autres aussi connaissent leur travail, que tout cela ne prête pas à commentaire.

Le soir pourtant le lit offrait ses plénitudes. La force douce de Pierre qui avait tellement fait pour les débuts de leurs amours, les réponses parfois farouches que de tout son corps Marie-Paule lui donnait les unissaient dans des retrouvailles entières, plus grandes que le plaisir. Après cela, il essayait un peu de dire les choses. Elle blottissait contre lui sa faiblesse. Il aurait voulu qu'elle pleure ; il lui semblait qu'elle aurait pleuré longtemps, toute la nuit peut-être, et que cela eût changé sa vie. Mais chez Marie-Paule les larmes et les paroles habitaient les mêmes inaccessibles contrées où, sans doute, elles cachaient leurs secrets.

Une fois pourtant, dans l'un de ces moments où la femme sait dire sans un mot cette tendresse que le mâle imbécile veut prendre pour de la soumission, Marie-Paule glissa à l'oreille de Pierre : « Heureusement que je t'ai ! » Il lui sembla que le monde chavirait, qu'il le comblait, apportant le dénouement des faits et des êtres, la fin d'une angoisse, la force double et unique des couples véritables.

Le lendemain dès l'aube, Marie-Paule avait retrouvé ses gestes mécaniques, ses pas sans défaillance qui la conduisaient aux besognes machinales. Rien dans sa voix, sur son visage n'indiquait le souvenir de la veille.

Pierre alors l'observa mieux.

Une nuit où Ripette aboyait, il s'éveilla en sursaut. Ce fut une révélation : Marie-Paule, qui passait des jours de silence, vivait des nuits de phrases sans fin, de mots sans suite. Elle avait un sommeil qui pleure. Des plaintes et des sanglots l'agitaient jusqu'à l'extrémité de ses rêves. Alors elle se levait, les yeux secs, tous ses traits indiquant seulement la volonté tranquille de mener son ouvrage à bien.

Il lui proposa de voir le docteur.

Elle répondit :

— Je vendrai jamais.

Il en fut stupéfait, ne comprenant pas.

Il ne pouvait pas comprendre : c'est à elle qu'elle avait répondu.

Il murmura :

— Bon. Tu agis à ta guise. Après tout, c'est ta terre.

Elle rectifia :

— Non. C'est la terre de mon père. De ma mère.

Et, par extraordinaire, elle s'anima. Elle raconta comment ses parents avaient pris cette ferme. Elle dit pourquoi ils l'avaient eue : parce qu'elle ne valait rien et qu'il fallait la payer cher. Les Bordenave et les Combes-Marty attendaient que les propriétaires se lassent ; qu'ils baissent les prix. Ils pensaient que les champs dont la plupart étaient en jachère se vendraient seuls ; que personne ne viendrait habiter ce taudis, que nul ne mettrait un sou dans cette grange qui perdait ses poutres, cette étable aux murs inquiets, ce Massey-Harris de la première heure qui n'avait même pas une herse à tirer : bientôt on ne trouverait plus une pièce pour le remettre en état. Il avait fallu des fous pour le réparer sans cesse, pour inventer sous les genévriers de la terre, pour épierrer les friches, pour, sur la brique ou le moellon, cimenter des parpaings, relever les toits : ici on regroupait les tuiles canal sur la dernière volige, là on plaçait de la tôle ondulée quand ça n'était pas une bâche tendue avec pour mission d'attendre des jours meilleurs.

— Je vendrai jamais.

Pierre se tait.

Devenue pour un jour machine à épiqueter, la moissonneuse-batteuse aspire les épis de maïs au bas du grillage et, les enfournant sans précautions, elle les rend en grains qui dans son ventre montent comme une masse liquide. Dorée. Les rafles s'entassent d'un côté, les coques de l'autre, libérant dans le tourbillon de l'air mécanique quelques flammèches de peau sèche, beaucoup de poussière et ce bruit incessant, ce

« tac-tac-tac » assourdissant qui n'est pas la moindre nouveauté des travaux d'aujourd'hui.

Lorsque sept ou huit fois dans la journée la moissonneuse aura vidé sa panse dans la vaste benne posée au sol, le camion géant viendra. De son treuil puissant il enlèvera tout, ferraille et maïs, laissant derrière lui des séchoirs vides et le souvenir des égrenages à la main, des battages anciens où la fatigue des muscles s'oubliait dans le repas en commun, la veillée revigorante, les chants qu'on n'écoutait pas alors à la télévision dans une langue qu'on ne comprend pas mais qu'on poussait à son tour, en français ou en patois, pour la joie de tous. Léo n'était pas le dernier.

— Bon. Tu es prête ?... Je me doucherai chez moi.

— Non. Je suis pas prête.

En attendant mieux, Pierre a passé sa tête sous le robinet de la cuisine, sur l'évier.

Il demande :

— Qu'est-ce qui reste à faire ?

Elle répond :

— Tout.

Il s'aperçoit alors qu'elle est assise, qu'elle était sur sa chaise déjà quand il est rentré ; qu'elle ne bougera pas.

— Je viens pas.

— Comment tu viens pas ?

— Non. Ecoute : j'ai pas soigné, je...

— Je vais le faire.

Il est presque sorti. Elle l'arrête : c'est son travail à elle. Elle n'est pas infirme. Elle doit s'occuper des bêtes : elle s'en occupera. Il suffit de lui laisser le temps ; de ne pas la bousculer :

— Rentre chez toi. La grand-mère va s'inquiéter.

— Mais je vais pas te laisser là !

Il la regarde. Une fois encore, il ne sait pas que ses paroles, sa décision, ce qu'elle va faire sont une réponse à ses longues interrogations.

— Pierre... j'ai toujours fait ce que tu as voulu. Ce soir, je te le demande : laisse-moi. Je vais soigner les brebis. Calmement. J'aurai pas la route à faire. Demain, je rattraperai tout ce que j'ai en retard. Et après, ça ira mieux. Va.

Il n'est pas décidé.

Elle trouve une gentillesse pour donner confiance, un sourire riquiqui :

— Tu peux te passer de moi un jour quand même...

Il tourne.

Il hésite.

Il n'avait pas prévu qu'un homme et une femme qui vivent ensemble puissent une nuit se séparer ; que l'un des deux en ressente le besoin, chasse l'autre, ait l'envie de retrouver cette solitude archaïque de célibataire.

Il pense que la maison n'a pas le téléphone, qu'il ne pourra pas avant de se coucher prendre des nouvelles ; que si dans la nuit Marie-Paule avait un malaise, elle ne pourrait pas l'appeler. Il voudrait que... Il craint que... Il se répète que... Il aurait besoin de...

Elle le pousse vers la porte.

Là, elle a un mot surprenant :

— Je t'aime.

Il n'aurait jamais cru qu'on puisse prononcer un mot semblable dans un moment pareil.

De temps à autre, Aline disparaît.

La grand-mère la cherche, la découvre près d'un fossé qui maintenant a retrouvé ses eaux ou alors au pressoir où elle s'assied dans la pénombre, comme pour se cacher, dans l'odeur persistante des vendanges anciennes, lointaines, disparues, celles qui travaillaient ici, dans leurs cuves : en propriétaires. Aujourd'hui, elles vont ailleurs faire bouillir la marmite. Il reste dans les rares barriques ce vin blanc infime que le père fait encore comme une coquetterie ; ou une fidélité ; à sa femme, à son métier : à une ombre dans tous les cas.

Cet après-midi, la grand-mère a eu peur vraiment. Jamais Aline n'était allée si loin : la mémé l'a retrouvée au moulin, assise devant les ailes immobiles, répétant des mots sans raison comme :

— C'est Pierre qui l'a bâti de pierres !

Ou encore :

— Le moulin a des ailes de marié.

Comme la grand-mère s'approchait pour la calmer, la pauvre gosse s'enfuyait en riant.

Elle disait alors :

— Pierre va se marier avec moi. Nous aurons un moulin et Pierrot-meunier m'embrassera dans la farine.

L'aïeule secouait la tête.

Aline demandait :

— Mémé, quand tu t'es mariée, on t'a mis des ailes aussi ?

La patience de la grand-mère c'est en vérité la patience de ses longues années. Les nuits s'ajoutant aux jours ont formé une vie ; les deuils s'ajoutant aux épreuves, le courage s'ajoutant aux indulgences tranquilles ont construit cette constance éternelle qu'aucune excentricité d'Aline ne peut entamer.

— Mémé, quand tu t'es mariée... dis-moi, dis-moi : on t'a mis des ailes ?

— Ah ! Quand je me suis mariée, dit la mémé d'un ton d'affectueuse maîtresse d'école, on ne mettait pas des ailes non mais à la sortie de l'église, les messieurs tiraient des coups de fusil sur la place.

Aline a eu sur le visage une furtive panique. La grand-mère l'a vue. Elle veut la rassurer.

Aline reste dans son angoisse frileuse :

— Ça fait peur les fusils.

Alors, l'institutrice inlassable poursuit sa tâche de pacification. Elle revient sous le porche en voile de mariée, souriant à ses vingt ans :

— Ceux-là ne faisaient pas peur. C'était la fête plutôt. La coutume d'autrefois.

Au fond d'elle-même, elle pense que ces fusils de mariage avaient été remplacés par d'autres devant lesquels bientôt allaient tomber de jeunes maris.

Ainsi meurent les hommes et s'éteignent les traditions : quand la noce sort de l'église, les garçons d'aujourd'hui ne tirent plus de salves porte-bonheur.

Marie-Paule aussi se tourne vers le passé.

Ce matin dans le chemin de Pénichon elle arrête le boulanger et à brûle-pourpoint lui parle de son père :

— Vous étiez bien au maquis ensemble ?

Sur les questions de Résistance, le boulanger est un puriste. Le maquis, le vrai, il l'a connu en 1943 à Lencouaq sous les ordres du colonel de Marguerittes ; mais les longues années d'après-guerre lui ont appris que, pour certains, le mot désignait un peu tout. Y compris, pour quelques trafiquants de pensées à croix gammée, la ferme paisible où, aux approches de la Libération, ils attendaient avec discrétion des heures moins soupçonneuses.

Il rectifie : c'est après le maquis qu'ils se sont retrouvés, Léo et lui, à la pointe de Grave. Les Allemands s'étaient repliés dans ce qu'on appelait la poche de Verdon. Eux, les FFI, les FTP, les empêchaient de partir...

— ... Surtout parce qu'ils ne voulaient pas s'en aller ! ajoute Arnaud Couderc qui malgré ses états de service n'a jamais été très convaincu de ses talents guerriers.

Marie-Paule revient à son père.

Le boulanger est bien embarrassé. Il revoit Léo dans ce blouson vert des chantiers de jeunesse, portant béret et brassard, mitraillette Sten sur le ventre ; ou alors lavant sa gamelle et ses mains dans une flaque rousse, sur le bord d'un chemin blanc.

— Vous n'aviez pas d'eau ?

Il y avait de l'eau sans doute au village mais pendant un mois au moins on les avait envoyés en poste avancé. Dès que le soir arrivait, ils se déployaient, guettant la nuit et ses bruits, espérant surprendre un ennemi aventureux alors que de-ci, de-là, sans ordre, une mitraillette affolée, un FM impatient révélaient à tous leur position en injectant devant eux, dans les feuilles et les branches, des rafales inutiles.

Tout de même, le boulanger finit par dire un détail personnifiant :

— Ton père... il riait toujours.

— Il riait ?

L'invraisemblable tombe sur Marie-Paule et fait travailler sa mémoire. Elle revoit Léo-le-malade qui avait bien de la peine à respirer ; Léo-le-mourant qu'elle n'oubliera jamais ; plus loin, ses yeux d'enfant voient Léo-le-berger qui au fil des branches et des conversations, des gardes de moutons et des envols de perdreaux lui donnait sa science des oiseaux. Elle n'imagine pas un Léo-le-joyeux qui, au dire d'Arnaud Couderc, n'avait pas son pareil pour amuser les copains :

— Il chantait aussi.

Cela surprend moins Marie-Paule. Elle garde l'image incertaine de son père se levant et, derrière sa chaise, une main sur le dossier et l'autre figurant un geste approprié, terminant un repas de famille en faisant applaudir sa voix.

— Il chantait *La Fête au village*.

Le titre ne dit rien aux jeunes générations.

Le boulanger rassemble péniblement quelques notes, quelques mots :

La fête
S'apprête,
La danse
Commence.
D'un bon vieux manège,
Tourne le cortège...

Mais le cortège s'arrête, défaillant devant des souvenirs bientôt âgés de quarante ans.

Il repart une seconde sur l'air...

... D'un orgue qui traîne
La même rengaine
D'un ton poussif...

Hélas ! c'est le boulanger qui est poussif. Ou plutôt sa mémoire. Il le reconnaît avec cette bonne humeur pare-tourment sous laquelle volontiers s'abritent les têtes vieillissantes. Pourtant, comme Marie-Paule voudrait entendre la suite, il promet de faire un effort : seul dans son fourgon il cherchera comment la fête se poursuit, des bribes lui reviennent déjà, il sait que « dans chaque logis, le bonheur chante et l'amour sourit » ; ça lui met du baume au cœur et aussi d'avoir parlé de Léo, de s'être rajeuni, d'avoir été jadis du bon côté, pas comme le vieux Bordenave, cette boîte-à-sous qui aurait fait crever tout le monde pour mieux gonfler sa lessiveuse, pas comme d'autres jeunes non plus qui, repérant de mauvais sons de cloches, s'étaient perdus sur des chemins tragiques de déshonneur.

Arnaud Couderc tient son volant d'une main. Sur ces routes-là de toute façon il n'y a jamais personne.

Sur le coffret de l'EDF, l'affiche électorale continue à se défraîchir. Comme l'élu sans doute. Comme le boulanger qui, en politique, ne comprend pas grand-chose sauf que quand l'ennemi est là, il importe de lui filer au plus tôt sa godasse dans le bas du dos. La Résistance, le maquis, la pointe de Grave, c'était le combat de sa jeunesse qui avait raison.

Il fredonne.

Il se dit que Marie-Paule est une chic fille sous parfois son aspect un peu chardon : panicaüt, comme on dit ici.

Panicaüt : Pénichon ! C'est la première fois que l'idée lui vient : la Sauvine portait sur la figure le nom de sa ferme !

Il éclate de rire.

Gueule en pointe, caractère épineux : Marie-Paule est pareille !

Il chante à tue-tête :

La fête
S'apprête.
La danse
Commence…

Malheureusement, c'est toujours au même endroit que sa mémoire s'arrête. Ça ne fait rien. Il cherchera autant qu'il faudra.

Un jour, triomphant, il chantera la chanson entière à Marie-Paule. La fille de Léo.

Un soir encore, elle n'est pas partie avec Pierre. Elle a dit qu'elle n'avait pas fini ; que la maison lui faisait honte et que, en dehors des travaux de la ferme, elle voulait tout nettoyer pour que lorsqu'ils arrivent de chez Pierre ils trouvent l'intérieur propre : la cuisine, les chambres, tout. On sentait qu'elle faisait des comparaisons.

Pierre, ça l'embêtait de la laisser. De la convaincre aussi. Il essayait de la faire changer d'idée en lui donnant celle qui vient facilement aux garçons et aux filles quand leurs mains se promènent un peu. Et leurs lèvres. Ou même quand ils en parlent avec des mots à découvert :

— T'as pas envie ?

Elle prouvait le contraire parfois. Rarement parce que, dans le calendrier rural, l'amour conjugal a ses heures et ses lieux qui s'accommodent mal de ce que toutes les morales, à commencer par celle du travail, appelleraient vite du temps perdu. Mais à la terre ou chez l'artisan, les mortes-saisons sont pour l'amour des saisons vivantes. A l'improviste, ils allaient ainsi au bout du divertissement, heureux tous les deux de s'être si bien trouvés, à leur âge et à leur convenance ; lui persuadé d'avoir découvert l'oiseau rare de l'agriculture ; elle rassurée sans le dire d'avoir évité l'un de ces êtres frustes dont la campagne ne manque pas – la ville non plus –, ces lourdauds toujours coupables de chercher jouissance sans intention de la donner.

Ce soir-là, elle murmura :

— Laisse-moi. Tu vois bien que j'ai tout à faire. J'y arriverai pas.

Il fut vexé, un peu. Embarrassé, beaucoup.

Il ne voulut pas le montrer.

Il partit dans l'hiver qui, maintenant, dès cinq heures allumait les phares des voitures.

Le Lot coulait dans le brouillard.

Il ne savait pas pourquoi il était passé par là. Tourmenté. D'ordinaire, il rentrait par le plateau. La route est plus droite et on ne rencontre pas de bagnole.

A Luzech, il s'arrêta au Café des Sports. Il y rencontra un vague copain, un type contre lequel il avait joué au rugby dans le temps. Comme ils avaient failli une fois se casser la gueule, ils burent le pot ensemble. Chacun sa tournée.

Après, il prit la rive droite. A Puy-l'Evêque, le Café du Centre était éclairé. Il rangea sa voiture le long du trottoir ; descendit. Et puis il pensa qu'il n'avait pas envie de parler devant un comptoir, dans l'indifférence des mots et des sentiments, des petites nouvelles. La conversation de Luzech lui avait suffi ; les deux apéros aussi. Il pensa qu'il avait envie surtout de rebrousser chemin, de revenir à Pénichon et de dire à Marie-Paule : « Ça n'est pas possible » ou « Je vais rester ». Il pouvait appeler chez lui, prévenir.

Le donjon montait dans la nuit. L'hôtel de ville avait trouvé le sommeil. Des maisons descendaient de la vieille cité, leur rez-de-chaussée au nord devenant au sud premier étage. Il connaissait bien cette ruelle-escalier dans laquelle il avait, enfant, attendu son père. De petites lumières dansaient devant ses yeux et sur les pierres jaunes qui allaient toujours vers le Lot en ogives, en corbeaux, en voussures, en cascades extérieures dénonçant un évier. Il se retrouva sur le pont où il n'avait rien à faire. Alors il se tourna vers la colline, vers la ville-étagères qui, un soir de 13 juillet, s'était embrasée pour lui, pour elle qu'il serrait contre lui. Il comprit qu'il était descendu pour cela : pour voir la cité-feu d'artifice. Elle était devant lui. Enveloppée d'une brume que rien ne pouvait dissiper.

A la maison, son père l'avait attendu : Boussuges était venu dans l'après-midi.

C'est un homme qu'on connaît bien et qui connaît bien la vigne.

Voici deux ans, il a marié sa fille à un Portugais. On dit « un Portugais » comme on dirait « un Arabe » : sans racisme aucun et juste pour montrer que Boussuges a donné sa fille à un sans-le-sou. Il ne le regrette pas : du provignage à la vendange, de la taille au sulfatage, du fil de fer à tendre au piquet à enfoncer, le Portugais gendre attrape partout et, avec sa femme, ils viennent, en tant que couple méritant, de gagner un prix national ; bien doté.

Boussuges voulait savoir si par hasard on ne vendrait pas un peu de terre ; par exemple le petit lopin de la grand-mère, au moulin. C'est quelque chose qui, au prix du fuel et du temps perdu, est trop loin de chez les Barraste pour que Pierre puisse le travailler.

Boussuges, au contraire, est à côté. Le gendre

portugais vinifierait tout ça d'une même giclée de bouillie bordelaise.

— C'est tout ce qu'il t'a dit ? demande Pierre.

— Non. Il m'a dit que ton frère voulait s'installer à Paris ; qu'il fallait de l'argent. Alors que, puisque ça nous facilitait, il était prêt à passer le marché. Pour nous rendre service.

Pierre sourirait presque.

Pas son père : il sait bien que, à la foire, tous les paysans se faisaient maquignons. Qui veut payer l'âne à son prix ne dit pas : « La belle bête, il me la faut », mais plutôt : « La charogne ! Je peux, si tu le veux, t'en débarrasser. »

Pierre a réfléchi : mener deux exploitations, c'est possible. La seule condition c'est de ne pas être esclave des tâches quotidiennes.

— Là-bas, j'élimine les bricoles, même les melons. Je ferai plus que les pruneaux et la vigne. Ici, on laisse tomber les brebis, les canards, les poules. On fera que les céréales.

Marie-Paule a bien remarqué ; il a dit : « Là-bas, *je* » et « Ici, *on* », c'est-à-dire *nous*. La conclusion est simple : là-bas, c'est à lui ; ici, c'est à eux.

Elle se sent déjà expropriée.

Mais c'est mal dire *expropriée* et c'est mal voir aussi que de la voir, chez Pierre, étrangère. La question n'est pas celle de la possession. C'est plus grave. Plus vague. Plus imprécis ; même à définir. Il s'agit de cette idée invraisemblable : une terre debout.

Pierre en est loin. Sa pensée entière est de rendre viable le projet.

— On viendra qu'au moment des travaux.

Aussitôt, elle a devant les yeux une enfance aux volets clos. Une porte fermée sur l'ombre ; on l'ouvre pour découvrir des meubles inanimés, des fenêtres grinçantes, des objets quotidiens devenus des reliques, des poutres vêtues de toiles d'araignée.

— On viendra voir une maison morte.

— Si tu veux pas qu'elle soit fermée, on la louera.

— Alors, on sera plus chez nous !

A l'image de la ferme vivante, il ajoutait la perspective d'un loyer. L'idée n'a pas opéré : le mal est grand. Mais Pierre a l'imagination expansive des candidats au bonheur :

— On la louera l'été : à des vacanciers.

Elle ironise :

— Au moment des moissons ! Justement lorsqu'il faudra y travailler ! Et nous, on couchera dehors !...

Il y a pire :

— ... Ou alors, on repartira chez toi.

On peut avec beaucoup d'efforts faire bouger une pierre ; on ne peut pas avec des mots la convaincre de bouger. Il abandonne.

Il se tait.

Il tourne un peu sur lui-même puis il s'en va vers la grange où cet auvent bientôt aurait besoin d'être réparé.

Marie-Paule se couvre. Le vieux châle de sa mère.

D'un coup d'œil, il estime les travaux.

Elle le regarde en partant.

Il prend une échelle. Il monte. Il soulève une tuile. Une autre.

Elle a promis à Jeanne Soubret de l'aider à fondre.

Ripette la suit. Au pas de la Sauvine. Les vieux chiens prennent avec patience l'allure des vieilles gens près desquels depuis longtemps ils marchent.

C'est une grande journée toujours quand, devant chaudrons et poêlons, bocaux et bassines, on prépare les foies et les confits des jours de bombance, les carcasses pour casse-croûte ou cassoulets, les fritons qu'ailleurs on appelle le graton et qui, sous un nom ou sous un autre, n'ont pas la réputation de faire maigrir.

Jeanne Soubret en sel et en poivre met juste ce qu'il faut. Plutôt moins. Elle dit qu'aux repas de fêtes les hommes n'ont pas besoin de ça pour boire.

Marie-Paule demande :

— Comment elle était ma mère ?

Jeanne la regarde : dans la semaine, elle lui a posé trois fois la question. Sans doute y a-t-il beaucoup à dire sur chacun de nous et en particulier sur les disparus mais est-ce bien bon pour une jeunette de tournebouler toujours les mêmes idées dans sa tête ? Surtout que la Sauvine, on n'ose pas dire qu'elle était secrète parce que le mot fait hypocrite et que la Sauvine ne l'était pas du tout mais enfin il faut avouer qu'elle n'était pas causante ; elle allait toujours d'ici à là en faisant son ouvrage ; quand on a répété plusieurs fois qu'avant tout la Sauvine c'était une personne rude à la besogne, il n'y a plus grand-chose à ajouter.

— Elle chantait ?

Jeanne est surprise par cette idée. Une femme qui ne parlait pas : pourquoi aurait-elle chanté ?

— Je te demande ça parce que Arnaud m'a dit que mon père chantait.

Ça, c'est autre chose et la nouvelle n'est pas grande : Léo, tout le monde peut se vanter de l'avoir entendu chanter.

D'un coup même, une image revient à la Jeanne et cela prouve bien que parfois on a raison de parler : non, la Sauvine ne chantait pas mais lorsque son homme se levait pour attaquer la romance et tout le temps qu'il la poussait en mettant des nuances et de l'émotion, elle ne le quittait pas des yeux et même, si elle avait su parler, elle aurait fait « chut ! » à ceux qui continuaient à être bruyants.

— Elle en était fière, je crois.

Marie-Paule le croit aussi : la gloriole de sa mère devant les vocalises paternelles, il lui semble bien maintenant que ça fait partie de son décor le plus ancien. Avant que Léo soit malade.

Elle murmure :

— Mon père, il disait toujours que vous étiez les plus braves de nos voisins.

— On est comme les autres : on fait comme on peut. Avec tes parents, c'est vrai que pour les travaux on s'est toujours bien donné la main.

Jeanne Soubret sort un instant : pour voir si sous le trépied le feu a bien pris. Il ne s'agirait pas qu'il ait des défaillances quand on amènera la lessiveuse. Par terre, elle met un caillou sur les journaux pour qu'ils ne s'envolent pas : *La Dépêche du Midi* dont on fait des couches épaisses entre les bocaux pour les protéger des chocs de leur danse bouillante est l'ingrédient indispensable du parfait stérilisateur ; un peu comme, dans le Bordelais, l'almanach des postes avec lequel on ravive les braises des sarments appartient à la panoplie de l'irréprochable cuiseur d'entrecôte.

Elle revient.

Elle se décide :

— Marie-Paule, quand on met trop les yeux en arrière, on pose pas bien le pied en avant.

Marie-Paule ne répond pas.

D'un coup de sa longue fourchette à deux dents, Jeanne tourne les quartiers sur leur graisse. Ça lui permet d'avoir le regard sur son travail et ainsi de dire les choses pudiques : la première fois que, jeune mariée, elle a semé des fleurs devant sa porte – c'étaient des capucines, elle s'en souviendra toujours – Aubin lui a demandé : « C'est pas du temps perdu, ça ? » Jeanne n'a pas répondu. Une autre fois, il a dit : « Tu ferais mieux de planter des salades. C'est plus utile. » Jeanne encore a fait celle qui n'entendait pas. Et puis un jour de mai, par le carreau de la cuisine elle a vu ce spectacle étonnant : Aubin qui par inadvertance avait cassé un œillet était en train de le glisser dans les autres et, en somme, de lui faire un tuteur. Ça n'est pas tout. Et c'est là qu'il fallait en venir :

— Un matin qu'il était allé au marché... sans que je lui demande rien, il m'a ramené des graines. Et maintenant, c'est toujours lui qui me les rapporte.

Marie-Paule débridait les derniers canards. Elle s'arrête :

— Pourquoi tu me racontes ça ?

Jeanne a une rougeur sur les pommettes :

— C'est pour te dire que nos hommes... faut pas voir que leurs grosses mains.

Elle est délicate, Jeanne Soubret, Marie-Paule s'en rend compte : elle lui a parlé de Pierre sans le nommer. Parce que c'est bien vrai que Pierre aussi lui offrirait des graines de capucines et des oignons de tulipes. C'est bien vrai qu'il caresserait un œillet. Plus qu'Aubin même, elle en est sûre. Délicate et fine mouche. Elle lui a parlé de ce domaine si difficile des sentiments entre homme et femme dont les hommes et même les femmes de par ici ne parlent bien souvent qu'en rigolant ou en lançant des gaudrioles : peut-être parce qu'ils ne sont pas capables de vivre la tendresse ; peut-être, plus sûrement, parce qu'ils ne savent pas la dire, qu'ils ont peur de l'éclat de rire de l'autre. Alors, ils lancent le leur en premier. Comme on déclare la guerre : pour se défendre, il paraît.

Pourtant lorsqu'elle parlait de cette ferme des Soubret devenue la sienne, lorsque en phrases et en souvenirs elle la parait de ses premiers parterres, plantant des rosiers et faisant même l'essai ensoleillé d'un mimosa, la fine mouche n'a pas su que Marie-Paule voyait Pénichon dépérir et perdre dans sa cour de cailloux ses dernières couleurs. Le dernier rouge d'un géranium. Le dernier mauve d'un dahlia. Le dernier hortensia pâlissant à en mourir, faute d'arrosage. La dernière rose trémière s'inclinant du haut de son élégance, entraînant avec elle la fin du dernier rêve. Celui qui n'est pas le sien. Du moins le croit-elle.

Les pigeons ont des vols roux et bleus ; suivis l'hiver par des yeux plus disponibles : des vols plus larges dans un ciel plus nu.

Marie-Paule regarde ce miracle désinvolte, cette aisance, cette maîtrise rapide aboutissant au bord d'un toit, repartant rondement sur un champ, sur le causse, revenant bientôt avec des froufrous de dernière seconde, des battements d'ailes d'un instant qui, dans une indifférence superbe et même avec une affable modestie, d'un coup d'œil sur la campagne, semblent dire pourtant : « Je m'arrête quand je veux. »

Elle revoit ce drame d'enfance, le geste horrible de son père allant cueillir au nid deux pigeonneaux qu'il lui offrait, qu'elle caressait avant de comprendre qu'on allait, ce soir, les manger. Elle pense à ces coups de fusil qu'il donnait de temps en temps sur les anciens, ceux qu'on ne peut pas attraper, qui sont trop coriaces pour aller à la cocotte mais qu'il faut bien éliminer pourtant si l'on ne veut pas être envahi.

Un couple s'unit sur le faîte de la grange. Chastement. C'est un flirt plutôt, une causette de bonne compagnie, emplumée, un bec-à-bec d'amoureux où en « rou-ou-ou » satisfaits, chacun donne des nouvelles de son dernier voyage.

Soudain, un pigeonnier se dresse dans la cour. Fait de pierres anciennes, de convoitises secrètes, de refoulements enfin vaincus. Un pigeonnier à colombages de chêne, à encorbellements délicats, à consoles travaillées par la science de l'homme et la patience du temps.

Croyait-il vraiment à sa réalité possible, le pauvre père ?... Personne ne construit plus de pigeonnier. Pour quoi faire ? On ne peut pas s'agrandir et si on le pouvait la mode est perdue de le roucouler sur les toits.

Ça n'est pas le pigeonnier qui compte. C'est l'existence passée autour de cette illusion ; de la maison à la grange ; de l'ensilage aux labours ; de la ferme à trois sous retapée par le père jusqu'à la ferme en francs nouveaux vécue hier par la mère et la fille, aujourd'hui par Marie-Paule et sa lassitude.

— J'ai donné à manger aux brebis. T'es prête ?

— Je viens pas.

Pierre est désarçonné.

Jamais il n'a voulu être l'homme comme on l'entendait jadis. Le chef de famille, cela voulait dire en premier : le chef de la femme.

Pourtant, si Marie-Paule prend l'habitude de coucher ici, jamais elle n'en sortira. Il le sait.

Il a peur. Pour elle d'abord. Pour lui ensuite. Pour eux et ce qu'ils commençaient à bâtir :

— Tu vas pas rester chaque fois qu'on vient ! Ou alors tu dis que tu habites ici... que tout est changé.

Elle cherche des raisons. Elle en trouve, comme hier, dans le désordre de la pièce :

— Il y a tout à faire. Là-bas, vous êtes trois. Ici, je...

Il ne lui a pas laissé finir sa phrase :

— Là-bas, on est deux. Ici, on est deux.

L'idée, la phrase, l'intention font monter aux lèvres de Marie-Paule un sourire de convalescente :

— Tu es gentil... Tu es vraiment gentil.

Il la prend dans ses bras. Il embrasse ses cheveux à titre de mise en confiance. Il parle tout doucement :

— Qu'est-ce qu'il y a ? Avant, tu pouvais pas laisser ta maman et... maintenant qu'elle est partie, tu trouves autre chose.

Elle regarde la cour. Ripette est allongée, soufflant lentement. Elle a l'air d'une vieille veuve.

— ... C'est peut-être qu'il y a autre chose.

A nouveau, Pierre la serre contre lui :

— Qu'est-ce qu'il y a ? Dis-le alors !

Or, on n'explique pas que des pigeons bleus et roux passent devant une fenêtre, qu'ils y passent depuis toujours et que le père aurait voulu leur bâtir une maison.

D'ailleurs, la Sauvine ne parlait jamais.

Et à Pénichon, aujourd'hui, pour représenter la Sauvine il n'y a que Marie-Paule.

Chez Pierre, le silence est tombé sur tous les repas, tous les travaux ; dans toutes les pièces ; sous la galerie où l'on se croise parfois sans trop oser se regarder.

Ça n'est pas un silence de commande comme dans un rassemblement militaire ou un studio de cinéma. C'est un silence de famille, permanent : établi par tous devant l'épreuve de l'un d'entre eux.

Cela est venu simplement. Peu à peu. Parce que Pierre rentrait seul de Pénichon.

Le premier soir, la grand-mère demanda :

— Marie-Paule n'est pas là ?

Pour réponse, elle obtint un : « Tu le vois pas ? » qui ne lui donna pas envie de renouveler la question.

Les jours suivants passèrent ainsi, une fois Pierre et Marie-Paule rentrant ensemble, une autre fois Pierre arrivant seul, mangeant sans mot dire et se servant à boire avec une rude fréquence.

Et puis un matin, après une nuit solitaire, Pierre n'est pas parti. Le soir non plus et encore le lendemain où, après avoir déjeuné, il a toute la journée arraché les vieux piquets de la vigne, fermé les trous avec des cailloux, porté sur le terrain des piquets neufs, travaillé sans lever la tête pour recommencer le lendemain, avec rage et toujours sans parler, sans donner l'explication que, semble-t-il, on était en droit d'attendre.

C'est un silence d'embarras. De respect peut-être. Une attitude inspirée d'un : « Puisqu'il ne dit rien, c'est qu'il ne veut rien dire » ; d'un : « Dans ces histoires-là, il faut y être pour savoir » ; avec, au fond de soi, un primordial : « Ne nous en mêlons pas : les bisbilles d'amour, souvent ça s'arrange tout seul. »

C'est à cette pensée que, dans les premiers jours, se sont accrochés monsieur Barraste et la grand-mère.

Et celui qui plus que quiconque s'y cramponnait, c'était Pierre. Dans sa tête, toujours revenaient les mêmes phrases. Dans sa tête, toujours il se répétait que cela ne pouvait pas être les dernières :

— Tu es prête ?

— Je ne viens pas.

— Ecoute, Marie-Paule...

— Non, je t'assure. J'ai à faire. Rentre.

Il y avait trop longtemps que ça durait.

Il s'était lancé :

— Si tu me laisses encore une fois rentrer seul chez moi, je ne reviendrai plus.

Il y avait eu un mutisme sans fin, un examen au long cours, à long terme. Et puis sans qu'il s'y attende, elle non plus peut-être, l'invraisemblable s'était produit. Tombant des lèvres de Marie-Paule avec le tranchant d'un propos bien réfléchi :

— Je crois que c'est mieux.

Alors, tout en lui s'était effondré.

Il l'avait entendue ajouter :

— Oui, ne reviens pas... pendant quelque temps. Après, on verra.

Mais cela ne comptait plus. Et même, s'il n'avait pas été fort comme on l'est à son âge et dans son métier, s'il n'avait pas connu cette force il aurait cru qu'il allait s'évanouir. Avec son projet qui depuis toujours était chez lui certitude.

Il était resté ainsi longtemps, quelques interminables secondes, mort peut-être, abasourdi et soudain réveillé en sursaut par ce phénomène qu'il éprouvait pour la première fois de sa vie, qu'un homme dans sa vie éprouve une fois ou deux et que, avant l'intéressante découverte de la poussée d'adrénaline, connut à coup sûr l'inventeur de l'expression « Mon sang n'a fait qu'un tour » : à ce moment précis où la folie fait éclater tout votre être, vous sentez des millions de globules devenir bloc pour, en un instant infime, faire le tour de vous vraiment, choquant à la fois votre corps et votre cœur, votre tête et votre bras capable soudain de frapper, de tirer, de serrer, de broyer. A mort.

Depuis, il pensait à cette perte de raison, furtive et si entière, née de colère et de douleur mêlées. Il en éprouvait un grand trouble, le plus grand que connaisse esprit humain : une soudaine compréhension. Il éprouvait le sentiment d'avoir à ce jour mal jugé les gestes extrêmes. L'idée lui venait que toutes nos certitudes peut-être manquent d'expérience.

Il pensait souvent à sa sortie de Pénichon. Il l'avait crue hautaine : elle devait être ridicule.

Il avait dit :

— Tu as raison : on verra. Je pars. Si tu as besoin, tu m'appelles.

Elle n'avait pas appelé.

C'est pour cela qu'il ne parle pas. C'est son silence qui, autour de lui, impose le silence.

Elle n'appelle pas. Elle n'appellera pas.

D'une masse trop violente, il enfonce un piquet pris soudain pour le destin. Plus : pour l'incompréhensible.

De l'autre côté du chemin, monsieur Barraste plante de nouveaux sarments. C'est une opération qu'il se réserve toujours. Il prend sans doute les jeunes pour des incapables.

Cette prévention arme plus fort le bras de Pierre.

Il se tait de plus en plus, le père. Il a de temps en temps un mot professionnel, c'est tout. Les questions sont au bord de ses lèvres pourtant. Il n'a pas la franchise de les dire. Pitoyable.

La masse frappe le piquet avec un courage pour deux.

Ce soir, la grand-mère a moins de discrétion. Sans raison, sans regarder personne, sans conversation et juste en servant la soupe, elle murmure :

— Les hommes, ça n'a que de l'orgueil.

Aline n'a pas entendu. Cela se voit à ses yeux. Toujours ailleurs.

Monsieur Barraste a très bien entendu. Cela s'entend aux « flup ! flup ! » de sa cuiller. Inhabituels. Pour se donner une indifférence.

Pierre ne répondra pas. Les hommes ceci, les femmes cela, il connaît. Surtout chez la mémé. Un vrai MLF. On ne voit pas qu'elle ait eu à se plaindre des hommes pourtant. Sauf du sien bien sûr qui si rapidement la fit veuve. Avec son gendre, elle s'entend plutôt bien. Depuis longtemps.

Pierre pense soudain que la mémé toujours en noir fut une jeune femme pleurant son mort en guerre, une mère parvenue à l'âge de paix pour pleurer sa fille en terre, jeune épousée.

Marie-Paule aussi connaît deux deuils. Trop rapprochés.

Tout le ramène à Marie-Paule. Au révolu. Il n'a pas besoin qu'on l'asticote.

Les hommes naguère attelaient leur femme à la charrue. Aujourd'hui, ils les attellent à eux, à leur vie, à leur nom, leur maison, leur façon de voir. Ils ne font même pas attention à la charge qu'ils leur laissent. Voilà ce que pense la mémé, Pierre le sait et elle n'est pas pour rien dans son désir de partager avec

Marie-Paule le travail et la fête, le causse et la vallée, la semence et le fruit. Encore faut-il que l'autre, celle qu'on choisit pour partager, ne refuse pas l'égalité, ne choisisse pas pour elle la terre, pour lui le moulin. Pour lui l'union, pour elle la solitude. L'amour est pénétration. Et aussi de l'homme par la femme. Il le voulait. Et surtout de l'homme et de la femme dans ce qu'ils créent ensemble devant eux ; par ce qu'ils créent ensemble en eux. Et qui les inonde.

Pierre n'a pas que de l'orgueil.

Il a dit à Marie-Paule : « Si tu as besoin, tu m'appelles. »

Est-ce sa faute si elle n'appelle pas ?

Est-ce sa faute si c'est Lydia qui appelle ? On ne lui parle que pour le mettre en boule ! Tout le monde en même temps :

— Le garage de Levallois est vendu et on ne peut pas voir toutes les affaires nous passer sous le nez les unes après les autres pendant que tu te la coules douce !

La belle-sœur a dans l'appareil sa voix de banlieue acariâtre, de malade déchirée que rien ne peut guérir :

— Evidemment, pour toi la vie est belle : tu as la maison, tu as la terre et tu as notre part, c'est commode !

Pierre se contient. Le « notre part » ne lui plaît pas du tout.

Il demande :

— Robert est là ?

A l'autre bout du fil, la chétive comprend l'exclusion. Elle se redresse, on l'entend bien. Elle n'a pas pris la communication sous son bonnet, on peut la croire. Elle est une épouse légitime, elle. Qui s'occupe légitimement des intérêts de son mari :

— Il en a marre de travailler chez les autres ! Et moi, j'en ai marre de le voir comme ça. Y a pas que toi qui as le droit de t'enrichir !

Le sang qui, on l'a dit, ne fait qu'un tour en fait un second.

Et puis Aline passe du rire idiot à la pensée méchante, de la perspective secrète au projet le plus exubérant, du jeu d'enfant sans raison au mot de femme sans retenue :

— Mémé, ce soir je couche avec Pierre.

— Ne fais pas la sotte, allons.

Aline se plaint comme une gosse :

— Jamais je couche avec Pierre.

— Tu sais bien que les petites filles ne couchent pas avec les garçons.

Devant ces excentricités, il y a toujours chez la grand-mère la même patience sans limite. Exaspérante comme le mérite d'autrui. Comme la force de l'autre quand on est faible, son courage quand on a peur ; exaspérante comme chez l'autre la droiture sans faille quand un relâchement discret suffirait à arranger nos affaires.

Et puis, pour arranger les siennes Boussuges a fait dire que si au moment de la taille on était dans le besoin, il enverrait son gendre pour donner un coup de main portugais. Nous prend-il pour des incapables ?

Et le père à table et à la vigne continue son numéro de mime. Il travaille avec silencieux. Il mange à l'étouffée.

Et l'hiver est là avec sa gelée qui menace.

Il ne doit pas faire chaud sur le plateau. A Pénichon notamment où, pour chauffer cette maison pas trop étanche, Marie-Paule n'a qu'une cheminée.

Il y a eu, elle le sait bien, les bobards et les suppositions qui ont commencé lorsque pendant quelques jours les uns et les autres n'ont plus vu la voiture de Pierre dans la cour.

— Que s'est-il passé ? demandait Marcelle Bordenave qui, d'emblée, n'osait pas croire la bonne nouvelle.

Evasive, discrète comme il sied de l'être lorsqu'on manque d'informations, Françoise Combes-Marty répondait :

— Ah ! ça... J'étais pas là pour tenir la chandelle !

Visiblement, elle le regrettait.

Un fait unanime restait acquis : la Marie-Paule a toujours eu un foutu caractère. Accompagné d'un second, ressortissant plutôt à l'idée générale :

— La soupe à la grimace, on en a vite une indigestion.

Femme d'expérience, Françoise Combes-Marty renchérissait :

— Surtout quand ça se termine à l'hôtel du Cul-tourné.

Ça n'était qu'éventualités. Ces choses sont, dans l'habituel des couples, tenues secrètes. Alors chez une Sauvine en herbe, c'est-à-dire en chardons, comment aurait-on pu avoir une idée de la cause ?

On s'en tenait à l'effet : il y avait rupture. Au bout d'une semaine – deux pour les plus prudents – on en avait la certitude. Cela voulait dire que la Marie-Paule désormais était seule sur sa terre. Et que cette terre bientôt serait trop lourde pour elle : on perçut, côté guetteurs d'hectares, une remontée de l'espoir.

Elle conduisit çà et là à des manifestations inattendues :

— Hé, Marie-Paule, tu sais combien on me donne à la chambre d'agriculture parce que j'ai réussi mon examen ?

Marie-Paule n'a aucune idée.

Quand Gaby lui dit le chiffre, elle hésite à le croire :

— Quatre-vingt mille francs ?

— Oui. Pour m'installer. Huit millions si tu préfères.

Marie-Paule ne peut qu'apprécier : huit millions, c'est une somme.

C'est bien l'avis de Gaby.

Malheureusement, il y a un hic :

— Pour les donner, ils exigent qu'on ait vingt et un hectares… Et moi bien sûr, tant que mon père est là j'ai rien à moi.

— Alors, comment tu vas faire ?

Gaby se jette à l'eau :

— Bé, justement… j'avais pensé… si tu voulais, on se marierait.

On connaît le stoïcisme de Marie-Paule. Tout de même, elle se demande ce qui lui arrive. Hier, Louis Cassou : un trop vieux ; aujourd'hui, Gaby Combes-Marty : un trop jeune ! Plus propre que le trop vieux, le trop jeune, mais, sur le fond, tout aussi pratique :

— Comme ça, mon père aurait chez lui et, nous deux, on aurait chez toi.

Marie-Paule agit avec Gaby comme elle a agi avec Louis : elle passe son chemin.

Gaby a la même attitude que Louis : il la rappelle. Il la suit. Il lui faut une réponse.

Marie-Paule la donne :

— Je t'appuierais sur le nez, le lait sortirait encore !

Gaby a une grossièreté toute prête, une plaisanterie physiologique qui sauverait l'honneur du jeune mâle.

Il la rengaine avec sa déception ; née d'une constatation irrémédiable : cette bêcheuse va lui faire perdre huit briques.

Il a aussi un compte à régler. Avec sa mère. C'est elle qui lui a gonflé la tête et l'a mis dans le pétrin. Il aurait dû savoir pourtant qu'elle a toujours des idées de branque.

L'hiver n'apporte pas que des jours de froidure. Il fait les nuits plus longues, plus noires, plus menaçantes pour les jeunes branches et les vieilles racines, plus dures aux voyageurs et à ceux qui, dans leur maison, trouvent chaque soir le manteau glacé de la solitude. Plus froid encore aux jeunes épaules.

Cent fois peut-être, Marie-Paule a voulu appeler Pierre. Elle l'aurait fait si au moment où le vent menaçait de décoiffer la ferme, le téléphone avait été à portée de son désarroi. Elle l'aurait fait lorsque, au soir de Noël, longtemps elle pensa à l'enfant naissant, au repas de fête qui depuis deux mille ans l'accompagne, à sa naissance à elle arrosée par son père qui à cette occasion, lui a déclaré le boulanger, s'était pinté la gueule... Elle l'aurait fait ces nuits où, plus violent que jamais, l'hiver la réveillait en bourrasques fulminantes, à décorner les bœufs comme disait sa mère...

Le lendemain si la tempête persistait Marie-Paule se disait : « Je ne vais pas aller au téléphone sous la pluie. » Si au contraire l'accalmie était là elle murmurait : « A quoi bon maintenant ? »

Et c'est vrai qu'elle n'aurait plus osé lui demander de venir. Pour quoi faire ? Qu'avait-elle de nouveau à lui dire ? Qu'y avait-il de nouveau dans leur situation ?

Alors, elle s'occupait des brebis, des poules, elle gavait ses quelques canards. Jeanne était venue l'aider à trier le tabac, à faire ses boudins, ses confits. Elle attelait le plateau, montait sur le tracteur et partait chercher le bois qu'elle avait taillé avec Pierre, voici quelques mois déjà. Elle finissait d'ébrancher.

Non, elle n'avait pas besoin de lui.

C'étaient ses nuits qui parfois l'appelaient. Parce que les nuits qui sont, c'est vrai, faites pour le repos des corps apaisent encore mieux les âmes lorsque au bord du sommeil deux êtres pensent : « Nous sommes ensemble. Et demain nous nous retrouverons. »

Loin de cette sérénité, le vent ce soir agite Pénichon. Il ne pleut pas et ce n'est pas la tempête. C'est ce que Léo appelait le vent siffleur. Il doit trouver ici et là des trous dans lesquels il s'engouffre, des orgues, des fifres, des dalles qu'il suit et qui le guident, des flûtes, des pipeaux, des branches entre lesquelles il glisse ou alors qu'il fait vibrer comme une anche. Dans tous les cas, le vent siffleur monte en flèche, descend en trombe, s'allonge, s'évanouit et bientôt se relève, aussi inquiétant lorsque sur la tuile fragile il s'encolère que, au loin, lorsqu'il rôde en préparant un mauvais coup.

Le grincement est inhabituel.

Quand depuis toujours on habite une ferme, l'oreille parle. Au moindre murmure de la nuit, on sait dire : « C'est à la grange » ou « C'est le chaudron que j'ai laissé dehors ».

Ce frottement métallique, Marie-Paule ne le connaît pas.

Il recommence.

Elle se tait. Cela ne veut pas dire qu'elle s'arrête de parler, elle qui est seule : cela signifie qu'elle s'arrête de respirer, qu'elle suspend son souffle pour faire la pièce vide, laissant place au son le plus infime... Le voici et Marie-Paule ne s'y trompe pas. C'est à l'entrée du champ, derrière ; on a tendu trois fils de fer sur un piquet en guise de portail pour que les moutons qu'on libère ne s'égarent pas par là ; on a même suspendu à chacun d'eux une boîte de conserve ; pour marquer l'obstacle. Ce sont ces boîtes qui grincent, qui tapent et c'est très étonnant : il y a longtemps qu'elles sont là et jamais le moindre vent ne les a fait gémir.

Marie-Paule n'hésite pas. Elle ouvre la fenêtre, fait basculer la virole des volets qu'elle lance largement, d'un coup, sur la nuit :

— Il y a quelqu'un ?

Le vent est de loin le seul à répondre.

Marie-Paule répète :

— Il y a quelqu'un ?

Les fils s'agitent, elle en est sûre. Les boîtes tapent. Ses yeux malheureusement ne voient pas jusque-là.

Une idée lui vient : la chienne n'a pas bougé.

Marie-Paule ordonne :

— Ripette ! A tu !

La chienne ne bronche pas.

Le bruit métallique prend du courage. Il s'intensifie.

— Ripette ! A tu !

La chouette entame un petit hululement. Troublant. Parce que proche. Une idée effleure Marie-Paule : quelqu'un est là, qui imite l'oiseau et veut lui faire peur.

Elle va refermer lorsque de son pas pesant, avec dans l'œil le reproche d'une vieille femme réveillée pour rien, Ripette vient près de la fenêtre devant laquelle, bâillant, elle s'allonge.

Marie-Paule tire les volets ; elle remet la virole.

Le lendemain, elle est un peu chiffonnée :

— C'est quelqu'un d'ici : la chienne n'a pas bougé. C'est signe qu'elle connaissait.

— Tu as les yeux au milieu de la figure.

Jeanne Soubret s'inquiète de cette vie solitaire.

Marie-Paule pense à cette alarme insolite :

— Qui ça peut être ?

Jeanne la rassure : quelquefois la nuit il suffit d'un rien pour que l'esprit s'affole.

Marie-Paule n'en démord pas. Elle a, Jeanne le voit, le regard fixé sur ce trou noir avec, au fond, la danse des boîtes vides. Elle entend le cri de la chouette dont son père aimait les révérences apeurées mais dont chacun sait bien que lorsque pour chanter elle choisit un toit, c'est pour y annoncer le prochain malheur.

Jeanne Soubret se hasarde :

— Ecoute, Marie-Paule... Tu es très courageuse mais... à ton âge, c'est pas bon de rester seule.

Elle n'en dira pas plus. Avec dans la voix le déséquilibre de sa nuit sans sommeil, Marie-Paule s'est mise à crier :

— Tu voudrais que je vende, hein ? Que je m'en aille ! Ça vous arrangerait tous autant que vous êtes que je liquide ?... Mon père, ma mère, ce qu'ils ont fait pour vous c'est de la terre, c'est tout ! Vous vous dites : si elle s'en va on fera un peu plus de tabac, plus de blé, plus de colza !... Mon père et ma mère, pour vous, c'est ça : du blé et du tabac !

Cette idée qui des êtres chers fait de la paille et de la

fumée la déchire. Elle libère des litanies de rancœur accumulée contre les acheteurs de l'ombre, ceux qui, elle le sait, guettent sa défaillance.

Jeanne Soubret est blessée :

— Je ne croyais pas que tu pensais ces choses.

La phrase et peut-être même le ton auraient suffi.

Contrairement à ce qu'on prétend, il n'y a jamais de mots qui dépassent la pensée. Au contraire : les mots de la colère ont une franchise surhumaine. Mais il y a, c'est vrai, des mots qui déplacent les rancunes, qui font payer à celui-ci l'aigreur nourrie contre celui-là, qui font jeter à la face de l'ami des vérités qu'on avait décidé de garder pour soi parce que, à son crédit, on a mis des mérites si forts qu'ils rendent les reproches puérils.

Marie-Paule-la-calme est redevenue elle-même.

Marie-Paule-la-fière dit tout bas :

— Je te demande pardon.

Jeanne n'en demande pas tant. Elle est comme tout le monde :

— La terre, il en faut de plus en plus. Sans ça, on n'est pas viables. Ni nous, ni les autres.

Alors bien sûr si Marie-Paule en avait cédé un peu, ça les aurait arrangés, Aubin et elle. Mais c'est pas pour autant qu'on va se fâcher et oublier combien la Sauvine et le Léo ont avec eux partagé la peine et l'agrément.

— Comme tu feras, ça sera bien.

Jeanne Soubret retrouve son sourire :

— Aubin, y a qu'une chose qui le tracassait. C'est quand tu sortais avec le Raymond... Il voyait notre bout de terre coincé entre vos deux propriétés. Il aurait eu l'impression d'étouffer, comme il disait.

Marie-Paule secoue la tête. Aubin n'a rien à craindre : ni avec Raymond, ni avec un autre. Le destin a imposé sa loi : elle va rester là, s'efforçant d'agir au mieux, de demander le moins possible aux voisins, de ne plus avoir peur des chouettes et des boîtes de conserve.

Alors les jours passent ainsi, faits de vent sur le causse et de soleil d'un jour, de hersage, d'épandage et puis, deux ou trois fois, de Jeanne et Aubin venant après dîner passer la soirée à Pénichon pour que Marie-Paule ne soit pas dans ses idées d'esseulée, qu'on la voie reprendre confiance, qu'on soit plusieurs à ouvrir la fenêtre et même à sortir lorsque, comme cela s'est fait hier encore, la chouette hululera au milieu des boîtes de conserve.

La chouette peut-être sait cela. Elle flaire à coup sûr la présence des Soubret : jamais elle ne se manifestera lorsque le couple fait sa visite d'amitié. Les bêtes, ça a de l'instinct.

Ça n'est pas non plus lorsque Aubin sera là que Jeanne annoncera la nouvelle. Elle n'aurait jamais osé.

C'est cet après-midi. Après avoir été longtemps indécise. Non qu'elle hésite à dire. Au contraire, elle veut que Marie-Paule soit la première à savoir. Elle se l'est promis : cela les fera, malgré l'âge, plus proches voisines. Mais il ne s'agit pas d'une information ordinaire ; qu'on annonce facilement. Même entre femmes, la nouvelle passe par des chemins de grande réserve. La preuve, c'est le mot qui, instinctivement, vient à ses lèvres :

— Marie-Paule... je veux t'*avouer* quelque chose...

Hier, aime-t-on nous rappeler, les richesses d'esprit et de connaissance faisaient *l'honnête homme*. Pense-t-on aux contraintes de tenue et de langage qui faisaient la femme *honnête* ? Aujourd'hui encore ces contraintes viennent à travers champs.

Jeanne Soubret ne peut plus reculer. Mais elle a une dernière défense à vaincre ; un monticule, un pech, un puy à enlever.

Marie-Paule attend.

Avec des rougeurs adolescentes, Jeanne contourne l'obstacle :

— J'ai vu le docteur lundi dernier. Il dit que c'est pour septembre.

Ça y est : elle a *avoué*.

Une autre angoisse la saisit : elle se demande si Marie-Paule a bien compris.

Il est vrai que Marie-Paule est un peu déconcertée : Jeanne elle l'a toujours connue, toujours vue marchant avec Aubin dans leur dégaine appliquée, formant avec lui quelque chose comme un couple de célibataires. Elle se rappelle Jeanne s'intéressant beaucoup à la petite Marie-Paule, lui préparant des « quatre-heures » improvisés, sortant pour elle d'un buffet un peu de riz au lait, d'une armoire des boutons à compter ou à coller sur une pomme de terre pour y devenir les deux yeux d'une marionnette. Elle se rappelle ces miracles : Jeanne coupant sur son pied la coque du maïs aussitôt transformée en poupée à cheveux roux, Jeanne enfilant avec patience des graines de melon devenant dans l'instant un collier passé au cou de la reine Marie-Paule. Il y a tout cela entre elles et aussi ces mots perçus plus tard par une adolescente un peu indifférente : « Quand on n'a pas d'enfants... » ou encore : « Quand on a des enfants, ça n'est pas pareil... ».

Les phrases lui viennent à la mémoire avec une tristesse dont elle n'avait jamais pris conscience.

Elle murmure :

— Un... un petit ?... Toi ?

Cette fois, Jeanne est écarlate. La joie passe par-dessus la pudeur. Elle emplit ses pommettes, sa poitrine, sa conversation volubile qui recommande de ne pas en parler à Aubin : ils ont décidé pour l'instant de ne le dire à personne. Ils ont tellement attendu qu'ils n'osent pas y croire encore. Et pourtant c'est sûr et c'est merveilleux et un peu ridicule aussi : à l'âge où les autres sont grands-mères...

— Ah ! il avait raison, ton Pierre, de dire qu'on n'est pas en avance dans le pays ! Vingt ans qu'on est mariés !

Jeanne Soubret rêve : elle pourrait avoir un fils de vingt ans ! Intimement, elle se dit que, en comptant vraiment juste, il pourrait même en avoir vingt-deux.

Elle fait des projets ; elle bâtit l'avenir d'un garçon qui fera ce qu'il voudra : la terre ou autre chose ; elle a pour une fille des lendemains en robes toutes simples et coquettes pourtant ; mais surtout elle dit le présent d'un Aubin qui est déjà tout transformé, il est comme fou, il ne veut plus qu'elle touche un outil, c'est lui qui redouble d'ouvrage ; pour un peu il ferait même la cuisine !

Cela mène à la grande conclusion :

— Marie-Paule... Il ne faut jamais perdre l'espoir.

Elle conduit ses moutons sur le causse. Vers Grézel. En se disant que Pierre avait peut-être raison quand il estimait qu'en se débarrassant des bêtes, on se simplifiait la vie. En se disant aussi que les moutons l'avaient vue grandir, que sans eux la bergerie ressemblerait à un tombeau de paille morte, la ferme à une épave gorgée de ronces, de regrets, d'orties, de reproches.

Au-dessus des choses, des êtres et de la logique de l'existence, le ciel porte des questions auxquelles personne jamais ne saura répondre. Par exemple, si la terre autour de la sienne appartenait à un seul propriétaire, pourquoi Aubin Soubret se sentirait-il étouffé ? Pourquoi aurait-il l'impression que son blé, sa vigne, son maïs respireraient avec difficulté ?

Cela ramène en Marie-Paule l'image de Raymond auquel elle a fait de la peine sans le vouloir. Il est gentil Raymond pourtant et leurs premiers baisers avaient, derrière les genévriers, de la douceur et même une malice qui, à l'âge tendre, donne bien du plaisir. Elle n'a rien à lui reprocher. Dans tous les cas : pas personnellement.

Cela lui fait penser surtout à Jeanne dont l'espérance ne la quitte plus. Elle se fait l'idée, fausse sans doute, d'une Jeanne sans enfants devenant pour cette raison mère des roses, grand-mère de géraniums se reproduisant d'année en année, sous ses yeux, dans ses mains ; d'une Jeanne donnant tous ses soins à ses parterres comme aux garçons qu'elle aurait aimé voir pousser dans ses jupes, aux filles qu'elle aurait aimé près d'elle voir s'épanouir. Et si Aubin un jour s'était mis à lui porter des graines, c'est peut-être parce qu'il s'était senti coupable dans son âme de faux jardinier.

Soudain, un étrange projet la bouleverse.

Sa liberté sera entière : elle aura un enfant.

Il grandira à Pénichon. Il aura le fils de Jeanne pour compagnon. Il n'aura pas de père et la nuit de Noël qu'elle a passée seule deviendra la nuit de la fête avec, sur la pierre du cantou, deux petits sabots qu'elle remplira dans un cas d'un jeu de fléchettes, dans l'autre d'un collier de graines de citrouille : à Noël, il n'y a plus de melons.

Sur ces délices d'enfant Jésus monte la voix tragique du curé Filhol : « Malheur à celle par qui le scandale arrive ! » Elle la repousse.

Elle a franchi l'escarpement millénaire, aux cailloux râpés, râpeux, s'effritant. Elle voit la *gariotte* de pierres sèches, se rejoignant en dôme : pas une goutte de ciment, pas un gramme de mortier et combien de pâtres, de *pastrés* ont dormi à l'intérieur, se sont abrités, bêtes au sol, homme sur cet étage minuscule qui fait penser à une chambre de poupée ?

Entre brebis et genêts, entre ciel et terre, Marie-Paule-la-muette a envie de chanter. Comme son père. Sur ce chemin de crête à peine marqué, fait du passage lointain d'un attelage dans l'herbe pauvre, elle ne craint pas l'avenir. Les menaces ne sont pas pour elle. On n'est plus au temps du prêtre chasse-grêle, du corbeau porte-malheur, du hibou de mauvais augure. On n'est plus au temps du drac, des fatsilières démailloteuses de nourrisson, du bouc porte-diable, du diable portant bouc. On n'est plus même au sort jeté au troupeau, au berger venu des Pyrénées que l'on poursuivait à coups de pierres pour ne plus voir ses sales bêtes manger la pâture caussenarde.

— Bonjour, Marie-Paule.

Louis Cassou a jailli de la gariotte qu'elle voyait de loin : une fois encore il s'était caché. Quel génie lui indique à l'avance ses pas ? Sur quel oiseau prend-il repère pour savoir avant elle où elle va ? Quel diable l'anime ? Quelle fatsilière le guide ?

— Je t'ai fait peur ?

— Tu m'as pas fait peur mais c'est vrai que tu es souvent sur mon chemin.

Elle veut passer.

Il se met en travers. Pas pour lui barrer la route. Pour l'empêcher d'aller vers la ronde cabane, vers l'abri où il doit avoir un secret, quelque chose qu'il a caché peut-être.

— Ça m'ennuie que tu aies peur.

— Je te dis que j'ai pas peur.

Il ricane. Ses dents sont noires. Y compris les manquantes :

— Je parle pas de maintenant.

Elle passe.

Il insiste :

— La nuit... Tu es toute seule dans ta maison... Tu dois avoir peur.

Si l'idée n'avait pas déjà effleuré Marie-Paule, cela suffirait à la faire naître :

— Pourquoi tu dis ça ?

Il a l'air imbécile de celui qui sait ce qu'il sait. L'informé discret. Qui connaît la vie en quelque sorte :

— La nuit... une fille, ça a peur.

— Pas moi.

Elle est passée.

Il la suit. Un peu près.

Et c'est drôle ce qui arrive : la vieille Ripette se place juste à côté de sa patronne et se met à gronder. Sûr, elle flaire un danger. Marie-Paule voudrait savoir ce qu'il y a dans la gariotte.

Les brebis ont commencé leur festin sonore, mécanique, leurs « grrr, grrr » plus rapides que le grognement du chien : à la vitesse de l'appétit.

— Je crois qu'il te faudrait un homme. Alors puisque le tien t'a quittée...

Elle se retourne d'un coup :

— Louis, tu perds ton temps. Je te l'ai déjà dit.

Elle ne le croyait pas si proche, si décidé, si laid, si empoisonnant. Il l'a prise par les épaules ; il a dans ses mains fermées sur elle une force surprenante. Il se penche. Sa bouche minable cherche son visage, son cou, sa peau :

— Tu crois que je sais pas faire l'amour, hé ! C'est ça ! Parce que je suis célibataire, tu crois que je suis idiot... Ah ! tu seras pas la première, tu sais ! Les filles à Toulouse, je vais les voir...

Tous ses efforts à elle sont pour le tenir à distance, tenter d'éviter ses lèvres :

— Arrête !

Mais tout en cet instant le pousse hors de lui, en avant : Marie-Paule à laquelle il a si souvent pensé, le souvenir de la petite fille aux jambes innocemment écartées devant la combe où il se cachait, ce corps s'agitant comme si déjà son sexe dur l'avait pénétré.

— Je peux te dire où est la rue si tu veux et le nom des filles et comment on s'y prend. Y en a une qui te ressemble. Je la baise en pensant à toi. Elle a du poil blond. T'es pareille, je suis sûr !

La chienne a sauté sur Louis Cassou. Ses crocs tiennent le pantalon, le mollet peut-être. Mais c'est une vieille Ripette. D'un coup de talon, il lui fait lâcher prise en même temps qu'il lâche Marie-Paule.

Il est en sueur, un peu interdit avec sur sa figure sale, perlée, qu'il voudrait à la fois assurée et rassurante, une expression tragique de vampire redevenu enfant.

— Tu me prends pour une brute ? Je veux pas que tu aies peur, je te l'ai dit.

Il a un sourire miteux. Bêta :

— Attends ! Attends, tu vas voir.

Il est entré dans la gariotte.

Elle savait qu'il y avait caché quelque chose.

Ripette se fâche toujours. A voix basse. Pour le principe, peut-être.

Louis Cassou ressort : il tient un fusil dans ses mains.

— Louis ! Tu es fou ! Qu'est-ce que tu veux ?

— C'est pour pas que tu aies peur !

Il avance vers elle.

— Jette ce fusil !

— Je veux pas le jeter. Je veux te le donner. C'est pour toi, la nuit. Prends.

Il est vrai qu'il ne la menace pas. Il tient l'arme devant lui, une main sur la crosse, l'autre sur le canon, en geste d'offrande :

— Prends ! C'est pour toi !

Il insiste. Il a le regard douloureux de ceux auxquels on refuse tout, même le droit de donner, de faire plaisir.

Elle a un peu pitié. Elle s'enhardit. Elle tend, elle aussi, ses deux bras.

Le canon est froid. Au contraire, le bois transpire.

Louis Cassou est heureux :

— C'est pour toi. Je l'ai porté pour toi.

Il la regarde :

— Si quelqu'un t'embête, t'auras qu'à tirer un coup.

Avait-il préparé sa phrase ? Son geste ? Dans tous les cas, il n'avait pas lâché le fusil et comme elle a posé ses deux mains dessus, il a tiré vers lui. Marie-Paule a suivi. A nouveau ils sont corps à corps :

— Hein ? Ça te plairait de tirer un coup ? Hein ? Ça, tu sauras tirer un coup !

Mais tenant l'arme, il ne peut cette fois accrocher Marie-Paule :

— Assez ! Tu es fou ! Au secours !

Elle le repousse.

Elle s'enfuit.

Ripette aboie.

Marie-Paule entend dans son dos deux coups de fusil. Elle s'attend à tomber. Chez les moutons, c'est la débandade. Un éclat de rire mêlé à des jurons s'en va sur la pierre, revient en écho.

Marie-Paule saute sur les branches, les racines, les cailloux. Lorsqu'elle se retourne, elle voit Louis Cassou qui, resté près de la gariotte, place d'autres cartouches dans le canon.

Elle continue sa course. Pan ! Pan ! Ripette est trop vétuste pour cette situation. A la fois furieuse et larmoyante, elle hésite entre l'attaque contre Louis Cassou, la course aux côtés de sa maîtresse et son métier, la garde des brebis qui elles aussi dévalent de leur mieux, trop lourdes pour l'exploit sportif. Des coups de fusil résonnent encore, les nuages vont à une vitesse infernale et, tant le ciel est grand, on dirait qu'il chavire, que le monde bouge, que la terre va de-ci, de-là comme une planète ivre dans la folie de l'univers.

Ce butoir, cette santé, cette force qui l'arrête et la soutient, c'est Raymond.

Il l'a reçue dans ses bras comme, des buissons pentus, elle sautait sur le chemin.

Elle était trop essoufflée, trop émue encore pour expliquer.

Lui, il aurait voulu qu'elle reste toujours ainsi. Sans

parler et surtout avec sa tête et ses cheveux à la place d'autrefois, quand ils étaient jeunes.

Au bout d'un long moment, elle semble comprendre où elle est, à qui elle doit sa sécurité retrouvée.

— J'ai eu peur.

Il murmure :

— Je voudrais que tu aies toujours peur… que je te protège.

Il la tient dans ses bras. Il est heureux.

C'est lui qui regroupe les moutons, qui envoie Ripette chercher ceux qui se sont égarés ; il rattrape le plus ombrageux qui, sur le chemin, continuait sa course écrasante.

A Pénichon, il fait boire le troupeau.

De temps à autre, il regarde Marie-Paule. Elle est pâle encore.

Le lendemain, ça lui donne l'idée de revenir. Pour prendre des nouvelles.

Ses mots, son travail et presque son sourire le rassurent.

Il revient pourtant pendant quelques jours. Une fois pour offrir son plateau : il est plus grand que la petite remorque des Nadal. Une autre fois pour offrir ses bras : ils sont plus musclés que ceux de Marie-Paule. Une autre fois encore pour dire bonjour ; pour demander :

— Comment tu vas ?

L'histoire de Louis et de son fusil a fait le tour des femmes.

La vieille Chassaing a rappelé que la grand-mère Cassou avait le haut mal, que l'oncle qui est mort maintenant avait fait de la prison pour une histoire de charivari qui s'était mal terminée. Tout cela ne fait pas de bons présages. Surtout quand on pense qu'à Pénichon, il y a juste cinquante ou soixante ans, le vieux Miquel s'était pendu à la poutre de sa grange. Ni par dépit ni pour éteindre une dette ; parce que, à quatre-vingts ans, il avait estimé qu'il avait assez vu le monde et que le monde, à coup sûr, l'avait assez vu.

Pour sa fête, Aubin a ouvert une bouteille de son 75. C'est une année qui vieillit bien.

Jeanne, ça lui faisait peur d'y goûter.

Elle a tout de même trinqué. Pour faire plaisir à son mari. Elle a à peine trempé ses lèvres. Pour protéger son fils. Elle se disait : « S'il l'arrose déjà, qu'est-ce que ça sera le jour de la naissance ! » Mais, comme tout ce qui touche à l'attendu, ça la faisait plutôt sourire.

C'est un bon couple, Jeanne et Aubin. Sur ce point, Raymond et Marie-Paule sont du même avis.

Demain, c'est la mi-carême. Personne n'y fait plus attention. Personne ne sait plus même que c'était, dans le pays, le jour où *on sciait la vieille* : tronc d'un arbre vêtu de robes et de jupons, visage sans écorce et peint d'une bouche rouge, d'un regard bleu, affublé d'un long nez, coiffé du « pierrot » que portait jadis la Quercynoise ; habillés en scieurs de long, les garçons, l'un à terre l'autre sur l'échafaudage, avaient pour mission d'une vieille d'en faire deux et de jeter ensuite la sciure sur les assistants pour bien montrer que la victime n'avait pas de sang : elle était bien sorcière.

Raymond sait ainsi quelques histoires anciennes. Elles prouvent qu'il est du pays. Du côté de son père, on vient de l'Aveyron. Du côté de sa mère, l'ascendance se perd dans la nuit des générations. Il y aurait même un Marot dans la famille. Remarque que, à la maison, nul ne sait un vers de Maître Clément ; on ignore le Châtelet pour lard en carême et, tout autant, *L'Enfer* qui s'ensuivit mais on sait bien que, dans sa bonne ville de Cahors, en haut du boulevard de compatriote Gambetta, Clément Marot est, à jamais, gravé dans la pierre du lycée. Cela suffit à la fierté.

Arrêtant de charger le maïs dans l'épandeur, Raymond murmure :

— Marie-Paule, tu sais que le père et la mère auraient voulu que je te marie...

Pour la mère, cela ne fait pas de doute. En ce qui concerne Charles Bordenave, Marie-Paule est moins assurée.

Ce que veut dire Raymond en s'emberlificotant un peu c'est que lui, cette idée lui plaît pas du tout.

Marie-Paule relève la tête, vexée :

— Ah ! Bon ? T'es pas gêné, toi !

Il rougit, il bafouille de plus en plus. Ce qu'il veut dire vraiment c'est que, lui, les histoires de mariage entre les gens pour marier leurs terres, c'est pas du tout sa façon de voir, ni même sa façon de faire.

— Toi, Marie-Paule, tu me plais. Tu es robuste. Et c'est toi juste qui me plais. Ta terre, j'en ai rien à foutre.

Marie-Paule, ça la touche qu'on lui parle comme ça. Dans la franchise. Et le sentiment.

Malgré tout, elle ne veut pas aller trop vite. Elle a sur son existence à venir des idées à elle. Peut-être, elle les lui dira un jour. Dans tous les cas, il est bien aimable de l'avoir aidée à charger. Elle va semer. Elle tient à le remercier. Pour tout. Sincèrement.

Cette nuit, Marie-Paule sait pourquoi elle n'était plus sortie avec Raymond.

Ces histoires de « foutu caractère » qu'on rapportait dans son dos, elle voit d'où ça vient.

C'est précis comme toutes les idées de sommeil. Cela signifie que demain peut-être ça le sera moins ou même ça lui paraîtra complètement idiot. Ce qui est sûr c'est que Léo qui n'avait pas de pigeonnier et le père Bordenave qui en a un pratiquement luxueux ont joué, à deux, un rôle important dans son passé. Et les mots rares de la Sauvine aussi et les mots beaucoup plus abondants de Marcelle Bordenave.

C'est drôle comme un père vous parlant de la caille ou du pic-vert, une mère n'ayant sur les lèvres que les choses du travail, une Marcelle Bordenave à machine à calculer, une Jeanne Soubret aux poupées de maïs mettent dans votre tête des pensées qui sont les leurs ou qui ne le sont pas, auxquelles ils sont dévoués ou quelquefois absolument opposés. A l'âge sans jugement, on n'est pas pour ou contre les idées : on aime ou on déteste ceux qui les disent ; ceux qui les vivent. Ainsi se forgent les attitudes, les opinions, les vocations qui demain vous feront signer un engagement militaire ou dresser des barricades, chercher l'égoïste bien-être ou prononcer les vœux de tous les sacrifices : minijupe et bottes cuissardes, seins dévoilés et offre à la bouche, cette Maguy sous néon avait une grand-mère à l'infernal rigorisme.

Ce que, presque sans mot dire et seulement avec leurs gestes quotidiens, les Nadal et les Bordenave avaient indiqué à Marie-Paule c'est qu'il y avait entre eux un trou que le mariage avec Raymond ne comblerait jamais. La quantité de la terre y était pour un peu et, pour beaucoup, la qualité de ceux qui la cultivent. Marie-Paule n'avait pas chassé Raymond. Elle s'était écartée des Bordenave. Avec l'instinct de la bête devant l'homme, éternel amateur d'animaux domestiques, de vaches à lait, d'auge remplie sur perspective de chair à saucisse. Ecartée de la mère qui, Démosthène nouveau riche, parlait toujours avec dans la bouche des louis d'or ; du père auquel sa réussite avait donné la soif et la misère de toutes les propriétés : celle des choses et celle des gens. L'une aurait tué le tigre pour faire commerce de descentes de lit. L'autre l'aurait mis en cage pour le faire danser et, posant son pied sur la tête du fauve, recevoir les applaudissements.

Monsieur Barraste n'était pas pareil. Son orgueil à lui, ç'aurait été d'écrire sur le chapiteau : « Barraste Circus, père et fils. » De dire : « J'ai commencé au trapèze. En plein air. » D'accueillir fièrement l'agent des contributions : « Voilà mes livres, monsieur l'inspecteur : tout est clair. » Ç'aurait été, avant le dernier salut, de faire au public ce discours : « Mesdames, messieurs, nous espérons que vous êtes satisfaits de notre spectacle car mon garçon et moi avons la fierté de notre travail. Nous avons beau aujourd'hui être en coopérative, nous voulons que notre raisin soit le plus rempli, que nos prunes soient les plus charnues, que nos voisins, nos amis, les spectateurs des loges, de la vallée et du dernier gradin proclament : "Les Barraste, ce sont de parfaits écuyers." Mesdames, messieurs, nous vous remercions de vos applaudissements. »

Marie-Paule se réveille.

Raymond ne sera pas le père de son enfant.

Elle y avait pensé parce qu'il faut bien quelqu'un. Lui, il est là. Avec sa fidélité et le souvenir de leur adolescence. Les jeux d'enfants ont tout de suite des caresses d'adultes. Et puis Raymond est un garçon de confiance. Capable de vivre un secret.

Malheureusement, on l'a vu souvent par ici. Il y aurait des suppositions de père de famille, des interrogations en recherche de paternité. L'anonymat ne résisterait pas aux investigations cancanières et bientôt la Marcelle retrouverait des élans maternels. Ainsi font, font, font les petites marionnettes. Charles pratiquerait l'art de vouloir être grand-père. Il parlerait du gosse comme de son tracteur ou de son champ de maïs : après tout, il est à nous, ce petit. On mettrait la morale en avant. Pour que la terre suive.

Le fruit que Marie-Paule veut porter, elle doit en

choisir les racines mais aussi le soleil qui le fera mûrir, la branche qui le balancera au vent de Pénichon. Ce doit être un fruit en toute propriété. En toute liberté. Indivis.

Ses yeux la piquent à plus d'un titre.

Une équation descend longuement de sa jeunesse, venant de son père et de son patois : « Nadal = Noël = Naissance. » Elle suit son destin.

Mais… est-ce notre destin vraiment qui s'écrit à l'avance sur un registre de la mairie ? Jeune fille, la Sauvine s'appelait Bonhoure. Bonheur ? Pauvre femme ! Ça serait bien manqué ! Encore que, dans ce monde qui ne va pas trop bien, avec son air d'être ailleurs la Sauvine peut-être n'allait pas plus mal qu'une autre.

Marie-Paule rêve : son fils s'appelle Nadal-Bonhoure !

Elle se réveille : a-t-on le droit de donner deux noms à un enfant ?

Elle s'endort : Noël Nadal-Bonhoure, Nathalie Nadal-Bonhoure… Elle s'interroge : ça fait peut-être un peu beaucoup, non ?

Soudain, une idée l'empêche de bâiller ; Bonhoure, ça ne veut pas dire bonheur mais simplement ce que ça dit : bonne heure. Voilà : Nadal-Bonhoure, qui naît à la bonne heure ! Et pour une naissance, la bonne heure, celle qui porte bonheur justement, c'est midi : toutes les vieilles vous le diront.

Cette fois, Marie-Paule est très agitée : son fils naîtra à midi !

Il sera beau comme un fruit de la vallée ; dodu

comme un pruneau, appétissant comme une grappe d'octobre ; aux jours de fête, il sera peigné droit : comme le vignoble de Pierre. Entre-temps, dans la liberté du causse il ira lever le lièvre et le perdreau, faire courir la nouvelle Ripette, admirer la buse qui dans le ciel s'élève avec, entre ses serres, la couleuvre pendante. Il reviendra le soir, émerveillé d'avoir tant vécu puisqu'il aura, par lui-même, découvert la vie : « Je sais dans un buis un nid de merles. » Ou alors, il demandera : « Maman, comment fait-on pour distinguer l'alouette du pipit ? » Maman essaiera de se souvenir. Sa mémoire murmurera : « Ton grand-père prétendait que... »

Marie-Paule ferme les yeux.

Il viendra, le petit Nadal. A la bonne heure ! Ah ! le bonheur !

Pierre.

Marie-Paule ne trouve pas le sommeil.

Partout par le monde quand pousse le printemps, les filles pensent mariage.

Comment n'en serait-il pas ainsi dans ce pays devenant plat où, sur des kilomètres parfois, les pruniers font à la plaine une longue traîne blanche ?

Aline va dans le verger, la tête fleurie de couronnes.

La grand-mère la cherche.

Les branches jouent sur le ciel les dentellières. Cet été, les fruits passeront la promesse des dentelles.

Monsieur Barraste pense aux lamentations des paysans lorsque, voici une quinzaine d'années, on avait envoyé Agénor à la télévision. Il avait fallu pour le payer baisser le prix à la production. Aujourd'hui, Agénor est entré dans les cœurs. Certains qui criaient au voleur ont sauvé leur entreprise avec le pruneau. Restent ceux qui n'avaient pas de terrain pour planter davantage. Ceux-là ont fait les frais de la publicité. Plus les marchés s'agrandissent, moins les petits y trouvent leur place. Il faut pourtant agrandir les marchés. Monsieur Barraste écrira son éditorial en rentrant. Sans historique. En allant vers l'avenir. Titre : « La solitude est un vilain défaut. »

Le téléphone sonne.

Pierre est dans la solitude :

— Allô ?

Il y a au bout du fil une respiration. Comme quand un copain ou une copine vous font une blague ou comme, au cinéma, quand un menaçant veut semer la panique.

Ça ne dure pas :

— C'est moi.

Pierre est foudroyé. Cela fait des mois qu'ils ne se sont pas parlé. Il avait vu juste : une ferme avec une femme seule, l'hiver c'est possible ; l'approche de l'heure nouvelle exige d'autres bras.

Il donne le bonjour le plus heureux du monde. Sans le montrer, bien sûr. Ça serait maladroit.

Elle, dans sa cabine, elle est comme d'habitude. Pas égayée du tout. Pas tristounette non plus :

— C'était pour avoir de tes nouvelles.

— Ça va.

Elle dit : « Tant mieux » ; c'est approprié. En plus,

elle n'aimerait pas qu'il soit malade. Surtout en ce moment.

Il attend : si on appelle c'est qu'on a une raison.

Elle n'en a pas :

— C'était comme ça. Je me suis dit : « Il sera peut-être là. Je vais essayer. Je verrai bien. »

Il dit : « Tu vois. » Plutôt gentiment. Et plutôt sûr de lui.

Pour faire plus aimable encore, il ajoute :

— Tu as bien fait.

Dans le même ordre d'idée et puisqu'on en est aux bagatelles, il pense tout à coup qu'il pourrait avoir l'air de s'intéresser à elle :

— Et toi, ça va ?

— Oui. Oui.

— La santé ?

— Ça va.

C'est lui qui maintenant dit :

— Tant mieux.

Ça fait que les rôles sont renversés et que la conversation est toujours stationnaire. Un peu inexistante même parce que lorsqu'elle demande : « Et ton père ? », « Et la mémé ? », « Aline ? », il se rend compte qu'il ne peut pas rendre la pareille.

Au bout du fil, elle s'en rend compte aussi. On le sent nettement et il croit un instant qu'elle va dire « Au revoir », raccrocher ; qu'il va se retrouver seul encore devant un appareil vide, sans qu'elle ait osé dire le motif de la communication.

Il aime bien l'entendre.

Ça lui rappelle que toute muette qu'elle est, elle a une voix qui le réchauffe.

Alors puisqu'il faut être sans rancune, il va faire le premier pas. Prudemment. Pour tendre la perche.

Avec l'émotion bien compréhensible dans la gorge, il prend un ton de presque certitude :

— Tu veux que je vienne ?

L'autre, toujours dans l'impassibilité à distance, elle demande :

— Pour quoi faire ?

Ça peut être machinal mais il le reçoit comme vexatoire.

Il dit :

— Bé, pour les travaux... Tu veux que je vienne ?

Les deux écouteurs sont séparés par soixante kilomètres de silence.

Ici, on attend une réponse.

Là, on pense : « Les travaux, je les ferai toute seule. » On pense aussi, un peu dans le vague : « Le reste, ce que je voulais vraiment, c'est difficile à expliquer par téléphone. » Surtout que devant la porte de la cabine, il y a Gabriel Sahuc qui attend son tour.

Elle se décide :

— Non. Non. Pour les travaux, je me débrouillerai. J'en ferai moins, c'est tout.

Elle ajoute :

— Merci.

Ils se disent encore quelques formules passe-partout : celles qui ne mènent nulle part ; quelques mots qui n'engagent à rien ; dans tous les cas pas à ce qu'elle avait imaginé.

Lui, il voudrait la retenir par un fil. Il a envie de logique et de hausser le ton :

« Mais enfin puisque tu appelles c'est que tu as besoin de parler ! Tu ne vas pas passer toute ta vie à créer des mystères énervants ! Je te dis clairement : "Si tu as besoin de moi, j'arrive. Tu comprends bien que je ne peux pas venir si tu n'es pas d'accord !" »

Ça, c'était au bord de ses lèvres. A l'intérieur. Malheureusement Marie-Paule était à l'extérieur.

Loin.

Comme elle avait murmuré : « A un de ces jours » et qu'en retour il ne disait rien, elle en conclut qu'il n'avait plus rien à dire. Sans offense.

Clac !

Tut ! Tut ! Tut ! Tut !

Il est furieux, le raccroché. Il n'admet pas qu'on donne, pour rien, de l'espoir aux gens. Ou alors par jeu. Comme les filles de la ville, les dactylos, les vendeuses qui s'amusent à émoustiller les hommes et à se le raconter à la terrasse des bistros.

Ici, on n'est pas comme ça, non ? Surtout eux. Ils ont passé l'âge des sauteries d'après bal, bagnoles-couchettes, causse-hôtel, accotements meublés comme disent les Ponts et Chaussées. Ce qu'ils avaient bâti entre eux, en peu de temps, malgré les difficultés et même le malheur, c'était du solide. Même en projet.

Le père, c'est l'agrégé en sécateur : « La bonne taille, c'est le bon revenu », « Un cep c'est comme une entreprise : ce qui compte, c'est ce qui reste » ou encore quand le soir tu as le dos cassé, les mollets gonflés, les cuisses raides, les doigts rhumatisants : « Tu ne tailles pas pour cette année, mon petit, mais pour tes récoltes à venir. Demain, je viendrai avec toi. Nous repasserons tout ça ensemble »... Dans ces conditions, pourquoi attendre demain ? Il n'a qu'à le faire aujourd'hui. Tout seul puisqu'il est plus fort que tout le monde !

Le soleil est gai pourtant. Bientôt, il remplira la vallée dans toute sa longueur. Déjà, il fait, dans le coude du Lot, un miroir qui irrite les yeux. Le petit vent se joint à lui. On ne peut soutenir à la fois l'air matinal et les soleils du ciel et de l'eau. Avec en plus les contrariétés que tout le monde s'ingénie à placer devant vous.

En arrivant au moulin, Pierre sursaute. Aline est là, regardant les ailes vides, fixées aux nuages dans leur X des jours sans voilure. En attente.

Sa colère monte contre elle et contre lui. Il s'en veut de penser qu'il ne l'a jamais aimée. Gosse, il l'acceptait comme un jouet toujours disponible, toujours admiratif. Plus tard, il la tolérait dans le sentiment superficiel du devoir. Un sourire de temps à autre pour avoir l'air de dire : « Mais oui, tu es vivante. » Un baiser pour sa fête, pour le 1er janvier : « Bonne année, Aline ! » En la tenant un peu à distance. De peur qu'elle vous bave dessus peut-être. Sans pouvoir repousser des encouragements perçus à la sauvette : « Avec ces maladies-là, généralement ils ne font pas de vieux os. »

Il en veut à Aline d'avoir tout de suite détesté Marie-Paule. C'est pour cela peut-être que

Marie-Paule restait à Pénichon ! Pour ne pas retrouver chaque soir l'infirmité à domicile, les ricanements stupides, la chambre tendue de jalousie.

Des images horribles montent devant ses yeux. Il crie :

— Qu'est-ce que tu fais là ?... Va-t'en à la maison ! Mémé va te chercher !

Aline semble ne pas comprendre.

Il crie plus fort :

— Tu entends ce que je te dis ? Rentre à la maison !

Elle a encore sur les lèvres le bonheur de voir arriver Pierre, de recevoir l'aumône d'une habitude, d'un sourire que son rêve perpétuel prend sans doute pour de l'affection. Mais la bouche prête pour l'accueil s'est arrêtée de vivre d'un coup, saisie par le désarroi comme par l'Instamatic avec, au-dessus, ce regard étrangement mobile où passent la surprise, la peur et surtout l'incompréhension ; Pierre auquel une fois pour toutes elle a donné sa confiance lève son bras :

— Tu as compris, oui ? Va-t'en !

Ce n'est pas le bras qui la chasse. C'est le tremblement de terre : l'anéantissement de la cité où elle avait bâti son rêve.

Elle court, son visage battu par les branches de saules, les ronces, les rejets d'acacias, les prunelliers qui la déchirent et font son corps semblable à son âme. Ceux qui devant Hiroshima s'enfuyaient ne savaient pas que, au loin comme ici, ils ne pourraient plus vivre.

C'est pour cela que, frappée de lucidité peut-être,

une seconde elle s'arrête. Elle se retourne pour s'assurer qu'elle ne s'est pas trompée, vérifier que la cité n'existe plus, que son existence est en ruine.

La voix de Pierre est terrible :

— Va-t'en !

Elle repart, elle court comme une folle, dira-t-on, elle court encore et toujours avant de trouver la route qu'elle traverse sans la voir, un chemin qu'elle ne connaît pas et qui la mène à la rive du Lot sur laquelle elle s'abat. C'est sa bouche qui pleure. Dans des convulsions que rien ne pourrait arrêter.

Sous ses yeux, sûre d'elle, la rivière s'en va vers l'Océan.

Ici est la fin du monde.

Pierre est entré dans le moulin.

Il se reproche sa violence et plus encore d'être ce qu'il est. Il compare sa position à celle de son copain Péméja qui pour avoir pendant sa jeunesse subi le bénédicité de tous les repas, les communions toujours solennelles, les messes obligatoires, les cimetières à l'improviste et surtout la mortification des bras en croix sur le carreau, allongé face contre terre pour demander au Tout-Puissant de pardonner le larcin d'un morceau de sucre, refusa définitivement à l'âge adulte toutes les prières et tous les crucifix : Pierre est un athée de l'infirmerie. Il s'avoue honteusement n'avoir pas pitié des handicapés, ne pas supporter la vue des malades, avoir toujours l'envie sans courage de fuir les lits d'hôpitaux, les chambres de bronchiteux, les brancards et les civières, les seringues, l'odeur d'éther et même les thermomètres. Il veut aller par le vignoble et par le causse à la recherche toujours de la santé. Marie-Paule est éclatante, c'est vrai. Surtout dans ce moulin où il venait la retrouver et qui conserve le parfum de la farine et du bois, de ce jour où elle était devant lui avec sa peau brune qu'il voyait blanchir dans l'entrebâillement du chemisier. C'était peut-être un corsage. Ou une blouse. Il ne voit pas nettement le nom mais il en revoit très bien les dessous et sa main qui n'osait pas avancer vers eux.

« C'est beau, un moulin. »

C'est dans cette phrase-là que, pour la première fois, il avait remarqué la voix de Marie-Paule.

Quand il avait répondu : « La farine aussi, c'est beau », il avait entendu que ses mots à lui tremblaient tout autant.

Voyant le grain s'amoindrir dans l'entonnoir, écoutant le trac-trac des ailes, le branle du déversoir, imaginant les gestes disparus, le sac monté sur l'épaule à cette échelle dite toujours de meunier, elle demandait :

« Tu crois qu'autrefois, ils étaient plus heureux qu'aujourd'hui ? »

Aujourd'hui, il pourrait répondre.

Il n'y a plus d'autrefois. Plus d'hier en robe claire, en jupe déplissée, en jambes offertes.

Marie-Paule n'est plus qu'une voix dans un téléphone ; des mots sans intérêt terminés par un tut-tut-tut-tut occupé.

Il se couche sur le lit de bois où ce jour de soleil il avait voulu la coucher.

C'est Aline déjà qui les avait séparés.

« Peut-être qu'ici il faisait l'amour. »

Voilà ce qu'il avait dit à Marie-Paule qui essayait de ne pas comprendre : « Peut-être qu'ici il faisait l'amour. » On voyait pourtant qu'elle avait sur les pommettes la rougeur des blondes ; celle qui fait sortir les taches rousses de pudeur.

Elle avait murmuré :

« Peut-être qu'ici un enfant est né. »

C'est à ce mot, c'est avant même de s'être uni à elle qu'il avait compris son union profonde. Définitive.

« Peut-être qu'ici il faisait l'amour. »

« Peut-être qu'ici un enfant est né. »

Il pourrait citer toutes les phrases qui ce dimanche-là avaient tourné en rond entre les pierres meunières.

Il ferme les yeux.

Les yeux fermés voient clair dans le passé.

Les rêves paisibles sont faits de souvenirs heureux.

Il veut retrouver la nuit belle. Le jour de soleil. Marie-Paule a sa robe tendue et le moulin remet ses voiles. On entend le crac-crac de son souffle et de toutes les boiseries. Le vent chaud de l'été chante autour du toit et profond dans le corps de chacun.

Pierre sent sur son visage ce vent d'autan qui, l'hiver, fait fondre la neige.

Il est doux d'avoir sur ses lèvres les lèvres de Marie-Paule. Tous les deux jouent à bouche-que-veux-tu ?, à je-ne-fais-que-passer, à porte-close, aux quatre-coinsdes-lèvres. On s'étend. On se tend. On s'attend : on s'entend.

La porte s'ouvre. Chaude.

Un baiser vivant pénètre Pierre.

Le malheur est oublié. On reprend le bonheur où on l'avait laissé. Au moment où Marie-Paule se dénudait. Il la caresse. Il la connaît. Il la retrouve. Il sait que sa peau le guette et s'impatiente au creux de son cou. Qu'elle rendra douceur pour plaisir, jeu de main dans un gant de velours, poitrine à bout, sexe ouvert pour caresses et baisers et bientôt cet aboutissement où tout commence et qui, quelle que soit la jouissance future, reste la plus belle seconde de joie consciente entre deux êtres s'aimant.

Pierre pousse un cri : le rêve est réalité.

Il s'en débarrasse avec une rare brutalité.

Un instant interdit, il a comme dans un cauchemar pris conscience de cette étreinte qui lui semble être celle d'une épouvantable couleuvre : ne pouvant croire à son malheur sans doute ou alors fuyant l'eau profonde pour retrouver les amarres tangibles de sa chimère, Aline est revenue vers le moulin où, mieux qu'ailleurs, elle vit dans les étoiles. Poussant la porte, elle a vu sur sa couche Pierrot-meunier, Pierrot du rêve blanc, le Pierrot dormant de Pierrot-Pierrette-sous-la-lune. Dans l'ombre et la fraîcheur de son existence renaissante, elle l'a regardé, veillé peut-être puis, croyant plus que jamais à ses amours, elle les a célébrées avec toute la force innocente de ses lèvres.

— Je t'avais dit de t'en aller ! Va-t'en ! Va-t'en ! Tu n'as rien à faire ici !

Les injures emplissent la pièce étroite. Elles frappent Aline de plein fouet, en plein feu. Ses yeux ont des flammes de sensualité trahie. C'est insupportable. Pierre l'a prise par le bras, il la tire et, littéralement, la jette dehors.

— Je t'avais dit de ne jamais me suivre ! Je ne te veux pas ! Tu le sais que je ne te veux pas ! Mauvaise ! Mauvaise ! Va-t'en où tu veux : que je ne te voie plus !

Il est rentré dans le moulin, a fermé la porte contre laquelle il s'appuie.

Il reste là de longues minutes, n'ayant qu'un geste inlassable pour s'essuyer la bouche, les joues, tout le visage qu'il sent souillé de caresses et de souvenirs, de mâchures, de la vision insupportable de Clairon, son chien que lorsqu'ils étaient gosses, un mercredi avec un copain, ils avaient masturbé et qui par la suite venait toujours se placer devant lui, cul en attente, pattes écartées, frissonnantes, appelant au risque de le compromettre.

« Il cherche une chienne, avait fini par dire, un jour, monsieur Barraste.

— Il cherche une bête », avait rectifié la grand-mère qui, depuis, il se l'était imaginé du moins, avait toujours sur Pierre des yeux sans excuse, une désapprobation muette, une suspicion grandissant avec sa traversée de l'adolescence.

Il entrouvre la porte.

Le mal est moins grand qu'il ne le craignait.

Aline marche à pas lents vers le chemin de monsieur Boussuges. De chaque côté de sa tête pourtant, elle tient ses poings fermés, tirant ses cheveux désespérés.

La voix adoucie, il appelle :

— Aline !

Elle se retourne.

Elle a sur le visage la douleur insupportable des êtres que nous n'aimons pas. Voyant leurs larmes stupides, nous savons que nous ne tenterons rien pour les apaiser.

Il essaie pourtant :

— Rentre. Je vais rentrer aussi.

Et puis il referme la porte.

Si Marie-Paule n'avait pas fait ses caprices, rien de tout cela ne serait arrivé.

Pendant des jours il se confortera dans cette idée qu'il rejette pour la reprendre ; qu'il examine mieux pour s'en détourner encore ; y revenant sans cesse en se répétant alors que rien plus que le caprice n'est éloigné de Marie-Paule. Il l'a su dès leur conversation près des ruches qui était, mieux que dans la musique d'un bal, leur première vraie conversation. A sa place. Près des abeilles au travail. Du miel en héritage. De la lavande qui, cette année, fleurira loin de lui.

Il pourrait aller à Pénichon.

Pour quoi faire ?

Qu'y a-t-il de nouveau dans leur situation ?

Arriver, dire : « Bonjour, c'est moi », s'embrasser, faire l'amour peut-être et repartir avec des regrets ravivés ?

Le désastre est, à son gré, suffisant.

Il connaît, entre vigne renaissante et promesse

blanche des pruniers, la période la plus malheureuse de son existence. La plus étrange. Etrangère, même.

Aline a été malade.

Le docteur est venu. Un docteur à l'ancienne. Sachant que pour empêcher les hommes de mourir, il convient de les regarder vivre. Il a demandé si la petite n'avait pas subi un traumatisme.

Le père a dit qu'avec des cas comme celui-là, c'est difficile à savoir.

La mémé s'est contentée de poser sur Pierre ses yeux anciens d'avocat général. Pour Aline convalescente, elle a été plus dévouée que jamais avec son air inutile et fanfaron de dire : « Je suis là pour la protéger » ou même : « Qui l'attaque me trouvera sur son passage ».

Malgré tout, Pierre lui en est reconnaissant.

Il n'est pas allé voir Aline dans sa chambre.

Le père non plus n'a pas bougé. Peut-être pour ne pas montrer que le fils s'abstenait.

Quand Aline est revenue dans son corsage blanc à frisures, repassé par la grand-mère, monsieur Barraste a dit :

— Voilà notre convalescente.

Pierre a trouvé quelques phrases :

— Je suis content de te revoir. J'espère que maintenant tu iras bien.

Il a fait ainsi des efforts pour lui parler et même lui sourire.

Aline, le plus souvent, semblait ne pas le voir. Elle qui avait toujours vécu dans d'inaccessibles contrées semblait maintenant s'y être évanouie. Longuement. Lorsqu'elle revenait, elle en paraissait surprise. Son étonnement était de découvrir Pierre devant elle.

Il tentait un petit geste qu'elle n'apercevait pas, repartie vers ses pays de stérile interrogation.

Une fois ou deux pourtant, elle avait perçu l'intention de Pierre. Son visage à l'instant en avait été transformé. Comme s'il suffisait d'un brin d'espérance pour effacer un grain de déraison. Un soir sous la galerie, elle lui avait pris le bras. Alors, Pierre avait eu peur : il était rentré dans sa réserve.

Il se répétait que si Marie-Paule était venue habiter ici, s'il n'avait pas eu, lui, la faiblesse d'accepter cette union libre, la situation nette aurait mis fin depuis longtemps aux rêveries insensées d'Aline.

Le front soucieux de son mari, Jeanne Soubret le connaît sans le voir. A la façon d'enlever ses sabots de caoutchouc. Quand ça va mal les sabots ne glissent pas, ils s'accrochent à la laine des chaussettes, la tête part en avant : à ce front qui disparaît vers le carreau, Jeanne comprend les tracas de son homme.

Elle ne pose pas de questions. A quoi bon ? Si Aubin laisse voir son ennui, c'est qu'il a envie de le dire.

Les sabots sont enfin sur le sac qui, à l'entrée, tient lieu de paillasson.

— Le Raymond est encore avec Marie-Paule.

Jeanne est soulagée : depuis qu'elle attend un enfant, tout ce qui n'est pas Lui, sa venue, son sexe, ses brassières lui paraît sans intérêt. Encore plus un flirt auquel elle ne croit pas.

Aubin le voit bien. Il n'est pas rassuré pour autant. Les filles, mieux vaudrait garder un troupeau de lièvres avec un tambour qu'avoir à les surveiller.

Jeanne hausse les épaules. Les hommes sont tous les mêmes. Jeunes et vieux : hors leur plaisir, ils optent pour la sagesse des filles.

— Marie-Paule ne fera pas cette bêtise.

— Faute de bœuf on fait labourer l'âne, estime Aubin, l'œil pessimiste.

Jeanne s'y connaît :

— Cet âne-là n'est pas celui qui convient.

— Elle te l'a dit ?

— Il y a des choses... entre femmes, on n'a pas besoin de se les dire.

Aubin, ça le rassure un peu. Pas trop. Il tourne dans la pièce avec une idée vague qui tient à tous ses champs bordés d'un côté par ceux de Bordenave, de l'autre par ceux de Marie-Paule.

Il demande :

— Tu vas agir ?

Jeanne est surprise.

— Agir ?

— Bé... Si tu crois qu'elle doit pas être heureuse avec le Raymond... faut peut-être agir.

Jeanne ne veut pas le malheur de Marie-Paule, c'est sûr.

Et puis quand son poupon grandira, on a beau dire qu'il ne restera peut-être pas agriculteur, on n'en sait rien du tout et il sera peut-être bien content, lui aussi, de trouver une terre respirant largement entre des propriétés contradictoires.

Tout de même, Jeanne ne voit pas bien ce qu'elle pourrait faire. Surtout sans mettre le nez dans les affaires des autres.

Elle secoue la tête :

— T'en as de bonnes, toi !

Néanmoins, on voit bien qu'elle réfléchit.

Il est vrai que depuis l'affaire des coups de fusil, Raymond trouvait un moment parfois, un prétexte souvent pour venir à Pénichon.

Marie-Paule en était gênée : en refusant, elle lui déplaisait ; elle ne le voulait pas. En acceptant, elle s'engageait ; elle le voulait de moins en moins. D'abord parce que sa décision de mère célibataire était prise. Ensuite parce que le pigeonnier des Bordenave fermait plus que jamais son chemin de la mariée.

Pour arrêter ses visites, elle disait souvent :

— Tu as tes terres. Tu dois t'en occuper.

— Mon père s'y remettra, disait Raymond qui voulait paraître décontracté.

Il prétendait que si son père faisait un peu d'exercice, il aurait moins de force pour gueuler sur les uns et les autres.

Elle se demandait si cette petite rancune filiale était authentique ou si, sachant que Marie-Paule ne portait pas trop Charles Bordenave dans son cœur, le fils n'en faisait pas une manœuvre le plaçant aux côtés de Marie-Paule : tu vois, toi et moi on a les mêmes idées, c'est bon signe, non ?

Il revenait sur le passé.

Il s'était toujours demandé comment et même pourquoi leur aventure de jeunesse s'était arrêtée.

Elle se taisait. Les yeux fixés sur des pigeons sans toit. Qui n'étaient pas des pigeons voyageurs mais des pigeons de ronde, au-dessus des maisons, des champs. Au-dessus des absences.

Il murmurait :

— J'ai toujours eu ton regret.

Elle en était sûre.

Elle-même s'était un peu forcée au début pour ne plus le revoir. A l'âge adolescent, dans les campagnes à réjouissances aléatoires, à cinéma lointain, les dimanches d'amour offrent des certitudes agréables. Raymond avait une gentillesse de tous les instants. Plus que Pierre peut-être.

— Dans le chemin, quand tu es tombée sur mon épaule, ç'a été le plus beau moment de ma vie. J'ai cru que j'étais revenu en arrière... au Lemboulas, la première fois qu'on s'est embrassés. Plus fort même.

C'est vrai que près de la rivière miniature sautant sur les pierres d'avril, blanches, nettes, lavées par tous les courants de l'hiver, ce premier baiser de Raymond l'avait troublée. Et les autres.

Mais il est plus vrai encore que la première fois qu'elle avait vu Pierre au bal et surtout sur le causse, devant les ruches, si sans l'embrasser il lui avait dit : « Couche-toi », elle croit qu'elle l'aurait fait.

Elle se lance :

— Pourquoi ton père m'envoie des vannes ?

— Quelles vannes ?

— Il y a un an ou deux ou trois, on aurait dit qu'il

voulait que je me marie avec toi. Depuis quelque temps il me fait la gueule et l'autre jour, devant chez Mathilde, il m'a dit : « Les filles, elles changent de lit jusqu'à ce qu'elles trouvent la bonne armoire. »

Raymond secoue la tête :

— C'est sa formule. Il l'a pas inventée pour toi. Ma mère l'a prise dans les yeux plus souvent qu'à son tour... à cause d'une histoire qu'elle a eue avant son mariage avec un type, je sais pas qui et d'ailleurs je m'en fous. Quand ça va mal ou qu'elle fait trop de manigances, il lui remet ça. En pleine poire.

Heureusement que le visage de Marie-Paule n'a jamais été très actif. Il dit à peine : « C'est drôle tout de même. » Et encore : vague. Ce sont les yeux qui s'arrondissent un brin.

Au fond, elle pense : « A Pénichon, on n'a jamais dit de ces choses. Le père et la mère avaient l'approche de la trentaine pourtant au moment du mariage. Ils devaient bien avoir tous les deux un passé d'expérimentation. La différence c'est qu'ils n'en faisaient pas reproche. »

Un coup encore, il veut se mettre avec elle. Dans le camp de jeunesse :

— Tu sais, autrefois, ils étaient pas fins.

Marie-Paule secoue la tête : ce n'est pas une question d'autrefois. Chez Nadal, ça n'était pas comme ça. Un point c'est tout.

Elle voit des pigeons aux ailes dégagées.

A la maison propre.

Les saletés restent devant la porte. Sur la pierre

posée à cet effet. Libre aux uns ou aux autres de les ramasser.

Eux, les pigeons bleus et roux, vivent dans leurs roucoulements. Sur leur lit de plumes. Où parfois, comme Aubin et Jeanne, ils marchent sur des œufs.

Raymond demande :

— Marie-Paule… tu veux qu'on se marie ?

Le mot tombe sur le nid d'amour. En pleine rêverie. C'est vrai qu'il était doux, Raymond. Même des mains. Ça n'est pas le cas de tous les garçons qui, dans les fêtes, pour une danse partagée se croient autorisés à jouer les maquignons, à tâter la bête, laissant tomber sur l'avant ou sur l'arrière des mots qui accompagnent le geste.

— Tu vas trop vite, Raymond… Tu vas trop vite.

Il dit simplement :

— Bon. J'attendrai.

Elle ne voulait pas lui faire de la peine.

Elle se rend compte qu'elle lui a donné de l'espoir.

Elle atténue, elle précise, elle veut qu'on soit bien d'accord :

— Je ne t'ai rien promis.

— Je sais.

Même cela, c'est trop, elle le voit bien.

Malgré tout, on n'est pas des ours. Puisque ça lui fait plaisir, dimanche elle ira à la fête avec lui. Il lui semble que, après une conversation pareille, elle ne peut pas faire moins.

Le dimanche matin, le boulanger est sur la place avec sa camionnette. Ça lui permet de ne pas faire la tournée.

Certains prétendent que c'est pour ça que quelques-uns vont à la messe : pour prendre leur pain à la sortie.

D'autres même – mais il s'agit là des plus méchantes langues anticléricales – affirment sans sourciller que le curé Filhol paye le brave Arnaud pour lui servir d'attraction. Il faut avoir tué père et mère pour proférer des horreurs pareilles. Encore que la gent boulangère ait, dans ce domaine, fait ses preuves : jadis la jolie Madeleine attirait le chaland dans les jardins du Palais-Royal en y vendant sa marchandise. Grâce à elle, les cafés faisaient recette. Personne ne savait alors que les petits gâteaux chauds de Nanterre allaient y perdre leur nom : aujourd'hui nous mangeons des madeleines.

Ici, l'affaire est moins historique. Les vieilles se rendent à l'office pour assurer leur place en paradis.

Leurs hommes les suivent parce qu'ils ont toujours fait ainsi et que, dans le cas où leur dévote se retrouverait vraiment à la réception du Seigneur, le moment serait mal choisi pour la lâcher. Il y a quelques jeunes qui se hasardent ; pour faire plaisir à leurs parents. Ça permet à ceux-ci de ne pas se montrer. Ils disent : « L'essentiel c'est qu'il y ait quelqu'un de la famille. Il prend la bénédiction pour tout le monde. » Et puis il y a bien sûr Mathilde Sahuc et ses timides émules, Marcelle Bordenave avec sa fille qui a une robe neuve, Françoise Combes-Marty sans son Fernand, quelques pénitentes avouées et encore une quinzaine d'hommes aux muscles raboteux dont certains sont là par conviction, d'autres par habitude, la plupart pour savoir si Lucien a acheté son monte-paille, si Aubin et les autres ont reçu le chèque de la Seita, si, dans le cas où on adhérerait à la Cuma, on pourrait compter sur l'andaineur au jour désiré.

Cela fait que, dans l'ensemble, la religion se maintient, la pratique aussi, solide, rondelette, un peu vétuste peut-être mais n'est-ce pas le cas de tout le village, de la commune qui, hier, comptait quatre cents feux et n'en a plus guère qu'une centaine aujourd'hui ? Cela aussi soutient la dévotion. On dit : « Quitte le terroir : quitte l'Eglise. » A l'inverse, on pense : « Reste à la terre : reste à la tradition. »

C'est la sortie.

Les visages perdent de leur gravité. L'air frais les ranime. Tout commence par :

— Et le temps, qu'est-ce qu'il va faire ?

On se salue dans la routine ou l'affection. Des

femmes se font la bise parce qu'elles sont cousines. Avec difficulté quand elles ont des chapeaux. Des hommes se touchent la main à bout de bras, de bas en haut, agités, avec un air de sauter à la corde.

Le boulanger, déjà, est dans sa voiture. Il fredonne :

Le paysan l'a dit à la crémière
Et la crémière l'a dit au pharmacien
Le pharmacien l'a dit à monsieur le maire...

... Tout ça pour arriver à la conclusion qui est aussi le refrain : « Et c'est comme ça que tout le pays l'a su. » Il n'y met pas malice. Plus maintenant dans tous les cas. C'est une idée qui lui était venue à ses débuts ; en voyant les conversations se former devant lui. Aujourd'hui, pour lui ça n'est plus qu'une tradition.

Elle tombe bien.

Angel Cassou vient d'apprendre que le Raymond sort la Marie-Paule. Sur le seuil de chez Fabre, il dit à son frère :

— Tu te laisseras passer devant par tout le monde.

Louis se rebiffe. Il a le chicot solide :

— Quand on n'a pas été foutu de se trouver une femme, on fait pas la leçon aux autres !

Il annonce qu'il ne paiera pas la tournée.

On entoure Jeanne Soubret. Ça n'est pas vraiment une habituée du Bon Dieu. Depuis qu'elle est enceinte seulement. Pour remercier peut-être. Ou alors pour que tout se passe bien, que le Ciel protège son fils. Ce qui est sûr c'est que, déjà, elle commence à bien le pousser en avant. Cela met du bonheur sur des visages de rencontre : il y a tellement peu de naissances maintenant dans le pays...

Ce qui est intéressant aussi c'est que Jeanne est voisine de Marie-Paule, de Raymond. Elle sait peut-être quelque chose.

Marcelle Bordenave ne se mêle pas aux conversations. On murmure que sa fille, la Janine, a un amant à Toulouse. Un divorcé qui a vingt ans de plus qu'elle.

Françoise Combes-Marty a renoncé à Pénichon. Du moins par voie matrimoniale.

Après avoir quelque peu houspillé son fils, elle s'est lancée maintenant dans une admiration maternelle voyante mais justifiée : bien proportionné, les yeux superbes, portant un jour moustache discrète, un jour collier imprévu, Gaby a trouvé dans la pratique ensoleillée de son métier la peau brune, la silhouette épanouie du terrien sans complexes. Les filles lui ont fait comprendre qu'il aurait tort d'en avoir.

Le pépé, chez lui, n'a pas moins de reproches disponibles mais il commence à avoir moins d'entrain pour les dire. Bref, Gaby est un paysan heureux et amateur de changements. Il en apporte un peu dans la marche de sa ferme et beaucoup dans ses débuts amoureux. Aujourd'hui, ça n'est plus comme avant.

Gaby arrive sur la place avec la bagnole qu'on lui a offerte quand il a eu son permis. Une occase.

Son sac sous un bras, le pain sur l'autre, sa mère va vers lui sans le quitter du regard et en trouvant le moyen dans le même temps de jeter un coup d'œil à droite et à gauche pour s'assurer que la foule prend conscience de son bonheur et de la beauté de son garçon.

Elle rencontre le visage attendri de Jeanne Soubret. Il dit : « Je suis contente pour toi, Françoise. »

Jeanne Soubret pense : comme je serai fière aussi quand il aura vingt ans.

Chez Pierre, l'affaire n'est pas la même.

La terre, certes, conserve ses fidèles mais la prune et le raisin, la fraise et la culture maraîchère, le tourisme et la petite industrie élargissent le panorama.

Chez les hommes, on voit moins de petits chapeaux à bord économique. Il y a plus de pantalons clairs, de chaussures changeant avec la saison ; du tergal quand vient le soleil.

Les femmes osent plus de décolletés, de foulards légers.

Il y a aussi un pharmacien et un entrepreneur de travaux publics, une avocate stagiaire, quatre enseignantes se déclarant libres, un coiffeur pour dames se déclarant très occupé, un professeur agrégé de laïcité et la pimpante épouse de monsieur le directeur de la coopérative.

Cela diversifie aussi les conversations.

On entend : « Comment allez-vous, monsieur le président ? » Ou encore : « Mes hommages, madame. Le docteur n'est pas avec vous ? » Et même : « Avez-vous des nouvelles de notre bridgeur ? » Ce qui n'empêche pas quelques sonores « Aquo ba ? », voire deux ou trois « Mille Dioü » dont la pléthore depuis longtemps n'effarouche plus le Seigneur.

Devant l'église, Boussuges, comme il dit, pose ses femmes. La légale, vêtue de modestie ; l'apprentie portugaise, plus colorée ; et puis la dernière, la prochaine fille à marier, celle qui a les yeux rouges parce qu'on l'a obligée à mettre sa jupe plissée alors qu'elle comptait venir en jean.

— Pierre ! Ton père est chez toi ?

— Il est à la pêche. A Gineste.

Boussuges est un peu désarçonné. Il comptait trouver Barraste à domicile. Gineste, c'est un peu plus loin. Il hésite.

Il se décide :

— Oh ! je peux bien y faire un saut... A Gineste, tu dis ?

Il repart dans sa voiture modique, l'un de ces modèles paysans qu'on livre, il faut croire, sans troisième vitesse.

La surprise est de voir arriver le jeune maire dans sa camionnette toujours marquée « Quercy-Agricole ». Il fait quatre départements. Il y a des clients qu'il est sûr de rencontrer le dimanche matin.

Il regrette que ça se soit cassé avec Marie-Paule :

— C'est des gars comme toi qu'il nous faut. Autrement, c'est plus une commune : c'est le club du troisième âge.

Pierre en profite pour glaner des nouvelles.

Le jeune maire dit que ça a l'air d'aller :

— Elle m'a demandé de voir avec l'école d'agriculture si elle pouvait pas avoir un élève pour les travaux.

Pierre, ça le rembrunit :

— Un commis ?

— Oui. Ils viennent à demeure. En stage. Nourris. Logés. Et puis un pécule.

Le « à demeure » fait un petit choc :

— Si elle prenait quelqu'un... ça t'ennuierait de me le faire savoir ?

L'autre sourit. A son habitude :

— Tu me prends pour la CIA ?

Il dit encore qu'elle s'en sortira sûrement. Parce que le Raymond aussi lui donne la main. De plus en plus, on dirait.

La camionnette « Quercy-Agricole » s'en va.

Pierre reste planté sur le trottoir. Un bon moment.

Un copain lui tape sur l'épaule. Ils entrent au bistro. C'est la meilleure solution.

Un jour, voici quelques petites années, monsieur Barraste avait entendu un bruit de tronçonneuse. Il ne s'en était pas inquiété. Il y a toujours dans un coin ou dans l'autre un propriétaire qui coupe des branches envahissantes, un ouvrier qui abat un arbre menaçant.

Cela avait duré toute la matinée.

Lorsque l'après-midi les moteurs avaient repris, monsieur Barraste avait décidé d'aller voir.

Il était revenu blanc de colère et de chagrin. On aurait dit qu'il était une fois encore tombé veuf. On aurait dit même qu'une main criminelle avait accompli le forfait.

Il avait téléphoné un peu partout, à la chambre d'agriculture, au syndicat et même à Delprat qui s'occupe des pêcheurs à la ligne. Il n'y avait rien à faire : l'ordre venait de la préfecture. D'ailleurs, le lendemain il était trop tard : la petite rivière qu'il avait toujours vue là, cachant dans la verdure les souvenirs du temps où le mercredi s'appelait le jeudi, le ruisseau enfantin clapotant sous les vergnes et les saules n'était plus qu'un fossé nu, bête et désert, venant de Gineste sans un ombrage, comme chenal en Camargue, bordé de sable et d'arbres couchés, vaincus, de souches arrachées où plus jamais ne s'abriteraient les écrevisses.

« Mais... pourquoi ont-ils fait ça ? demandait Pierre.

— Par connerie », répondait sobrement monsieur Barraste.

Pierre connaissait son père. Il insistait :

« Il y a peut-être d'autres raisons ?

— Il y a d'autres raisons, consentait monsieur Barraste, mais la vraie raison c'est la connerie. »

Dès lors il avait rangé ses gaules, son épuisette, son matériel toléré et ses filets interdits. Il ne s'imaginait pas guettant l'ablette sur ces rives châtrées auxquelles, disait-il, il ne manquait que le béton pour ressembler à un parking.

C'est le bouquet d'arbres de Gineste, miraculeusement conservé près de l'ancien moulin, qui, un jour, lui avait donné l'idée à nouveau de tremper le bouchon. Depuis, il y vient de temps à autre. Pas souvent. Et pas pour se calmer. Au bout d'une demi-heure de ligne sans appel, il commence à gronder contre les vandales de la préfecture. Au bout d'une heure, il leur fait avaler son hameçon. Si quelques minutes encore se passent sans qu'une tanche donne signe d'imprudence, il regarde la rivière d'un œil désespéré, revoit les saules éteints et avec décision il vote écologiste aux prochaines élections.

Au reste, personne ne vient plus, ici, chercher sa friture.

C'est pourquoi, lorsque derrière la roue morte du moulin il voit paraître la tête rubiconde de Boussuges, le père Barraste est proprement ébahi :

— Té ! Salut, Albert ! On te voit pas souvent à la pêche !

L'autre commence à dire qu'il passait par là histoire de se promener mais comme le chemin du moulin ne mène qu'au moulin, il se rend compte de l'invraisemblable et il opte pour une vérité améliorée :

— J'ai rencontré ton fils. Il m'a dit : « Mon père est à Gineste. Allez voir si ça mord. Ça lui fera plaisir. »

Ça ne mord pas.

Le père Barraste lance son fil comme s'il en attendait vraiment quelque chose.

Boussuges s'adonne aux prévisions météorologiques :

— Le temps… il a pas l'air de savoir de quel côté il doit se tourner.

— Le temps et le gouvernement ils font ce qu'ils veulent, fait le pêcheur en douce philosophie.

Le bouchon flotte avec une tranquille dignité.

Les deux hommes le suivent des yeux. Sans fanatisme.

Boussuges est contraint de se demander si tout ça ne va pas virer à l'orage.

Il enlève son chapeau.

Il le remet.

Il parle d'en acheter un autre quand il ira à Cahors. Ou à Villeneuve. Ou alors sur un marché. Il dit que son épampreuse est en panne, que le bureau de tabac va changer de propriétaire, qu'il a encépé un peu de merlot.

Ça ne mord toujours pas.

Boussuges tente un essai en direction du rugby :

— Il y a eu un blessé à Fumel, dimanche dernier.

— Ah ! oui ? fait monsieur Barraste.

Par pure politesse.

L'autre cite ses sources :

— Je le sais parce que… mon gendre y était.

« On approche », estime le pêcheur. Sans montrer de satisfaction. Ni même d'intérêt. Encore moins d'impatience : quand le poisson est ferré, ça n'est plus le moment d'appâter.

Au même instant, le poisson Boussuges se répète que ce qui est essentiel c'est de ne pas dévoiler son appétit. Il faut regarder l'asticot, naviguer autour, bien étudier les lieux, tourner, retourner et puis essayer de grignoter un peu sans prendre l'hameçon en pleine gueule.

Malheureusement, au fond du paysage la fin de la messe se met à balancer ses cloches.

Boussuges est embêté : sa femme va l'attendre ; ses filles aussi. La petite n'a pas bon caractère.

D'un autre côté, ça serait bête d'être venu jusqu'ici pour ne pas dire ce qu'on avait mijoté.

Il toussote.

Il fait :

— J'étais venu te dire bonjour.

— C'est toujours agréable de voir les amis, répond le père Barraste dans la plus grande urbanité.

Boussuges explique :

— J'ai trouvé Pierre devant l'église. Il m'a dit : « Mon père est à Gineste. Allez voir si ça mord. Ça lui fera plaisir. »

Monsieur Barraste pense : « Répéter un mensonge, ça n'en fait pas une vérité. Mon fils ne t'a rien dit parce que justement il sait que ça ne mord jamais et que quand ça ne mord pas, un pêcheur n'a pas besoin qu'on lui envoie des témoins. »

Les cloches lointaines insistent vraiment.

Le beau-père du Portugais est obligé de partir :

— Salut, Henri. A bientôt.

— Salut, Albert. Merci de ta venue.

Albert fait quelques pas. Il arrive au moulin. Il se frappe le front.

Sûrement, il a oublié quelque chose.

Il revient :

— Dis donc... au fait... ça m'était sorti de la tête... Tu as ma réponse ?

L'imperturbable tombe des nues :

— Ta réponse ? De quoi tu veux parler ?

— Bé... pour le terrain... pour mon gendre...

Cette fois, c'est le pêcheur qui se frappe le front. Il

s'en veut : il a oublié d'en parler à la grand-mère ! Ça lui est sorti de l'idée !

En tant qu'hypocrite, il promet dc faire un nœud à son mouchoir.

Boussuges est bien déçu. D'autant que, en tant que deuxième hypocrite, il a un argument. Confidentiel. Mais important :

— Je te dis ça entre nous : le gendre… il a un autre terrain en vue.

L'oreille du père Barraste est comme le bouchon au bout de sa ligne : elle ne bronche pas. Ça n'est pas aux vieux singes qu'on apprend à faire la grimace : ce terrain, on ne voit pas bien où il serait. Ni qui le vendrait maintenant que, avec la montée du cahors, chacun rêve de revenir chez lui, producteur : Clos ceci, Château cela, Premier Grand Cru.

C'est peut-être ce qui donne à Boussuges l'envie d'aller vers la franchise :

— Remarque… c'est pas sûr.

… Et même vers les bons sentiments :

— Et puis, moi, je lui dis à mon gendre : vaut mieux prendre la parcelle d'Henri. Ça lui fera plaisir !

— Surtout que la nôtre, pour ton gendre elle serait mitoyenne, laisse tomber le père Barraste.

Histoire de ne pas perdre l'avantage.

On en restera là.

Le bouchon flottille sans rien dire.

Le ciel est redevenu silence.

En arrivant à sa voiture Boussuges imagine ses trois femmes, seules déjà devant l'église. La tête à l'envers. Elles vont lui sonner les cloches.

La foire a investi la place Gambetta. Elle en fait un cloître ensoleillé, coloré, bruyant, entouré de ses arcades fraîches où les plus âgés iront reposer leurs jambes, leurs yeux, leurs oreilles champêtres peu habituées aux agressions de toute force.

Ici ça n'est pas la fête au village, le méchoui autour de quatre danseurs. Nous avons bal sur parquet (couvert en cas de pluie), tirs, loteries, manèges, autos tamponneuses, gaufres, glaces, nougats, stand spécial barbe à papa, pétards garantis dans toutes les jambes, concours de boules (pétanque et lyonnaise), courses cyclistes (minimes, cadets, juniors) et, dans la rue où elles arrivent avec jupettes et shakos, entourées de sympathie et de « T'as vu la grande les jambes qu'elle se paye ? », les majorettes à bottes blanches qui marquent le pas avec application, dans le rythme, surtout la capitaine qui a un sifflet de commandement et celle de devant, la tambour-major qui envoie sa canne très haut pour épater la galerie mais qu'on découvre bien soulagée quand elle a réussi à la rattraper.

Et puis il y a la banda. Los Picolos Braisos. Ça, c'est plaisant. Parce que, on a beau dire qu'en France la musique se perd, on voit bien ici qu'elle n'est pas perdue pour tout le monde et que les jeunes s'y mettent. Dans le bois et dans le cuivre. Grosse caisse et cymbales. Ça crée de l'animation partout. Sur les visages et dans les mollets. Il y a des mains qui tentent quelques applaudissements, des bouches qui chantent *La Marche américaine* avec un petit doigt qui les chatouille. Sur *La Pitchouli*, des impatients forment une farandole, la première, timide : on sait bien que la digestion est en cours et que de toute façon l'heure n'est pas venue encore de se déchaîner.

Les gosses sont arrivés les premiers. Ceux du bourg. Les autres descendent de la voiture de leurs parents, venant des fermes isolées, des hameaux, des communes voisines et, on le dit comme cela est : de beaucoup plus loin.

— Approchez ! Approchez ! Mesdames, messieurs, on joue le rouge ou le bleu, la poupée est ici, la poupée est à vous ! Allons-y, les joueurs, le un, le deux, l'as ! A qui la poupée ?

C'est dur même avec un micro de dominer la fanfare, le bal qui commence et, aux autos tamponneuses, Enrico Macias qui, inlassable, continue depuis dix ans son hymne aux enfants de tous pays.

Le boulanger remonte plus haut encore dans la rétrospective. Il demande à un copain de Lauzerte, un type qu'il n'avait pas vu depuis longtemps, s'il se rappelle :

La fête
S'apprête.
La danse
Commence.

L'autre le regarde avec des yeux ronds mais le boulanger on peut penser ce qu'on veut de lui et même se dire qu'aujourd'hui il a plus arrosé que pétri, il sait très bien où il veut en venir : il a promis à Marie-Paule un jour de lui chanter la chanson en entier. Or, elle est là, Marie-Paule. Il l'a vue arriver avec ce Bordenave qui va finir par l'envelopper et la conduire devant le maire. Ce n'est pas ce qu'il y aura de mieux mais enfin les amoureux aussi sont en république.

— Tu veux une barbe à papa ? demande Raymond pour entrer dans les festivités.

— T'en veux une, toi ? demande Marie-Paule qui n'aime pas s'engager à l'aveuglette.

— Si t'en prends, j'en prends.

Ça lui fera plaisir, pense Marie-Paule. Après tout, je suis venue pour ça. Hier encore, il a passé deux heures à me trouver des pneus pour l'ensilage.

Pour le bal, elle refuse. Il y a trop de gens qu'elle connaît. Oh ! Ça n'empêchera pas les racontars mais au moins on ne pourra pas dire qu'elle danse sur les tombes ; au bout de six mois.

Ils vont ainsi, regardant les jeux et les marchands, lui les mains derrière le dos, elle bandoulière sur l'épaule, les doigts sur son sac, la tête ailleurs ; sur les brebis qu'il faudra sortir un peu tout de même avant dîner. Bientôt plus personne n'aura de bêtes, ni pour la viande ni pour le lait ; ou alors ça sera des gros qui ne feront que ça.

Il n'y a que deux véritables adultes sur les autos tamponneuses, deux frères endimanchés qui prennent grand plaisir à bousculer tout le monde, par-derrière, de face, de profil : les Cassou. Angel, plus sage mais un peu aviné et même somnolent. Louis qui, à côté, tient le volant. Il a aperçu Marie-Paule et visiblement veut lui montrer sa bonne conduite. Il choisit sa proie : deux filles dont l'une porte un véritable béret de marin, avec le pompon. Vlan ! il les prend en pleine portière. Elles crient. Elles rient. Vite, Louis Cassou regarde en direction de Marie-Paule. Elle fait semblant de ne pas le voir. Elle s'en va avec ce grand cocu de Bordenave. La salope !... Vlan ! Du coup, c'est lui qui prend une voiture en plein devant. Angel s'endormait. Il sursaute. Il se fâche. Il a toujours dit que son frère était un incapable.

Los Picolos Braisos traversent la place, s'arrêtant ici et là, jouant en rond, autour des jupes rouges et des corsages blancs, des tambourins qui font une exhibition de jeunesse et de bonne humeur.

— T'en veux une autre ? demande Raymond.

— Une autre quoi ?

— Une autre barbe à papa.

— Non, une ça suffit, répond Marie-Paule dans son habitude de terrienne raisonnable.

Le boulanger est très déçu : monsieur le maire ne connaît pas *La Fête au village*. On se demande pour qui il faudra voter : les jeunes n'ont plus la compétence.

Une bonne sœur s'arrête avec une vieille qui a tout l'air d'une ancienne tenancière d'harmonium. Aujourd'hui, avec ces tailleurs gris on voit les mollets épais, les godasses plantureuses qui, dans la longueur, ressemblent à des péniches.

— La frangine, elle peut s'arrêter lire les affiches, dit Gaby à ses copains. Le courant d'air la chavirera pas !

Les heures passent ainsi, entre la rigolade franche des jeunots et la joie plus mesurée des pères de famille chez qui parfois on la prendrait pour de l'ennui. Un vieux de l'hospice passe entre les consommateurs d'Orangina. Il dit à chaque table :

— Autrefois, on jouait à la manille !... Autrefois, on jouait à la manille !...

Dans son veston trop large, son pantalon trop court, un autre le tire en répétant qu'il va se faire gronder par le sergent-chef. Les majorettes reprennent de l'exercice, la banda continue le sien, les deux manèges tournent dans le même sens, l'un à la va-vite, l'autre suspendu à la queue de Mickey, et bien sûr on est vraiment dans l'enthousiasme quand, par un coup de chance inouï de la pochette-surprise, on a le choix entre un nounours énorme et un minuscule appareil-photo.

Marie-Paule remercie Raymond. Elle a passé un bon après-midi. Elle va, avant souper, sortir les brebis.

Raymond estime qu'elle n'a pas à le remercier : c'est lui surtout qui a obtenu une bonne journée. Maintenant il a le temps : il peut mener les bêtes avec elle.

C'est comme ça qu'ils s'en vont vers la combe, tous les deux derrière le troupeau, près de la chienne que, à son âge, rien ne peut surprendre.

A cette saison, le jour se fait plus long.

C'est agréable parce que ça donne le temps de l'apprécier.

L'herbe partout se ragaillardit.

Ici, un dimanche aussi Pierre était revenu.

Après, ils avaient fait l'amour.

Elle disait qu'elle ne voulait pas. On est bête parfois.

Elle dit aussi que, ce soir, elle ne retournera pas à la fête. Il faut se coucher tôt si demain matin elle veut être en forme.

Un pigeon passe au-dessus d'eux. Trois autres le suivent qui semblent vouloir le rattraper.

— Ils font au moins du cinquante à l'heure, dit Raymond.

Marie-Paule, ça ne lui semble pas beaucoup.

Pour se mettre à sa hauteur, il affirme que les voyageurs, eux, vont jusqu'à quatre-vingts. Il ajoute même « peut-être plus », ce qui dans le fond ne l'engage pas tellement et il dit sur un ton vraiment sincère qu'il aurait bien aimé, lui, faire des concours de pigeons voyageurs :

— Mais dans le pays ça n'a jamais beaucoup été la mode.

Dans les histoires entre garçon et fille, le trouble on ne sait jamais absolument pourquoi ça vient.

Tout de même lorsqu'il révèle qu'un voyageur lâché à Dax peut, de lui-même, retrouver son colombier à Lille ou à Nancy, il lui semble qu'elle comprend ce vol au-dessus de toutes les embûches pour regagner la maison où l'on a grandi.

Elle s'aperçoit qu'elle parle de Pénichon, de Léo, du pigeonnier.

Il rectifie :

— Tu sais, ce n'est pas la peine de remonter au Moyen Age : il y a quelques années encore, le préfet pouvait faire fermer les colombiers pendant un certain temps. Ça n'était plus parce que les pigeons des pauvres pouvaient voler la culture des riches, c'est parce que les pigeons des riches et des pauvres laissaient leur fiente sur les toits et dans les dalles d'où elle empoisonnait les citernes.

Il en sait des choses aussi, Raymond. Marie-Paule l'avait déjà remarqué.

Ils regardent sous les nuages blancs cette ligne de vol qui n'existe pas et dont, pourtant, on voit la ronde pureté.

— En période de fermeture des pigeonniers, c'était le seul moment où, si l'on tuait le pigeon d'un voisin sur son territoire, on avait le droit de le ramasser.

Ça lui rappelle les coups de fusil de Léo.

Elle frissonne.

Ils sont dans la bergerie.

Les brebis piétinent à qui mieux mieux.

Un agneau cherche sa mère. Ne la trouvant pas, il semble se contenter d'une autre. La mère ne l'entend pas ainsi. Tout rentre dans l'ordre.

L'ombre est chaude. Odorante. De paille. De laine. De pisse. De suif. De transpiration.

Marie-Paule est dans ses bras. D'un coup et sans pouvoir dire même que c'est lui qui l'a prise. Déjà autrefois il embrassait comme ça. Avec cette imprégnation de tabac sur toute sa peau et cette façon de la serrer sur la nuque ; sauf que, aujourd'hui, il la serre plus fort encore, à l'étouffer contre lui.

Elle se dégage. Pas son corps. Ses lèvres. Son regard. En posant sa tête sur son épaule. En se répétant qu'elle ne sait pas quoi faire ni quoi dire, ni comment c'est venu, que la vie est changeante et qu'elle peut rester ainsi, dans ce silence du soir qui ne les mène nulle part.

Raymond reste aussi mais sans calme aucun. Il ne sait que la presser dans ses bras, dire des mots de rien, aller dans l'exaltation vers le passé et l'avenir qu'il croit réunis, vivre et revivre dans cet instant où, l'embrassant à nouveau, il essaie de l'entraîner sur le sol.

Elle est solide, Marie-Paule.

Il n'est pas un garçon à abuser. Ni même à insister.

C'est dans sa tête à elle que tout se passe en une seconde : elle comprend bien qu'elle a résisté et alors qu'est-ce que ça veut dire d'être ici ? A-t-elle quinze ans encore pour s'amuser à des « on-s'embrasse-et-c'est-tout », à ces prologues sans conclusion que, à son âge et dans son équilibre, elle n'est pas loin de considérer comme des malhonnêtetés ?

C'est cela qui la fait sortir de la bergerie et surtout, complètement, de cette grande heure où le rêve et les moutons, les phrases et les pigeons, la tendresse et le crépuscule se mêlaient aux souvenirs pour faire croire au bonheur possible.

Raymond le voit, ce bonheur.

Il tend sa main.

— Viens. On va aller manger à la maison.

— Tu es fou !

Il est fou, c'est vrai. Il veut absolument que Marie-Paule fasse son entrée chez les Bordenave. Ce soir. A l'improviste et définitivement : « Voilà Marie-Paule. Elle ne nous quittera plus. »

Elle a toutes les peines à le dissuader.

Puisqu'il veut lui plaire, il se laisse convaincre.

Puisqu'il ne veut plus la quitter, il dit :

— Tu as raison : on va manger chez toi.

Elle refuse.

Il ne l'entend pas.

Elle prétend qu'elle a du travail.

Il assure qu'il va le faire.

Elle le repousse.

Il vante son omelette aux cèpes, son poulet au genièvre, son gigot aux morilles.

Enfin, après l'avoir dix fois reconduit à la porte, elle réussit à le chasser, c'est le mot, à l'expulser, déçu mais espérant puisque, sur ses lèvres, il emporte un bécot qui pour elle ne veut rien dire et pour lui signifie : « Je suis le plus heureux des hommes. » Avec, surtout, l'assurance de la retrouver après dîner : pour aller à la fête. C'est promis.

Lorsque Aubin avait vu les moutons se diriger vers la combe avec bergère accompagnée de berger, il était rentré chez lui dans des sabots de caoutchouc absolument impossibles à enlever.

Pendant le repas, ses silences ont pesé sur Jeanne comme des actes d'accusation.

C'est pour cela que comme huit heures sonnent, elle se décide ; elle appelle le service de renseignements.

Une postière sans dimanche lui donne le numéro.

Elle met encore un long, un très long moment à

tourniquer. On dirait que jamais elle n'a eu autant d'assiettes à sortir de la machine, autant de barquettes à changer de place dans le congélateur.

Enfin, se répétant qu'Aubin ne mérite pas cette inquiétude et surtout que Marie-Paule ne peut pas être heureuse avec ce garçon puisque de toute évidence elle en aime un autre, elle reprend l'appareil.

Ça sonne.

Ça met du temps à décrocher.

Il n'y a peut-être personne.

Si. Ça y est.

Jeanne tremble un peu.

Elle dit :

— Allô, Pierre. Bonsoir. Vous allez bien ?

Puis, presque tout de suite et à voix rentrée :

— Voilà, Pierre... Vous allez peut-être dire que je m'occupe de ce qui ne me regarde pas mais...

La banda blanche et rouge est cette fois multicolore sous les lampions et les confettis, verte et jaune de visage avec chez certains garçons un nez de clown, un masque de cantatrice, une perruque rousse entraînés par un Monsieur Loyal qui tape ses cymbales à la barbe des spectateurs. Il est vrai que maintenant tout le monde a fait connaissance. Des silhouettes terriennes, de légendaire prudence, regardent de loin ; sages. Mais les jeunes, les toujours jeunes, les encore jeunes se mêlent aux danses, aux chants, aux facéties en chapeau melon, en canotier, en révérences grotesques, en monômes exubérants que Los Picolos Braisos conduisent au carnaval : Si tu vas à Rio...

Encouragé par des admirateurs spontanés, Arnaud Couderc improvise un pas, tapant dans ses mains ou maniant des castagnettes imaginaires en relevant son veston devenu boléro. Aussitôt, pour lui, la banda devient Espagne, Sahara. Le boulanger est tantôt torero, tantôt femme voilée. La fatma repousse les avances d'un musicien trop empressé. Le matador s'enfuit à toutes jambes devant le taureau et d'un bond inattendu, à pieds joints, il se retrouve debout sur une table du bistro. Il y a un grand « Ah ! » admiratif, des bravos enthousiastes et, à haute voix, l'avis d'un connaisseur : « Il est encore souple, le putain ! »

L'artiste se griserait à moins. Sur la table, le boulanger salue, resalue.

Il descend, épanoui, pour, dans cette alternance de succès et d'échecs qu'est l'existence, connaître aussitôt une grande déception : le chef de la banda, ce jeunot qui paraissait bien dynamique, ne connaît pas :

La fête
S'apprête.
La danse
Commence.

Le boulanger a beau la lui chanter, ça ne lui dit rien. Il est désespéré, Arnaud Couderc.

Mais il ne renonce pas. Marie-Paule arrive sur la place avec Raymond : il jure de lui donner satisfaction aujourd'hui même ; une promesse est une promesse.

C'est ce que pense Marie-Paule.

C'est ce qu'elle s'est répété tout à l'heure quand Raymond est passé la prendre.

Pendant son repas solitaire, elle avait beaucoup réfléchi.

Elle n'a pas pris de décision. Elle n'a pas voulu en prendre. Elle est venue parce qu'elle avait dit « oui ». Avec, en tête, une phrase chez elle presque inhabituelle : « On verra bien. »

Raymond est aux anges. Son calme de tous les jours s'éclaire à la moindre musique. L'exhibition du boulanger l'a ravi. Il montre le petit qui, sur le manège, a attrapé la queue de Mickey. L'accordéon du bal lui fait un grand plaisir. Il aimerait bien tirer à la carabine mais il a peur que Marie-Paule s'ennuie. Il prend pour elle un billet dans la corbeille. Pas de chance : perdu. Ils vont plus loin.

— Tu veux boire ?

— T'as soif ?

— Je boirais bien un demi.

— J'aime pas la bière.

— Tu prendras autre chose.

Un Perrier, elle veut bien.

En plus, un couple se lève, laissant sa table. On est mieux assis que debout, c'est sûr.

— Si tu veux, demain, au lieu d'aller à Lalbenque, je viendrai t'aider à planter le tabac.

— Non. Non. Je veux pas. Fais tes affaires.

Ce qu'il y a d'embêtant c'est que personne n'a l'air pressé de les servir.

A la table voisine, toute la famille a regardé *Cocoboy*

à la télévision et la mère connaît un type qui a eu quatre chiffres au loto. C'est toujours bon à prendre.

Il s'est passé entre les Cassou un phénomène surprenant qui semblerait venir d'un système ignoré de récupérateur de chaleur alternant avec une théorie de refroidissement par le plein : Louis Cassou est très abattu alors que, à la suite d'un repas reconstituant peut-être, son frère a retrouvé son maintien droit. D'aînesse. Il a envie de faire un tour sur les autos tamponneuses ; histoire de montrer à l'incapable comment on pilote.

Le boulanger doit le récupérer sur la piste. Entre les bagnoles.

Il l'emmène derrière la baraque aux merguez.

Angel est proprement sidéré.

Il proteste :

— Je sais pas chanter.

Le boulanger veut expliquer que, avant la guerre…

Or, rien n'est plus têtu qu'un ivrogne ; même repenti :

— Avant la guerre non plus : je chantais pas !

Le boulanger estime à juste titre que là n'est pas la question. Et d'ailleurs, c'est le pauvre Léo qui chantait *La Fête au village.*

Cette pensée éclaire le visage d'Angel :

— Ah ! je me rappelle.

Il y a de l'espoir dans l'air :

— Tu te rappelles ?

Il ne faut pas en demander trop : Angel se rappelle que le pauvre Léo chantait mais évidemment la chanson… il n'en a aucun souvenir.

Arnaud Couderc laisse tomber ce plouc. D'ailleurs, les Cassou, ça n'a jamais été des artistes.

L'odeur de soupe au fromage se mêle au parfum doré des merguez.

— Tu veux pas danser, vraiment ?

— Non. Tu sais bien.

Raymond voit qu'il a ravivé des souvenirs. Il ne va pas dire : « Excuse-moi », ça ne ferait qu'aggraver son cas.

Avec affection, il passe son bras sur les épaules de Marie-Paule.

Une force incroyable a arrêté le geste.

Marie-Paule s'est dégagée. Surprise de ce qui lui arrive. De découvrir Pierre devant elle, méchant, avec une figure blanche qu'elle ne lui a jamais vue. Il demande :

— Qu'est-ce que tu fais là ?

Raymond le regarde mal. Un peu au-dessus. Il met en avant l'union locale, le rempart autochtone, fiérot :

— Nous, on est d'ici.

Tout de suite, Pierre élève la voix :

— Et moi, d'où je suis ? Du pôle Nord ?

Marie-Paule veut s'expliquer dans le calme. La situation n'a rien de déshonorant :

— Raymond est venu me chercher...

— J'aurais pu venir, moi : t'avais qu'à me dire.

— Raymond, j'ai pas eu besoin de lui dire : il est venu.

Le mauvais c'est que, encouragé par ces explications qui lui donnent le beau rôle, Raymond croit qu'il l'a vraiment. Il veut épater sa partenaire.

L'héroïsme le frôle. Il s'accroche à son idée de terroir pour rejeter l'assaillant dans ses pruniers.

Pierre ne l'entend pas de cette oreille de limogé. Le ton monte. On sent que les gestes vont suivre les paroles. C'est ce que devinent les premiers badauds, les surpris, ceux qui ont horreur des bagarres et auraient regret de les manquer.

— Vous arrêtez, tous les deux, oui ? Parce que moi, de la vallée ou du plateau, j'ai pas envie que tout le monde me regarde !

En fait de regard, c'est celui de Pierre qui se pose sur elle. Longtemps. Comme si le vacarme de la fête avait soudain fait un silence pour deux. Comme si, dans ce calme parsemé de musique, il cherchait à aller au plus profond :

— C'est pas digne de toi.

Le coup a porté.

Elle demande des explications :

— Qu'est-ce qui est pas digne de moi ?

Tout. Ses manigances. Qu'elle sorte avec un autre, qu'elle fasse monter la jalousie, qu'elle oublie que, en plus de ce qu'ils avaient ensemble, ils avaient autre chose encore qu'ils ne savaient dire ni l'un ni l'autre mais qui existait vraiment. C'est cela qui dès leur première rencontre les avait réunis.

Elle a un sursaut :

— Tu avais pensé que je te suivrais comme le chien de saint Roch !

Saint Roch, Pierre ne le connaît pas et son chien, il ne l'a jamais vu. Il ne sait qu'une chose : rien n'est digne d'elle. Ni de Léo. Ni de la Sauvine. Ni même de la terre qu'ils ont travaillée jusqu'à leur mort. Tous les deux. Non pour lui laisser la richesse mais pour lui laisser la fierté.

Les mots pèsent. Sur elle. Et donc, sur Raymond. Il voit bien que de seconde en seconde son bonheur se défait ; que de grand premier rôle il est passé à celui de souffleur inutile. Dans l'ombre. On ne l'entend pas. On l'oublie.

On n'entend que la banda : grosse caisse en tête et tête en feu, feux de Bengale et cymbales en l'air, Los Picolos Braisos traversent la fête et séparent les couples. Ils entraînent à la danse et cette fois au chahut. La pression monte avec la bière. On largue les faux cols. Le Ricard réapparaît avant la soupe de nuit. Le rire est général. On joue *Dans les bals populaires*.

L'ambiance est au pot-pourri de refrains anciens et de boissons nouvelles ; de succès de télé, de jazz hot, de date fraîche ; de traditions en droite ligne et d'évolutions en arabesques, en groupes, en désordre. Non que tout le monde participe mais l'exubérant est comme le cocu du village : on le voit, on en parle, on en rit.

Malgré les appels le boulanger s'éloigne : il vient d'apercevoir les vieux Rigouste. Leur fils a une exploitation par là, vers Sauveterre ou Cazes-Mondenard, Arnaud ne se rappelle pas très bien mais c'est vrai qu'avec l'amour du bal qu'on lui connaît, il aurait dû penser que la mémé Rigouste serait sur les lieux dès la première minute, cul sur sa chaise et sac sur ses genoux avec les mains par-dessus et son regard à rien manquer du yéyé où l'on se trémousse, du tango qui pour elle est toujours le plus beau de tous les tangos du monde ou encore de la si entraînante danse des canards.

C'est au pépé qu'il s'adresse, Arnaud Couderc.

D'abord, en homme qui dans la journée a subi quelques échecs, il s'assure :

— Tu étais né avant la guerre, toi ?

— J'étais même né avant l'autre ! fait le grand-père en ayant l'air de dire que ça ne le rajeunit pas.

— Bon.

On part du bon pied, c'est indiscutable.

Le boulanger chante son refrain à question :

La fête
S'apprête.
La danse
Commence...

Il demande :

— Tu te rappelles ça ?

Le vieux Rigouste, l'air ça lui dit quelque chose. Mais les paroles... il a beau faire un effort... Depuis ces années-là, il en est passé de l'eau sous les manèges !

... L'oiseau qui se penche
Tourne autour des branches
Dans le ciel bleu...

Il se penche aussi, le vieux Rigouste ; avec application ; sur ces images à l'ancienne, ces fêtes d'autrefois où on s'amusait aussi bien qu'aujourd'hui c'est sûr et où, on a raison de le dire, chacun poussait la sienne.

C'est ça qui lui donne l'idée au pépé.

C'est ça qui en une seconde l'éclaire.

Il a trouvé.

Le boulanger est comblé.

Le pépé Rigouste est heureux de lui faire plaisir. Parce que si lui ne se rappelle pas la chanson, il en connaît un qui, à coup sûr, la lui aurait chantée. Et en entier encore :

— C'est le pauvre Léo ! Lui, il la savait, j'en mettrais ma main au feu !

Cette fois, le boulanger renonce.

Le manège des petits aussi qui, perdant ses clients à chaque tour, continue sa ronde sans conviction et même avec une apparence de bâillement, une envie très visible d'aller se coucher.

Il n'est pas le seul.

Si les jeunes resteront longtemps, si quelques adultes prolongent encore le bal et leur adolescence, les voitures commencent à partir vers les fermes, les hameaux. En marche tranquille. A l'intérieur, on dit : « T'as vu François ? » ou « C'était pas la petite Laur qui dansait avec Alain ? ». Déjà les gosses dorment sur la banquette arrière. Déjà arrive, dans les phares, le chemin qui conduit au sommeil de tous. Et en premier de ces couples paysans qui, avec sérénité, ont si bien joué leur rôle de témoin.

Ainsi prend fin l'heureuse journée de ces existences où alternent la fête sage et le travail patient, le repas de famine et la paix des champs, la conversation professionnelle et le voyage quotidien dans cet univers compté en orge et en maïs sur lequel, l'hiver surtout, s'ouvre depuis quelques années la lucarne mondiale de la télévision.

Ils sont rentrés.

Déjà, ils pensent : dans quelques heures, le soleil se lève.

Mais la nuit encore est superbe.

Plus belle qu'elle ne l'a jamais été.

C'est magnifique l'avril de nuit sur une combe à deux. Le ciel de lune sur un amour refait. Le causse si vieux accueillant de jeunes caresses. Toujours recommencées pour que toujours le monde recommence.

— Chez toi, on ne récolte pas les prunes sur l'arbre. Il faut attendre qu'elles soient à terre pour les ramasser : tu attendais que je sois à terre.

Dans un moment pareil, devant ce nocturne de Pénichon et de retrouvailles, voilà ce que dit Marie-Paule avec son hérédité de Sauvine. Et lui, ça le touche parce que c'est vrai qu'il ne croyait pas que, toute seule, elle tiendrait son exploitation ; l'hiver oui mais après, il espérait qu'elle l'appellerait et que l'été alors lui apporterait leur belle saison.

Il a la voix grave.

Avant, après, ce qu'il avait pensé surtout et très fort c'est qu'ils étaient faits pour se retrouver tous les jours dans leurs champs et tous les soirs dans leur chambre. C'est qu'ensemble ils iraient au Salon de l'agriculture et qu'ensemble ils auraient des enfants.

Le ciel est vraiment étoilé.

On voit les cornes nettes de la lune. C'est le beau temps pour demain.

Marie-Paule demande :

— Où tu les voyais nos enfants : devant ta maison ou devant la mienne ?

Il répond :

— Je les voyais sur tes genoux.

Elle n'accepte pas.

La nuit est trop franche. Les nuages ne fuient pas. Ils sont légers et sans mystère.

Il consent :

— Je les voyais chez moi. C'est vrai.

Comme elle est contente, Marie-Paule, de ce chagrin qu'il lui fait ; de cette certitude qu'il lui donne.

Comme elle est bizarre ! On dirait qu'il vient de lui dire un aveu d'amour.

Elle a grandi entre ces genévriers qui ce soir sont des ombres. Dans ces labours en pierraille ; pour des récoltes maigres qui étaient des combats. On s'attacherait à la peine alors ?

L'image d'Aline traverse la pensée de Pierre. Avec la grand-mère, paysanne infatigable, et lui, monstre indifférent à la jachère où se débat la malade.

Il y a, c'est vrai, la folie d'Aline et la sagesse de la terre.

Mais il y a, attachées à la terre, des folies aux longues racines.

Marie-Paule dit :

— Le jour où on s'est séparés… c'est le jour… où j'avais vendu les abeilles aux Cassou. J'ai pensé que ça portait malheur. Ça ne tient pas debout, je le sais. Mais ça vient de tellement loin...

Elle se serre contre lui. Elle voit ce causse qui, sur fond bleu, lui aussi vient de loin :

— Toi, tu voulais décider en un jour.

Et, plus bas :

— La Jeanne Soubret va avoir un petit. Ça fait vingt ans qu'ils l'attendent.

La réponse ne se fait pas attendre :

— Mes enfants, je les vois dans ta cour et dans la mienne.

La chouette fait son « hou ! hou ! » des anciens présages.

Pierre et Marie-Paule croient au bonheur. Au contentement des couples. A la sérénité du jour qui bientôt va monter.

Pourtant, à cause de cette discorde publique, de tout ce qui n'est pas dans les habitudes, Marie-Paule pense qu'on ne peut pas commencer ainsi. Dans le trouble :

— Avec le Raymond, on est sortis un peu ensemble autrefois. Mais ça n'a pas compté pour moi.

La confession, au fond de Pierre, fait craquer la charge. Le secret si lourd, le tourment porté seul, tout devient mots de fièvre. De confiance. C'est un aveu pour toujours qui, de cette aube montant, va faire une nuit définitive :

— Ça me fait horreur de te le dire : quand Aline avait quinze ans, je... je l'ai prise un peu... je... ne savais pas bien qu'elle était comme ça... c'était au moulin... un coup de chaleur qui arrive dans la jeunesse.

Après, cela s'était passé encore quelquefois et puis il s'était rendu compte. Il l'avait chassée et toujours elle revenait au moulin et toujours il la trouvait devant lui avec ce sourire d'amour et d'attente qui lui rappelait le chien à croupe tendue, à jambes fébriles...

La Sauvine ! La Sauvage ! Comme elle sait être mère !

— C'est bien que tu me donnes ta honte. Avant, tu avais trop d'orgueil.

Elle caresse ses cheveux. Elle ne se savait pas capable de bercer, déjà. Elle dit :

— Mes enfants, je les vois dans ta cour et dans la mienne.

Elle ajoute :

— Comme tu as bien fait de venir ce soir.

La nuit, tous les oiseaux sont noirs.

La chouette s'est tue.

C'est peut-être elle qui, au-dessus d'eux, est passée.

Ils se retournent.

Il n'y a, à l'est, aucun rougeoiement. Mais, au-dessus de l'horizon, déjà la nuit est pâle, les étoiles s'en vont.

Ils le décident ensemble :

— Nous allons, tous les deux, attendre le soleil.

C'est drôle pour Marie-Paule qui ne va jamais à l'église de se retrouver pour la troisième fois entourée de petites flammes et de grandes paroles, de visages pieux, d'habits choisis, de Mathilde Sahuc, de voisins parmi lesquels aujourd'hui ne manque que Raymond.

Il a écrit, Raymond. Pour souhaiter beaucoup de bonheur.

Cela donne à sa mère un air pincé que Marie-Paule a vu en premier en sortant de la ferme.

Tout le monde était là, comme l'an dernier, comme l'année d'avant avec parfois les mêmes costumes mais, au-dessus, des figures plus gaies, surtout dans les yeux.

On disait pourtant :

— C'est le pauvre Léo qui serait content de la voir.

— Et la Sauvine ? Elle l'aurait bien mérité aussi d'être là.

Cela procurait de l'émotion au boulanger qui, redressé dans un veston bleu et une chemise blanche comme on ne l'avait jamais vu, donnait le bras à la mariée avec une fierté de remplaçant bien digne d'être titulaire.

Il était tellement content d'être dans ce rôle de protecteur officiel, Arnaud Couderc, qu'il avait décidé lui-même que les voitures resteraient à l'extérieur, que le cortège se formerait devant la maison et partirait à pied ; comme on le faisait autrefois. Et quand on avait vu tout le monde aller en ordre vers le chemin et surtout passer entre les deux genièvres parsemés de fleurs blanches, les plus critiques s'étaient accordés à reconnaître que le boulanger avait de bonnes idées.

Il faut dire qu'ils viennent de si loin ces genévriers coupés sur le causse, à deux pas, plantés la veille, elles sont si éternelles ces roses de tradition tournées par les mains de femmes, à la ferme, dans du papier crépon, ils sont tellement de la noce depuis toujours ces deux bosquets fleuris qu'ils semblent, lorsque la mariée s'approche, lui donner la bénédiction du temps.

La grand-mère aurait bien gagné d'accompagner Pierre vers la mairie, elle qui, à la force patiente de son dévouement, a fait d'un enfant un citoyen. Avec un regret qu'elle a su ne pas montrer, elle a décliné l'offre. Pierre a insisté en comprenant l'inutilité de ses efforts : déjà la grand-mère avait choisi sa place qui n'était pas celle de ses mérites passés.

Elle a habillé Aline d'une robe à volants, sur la jupe et sur les épaules. Bleu pâle. Avec dans les cheveux un diadème de violettes claires, de rubans roses qui accentuent l'air d'enfance infinie. Les amateurs de modes ont pu lui dire une silhouette rétro. En vérité, parce qu'elle est hors du monde, Aline reste hors du temps.

Pourtant sur son passage les gens disaient :

— Qui est-ce ?... Comme elle est jolie !

Craignant l'imprévoyance mécréante, hier Mathilde Sahuc a paré l'église. La Vierge Marie tient son fils au-dessus des lis et des arums. Le Sacré-Cœur vit dans les flammes des dahlias cependant que, dans sa niche modeste, le chétif saint Joseph se laisse entourer de vendangeuses.

Dos au tabernacle, affection visible pour les jeunes mariés, pour leurs frères de chair et de sang qui l'écoutent sous boutonnières fleuries ou organdi de parade, Stéphane, le jeune prêtre ami de Pierre, affirme que dans cet espace-temps qui nous est imparti la grande faute est la faute contre l'amour, que Dieu a voulu à la fois la racine de l'existence humaine et son plus merveilleux accomplissement :

— Même si nous l'ignorons, l'amour est notre raison de vivre, de créer. Il nous donne des responsabilités plus grandes et aussi la capacité de les assumer. Il nous aide à mieux regarder l'ami, le frère...

Le curé Filhol ne regarde personne. Dans la stalle à droite du chœur, depuis le début de la cérémonie il impose à sa stature la force immobile de sa foi. Son visage sévère témoigne de la réalité de sa blessure : ni servant, ce qu'il a dû refuser, ni hôte cédant sa place de bonne grâce à son jeune confrère, il est là en martyr. Le tremblement de ses lèvres trahit sa douleur et si quelqu'un pouvait venir à ses côtés il entendrait, tombant de ses lèvres à chaque mot de Stéphane, une réprobation, une indignation, au moins un grommellement :

— Amalgame !

— Impudence !

— Trahison !

... Et puis ce « jeunesse coupable » qui revient fréquemment sans qu'on sache s'il s'applique aux pécheurs ou à celui qui les unit.

— Tu penses bien que s'il a de la terre dans la vallée il gardera pas celle d'ici, souffle Françoise Combes-Marty.

Le pépé est moins assuré :

— Des fois... pour s'agrandir...

Mais la mère garde ses convictions :

— Il préférera s'agrandir là-bas.

Stéphane si près des époux s'approche encore. Il n'est pas fier d'avoir aujourd'hui raison. Il est content d'avoir eu raison le soir où il accueillit Pierre et Marie-Paule avec des certitudes qui, en vérité, n'étaient qu'un grand espoir. Il ne s'écarte pas de l'Eglise : il y fait entrer chacun à son heure. Il ne rejette aucun Evangile ; il fait de deux mots la lumière de son dévouement : Dieu jugera. Il ne dit jamais aux enfants de Dieu : « Pécheurs, frappez-vous la poitrine. » Laissant la porte éternellement ouverte, ce matin il dit à Pierre et à Marie-Paule :

— Mes frères, entrez dans cette maison que vous n'avez jamais quittée.

Janine Bordenave est dans le ravissement. Elle pense que des curés comme ça il en faudrait beaucoup. Ça ferait du bien à son père de les entendre. Et à d'autres qui baissent la tête devant la croix et feraient mieux de baisser leur caquet dès qu'ils ne la voient plus.

Le curé Filhol se demande pourquoi des artisans patients ont bâti, monté, sculpté des chaires si les prêtres, pour leur plaisir ou leur commodité ou pour faire plus copain peut-être s'adressent aux fidèles depuis la Sainte Table ? Les hommes sont frères, oui : Dieu est-il pour autant de plain-pied parmi les hommes ? Est-il nécessaire pour le servir de le représenter en col roulé ? Et puis qu'est-ce que cette façon de parler aux époux, à la famille, à leurs invités avec un sourire perpétuel ? L'histoire de l'Eglise et l'histoire du monde ne nous enseignent-elles pas que le meilleur ressort des dévotions et des dévouements est la crainte du châtiment ? Certes, le curé de village n'est pas un père Fouettard. Mais entre cette rigueur et la cérémonie qui ressemble à une réunion de scouts, le sermon de comptoir, le tutoiement à double sens, il y a une marge.

Jeanne Soubret pense que Marie-Paule a été bien gentille d'attendre qu'elle ait accouché pour faire la noce. Elle se dit qu'avant le repas, avec Aubin ils feront le crochet pour voir ce que fait le poupon. C'est la grand-mère qui le garde. Elle est venue exprès. Ce jeune curé parle bien. Elle ne sait pas ce qu'on en pense autour d'elle ni même ce que pense Aubin. Le paysan, ça a toujours sauf dans les banquets, ce masque travaillé dans les champs ; ces sillons creusés sur le visage par la peine à l'ouvrage ; cette application du front à suivre la parole comme la charrue le cheval et l'homme la charrue. Fixes, fermés, profonds et même comme un peu sourds.

L'assemblée suit-elle vraiment ce que dit l'ami de Pierre ou suit-elle seulement la coutume de regarder sans entendre, de se lever, de s'asseoir quand il faut, pour faire de son mieux quand on fait comme tout le monde ? Jeanne Soubret ne saurait pas répondre. Elle espère que la mémé saura se débrouiller avec les Pampers : dans son temps il n'y en avait pas.

— Allons dans la Paix du Christ ! lance Stéphane.

— Deo gratias ! répond le curé Filhol qui parle pour la première fois.

Aussitôt, médusé, il voit le boulanger s'approcher du chœur, accueilli par l'officiant dont avec gêne il semble prendre la place.

Stéphane l'encourage. Il explique à l'assemblée qu'il s'agit d'une surprise, que la cérémonie terminée la maison du Seigneur est la maison de tous dans laquelle on veut maintenant faire un cadeau à la mariée.

Le boulanger tire de sa poche un papier qui tremble un peu entre ses mains. La voix aussi entre les notes. Sur les notes. Ça donne de l'émotion à chaque mot :

La fête
S'apprête.
La danse
Commence…

Marie-Paule baisse la tête.

Elle aurait dû se douter pourtant que puisqu'on lui avait demandé ce qui ferait plaisir à Pierre, on avait demandé à Pierre ou à quelqu'un d'autre ce qui, en ce jour, lui apparaîtrait comme un petit présent.

La fête aujourd'hui
Met du soleil dans le pays...

Cette fois les chapeaux des femmes tournent vers la droite, vers la gauche pour voir ce qu'on pense sous les autres chapeaux. Les hommes sont toujours aussi imperméables. Aussi laboureurs. Ils écoutent comme si le tour de chant du boulanger appartenait depuis toujours à la geste sacerdotale.

Il a pris de l'assurance, Arnaud Couderc. Les paroles copiées hier soir sur son papier lui donnent confiance. Lorsqu'il est vraiment sûr d'un passage, une seconde il regarde Marie-Paule. Oh ! il sait que, pour le chant comme pour autre chose, Léo ne se remplace pas. Il sait qu'il n'est pas Léo Nadal, Arnaud Couderc, mais il pense que parce qu'il s'applique très fort et fait de son mieux, le père est un peu là.

On ne connaît pas les sentiments de Marie-Paule : elle a mis son visage dans ses mains.

Elle doit les enlever quand on en vient à son idée à elle : quand Gaby et Pascale, la sœur de Guiguitte, lui présentent le plateau avec le gâteau coupé en morceaux. Ça lui paraît un peu bête maintenant d'avoir répondu « Un pastis » quand on lui avait demandé : « Qu'est-ce qu'il aimerait, Pierre ? Qu'est-ce qui lui ferait plaisir ? » Sur le moment ça lui avait paru pas trop mal de dire : « Un pastis. » Parce qu'elle se souvenait et il se souvenait aussi de celui qu'ils avaient mangé le soir de leur mise ensemble. Peut-être par l'émotion de ce mariage secret, la Sauvine avait expliqué la préparation de la pâte qu'on étend sur la table de ferme et qu'on roule sur toute la longueur avec une bouteille jusqu'à ce qu'elle soit fine à faire de la dentelle de poire émincée avec du rhum.

C'est cette soirée qu'il revoit aussi, Pierre, en prenant sa part dans le plateau. On le lit dans ses yeux pour Marie-Paule. Ils disent : « Tu as bien choisi. Tu me connais bien. Je te connais bien. Nous serons heureux, je te le promets. »

Pour être à l'unisson, Stéphane reprend la parole.

Il serre la main des époux :

— Beaucoup de bonheur, Pierre. Beaucoup de bonheur, Marie-Paule.

Il embrasse la mariée.

Bouche pleine, l'assemblée s'accorde à trouver le pastis excellent. Léger : c'est ça le plus difficile à réussir.

Gaby et Pascale ont fini leur tour. Ou presque. Les voilà dans l'embarras : doivent-ils pénétrer dans le chœur ? Estimant fort à propos que tout le monde doit être de la fête, ils se hasardent : d'un pas irrésolu ils vont vers le curé Filhol. Ils tendent leur plateau. A son tour le prêtre montre une hésitation. Il pense au pain rompu dans la fraternité chrétienne. Il va accepter. Il se ravise. Il se lève et gagne la sacristie avec toute la dignité d'un homme qui ne prend pas la maison de Dieu pour un café-concert. Ou encore pour un hall de gare comme cela semble être le cas maintenant : on se frotte les mains (le pastis, ça colle), les yeux voient loin vers le plaisir du couple, les lèvres veulent faire la bise à ces jeunes qui à leur tour quittent notre sol.

— Oh ! mais ils reviendront.

— Tous mes vœux, ma petite.

— Rendez-nous-la heureuse, monsieur Pierre, implore gentiment la mémé Rigouste.

Le pépé Rigouste en est sûr. Cela se sent à sa poignée de main.

Puisque la Jeanne donnait le bras au marié pour entrer dans l'église, il est certain que si le couple ne devait pas garder toute la terre, les Soubret seraient les mieux placés pour conclure.

— Ça n'est pas fait, dit Françoise Combes-Marty pour se refaire un peu d'espoir.

Elle se demande si son Fernand va se décider à arriver. La messe est finie, il pourrait tout de même montrer son nez.

— C'est le temps qui parlera, estime Angel Cassou en pensant que son frère doit être chez Fabre à boire un coup avec le Fernand.

Mathilde Sahuc est partie la première. Puisque monsieur le curé Filhol ne participe pas c'est que quelque chose ne va pas : ces embrassades sous la nef sans doute, ces conversations devant saint Antoine de Padoue...

Pourtant, dans l'ensemble les mœurs nouvelles sont bien accueillies :

— Il faut bien se moderniser.

— C'est comme ça maintenant.

— Si on écoutait les vieux, on ne changerait jamais.

Gaby approuve. Il glisse à l'oreille de Pascale que dans les fermes, ça n'est pas le boulot qui décourage les jeunes : c'est le « travaille et ferme ta gueule » des parents. Pascale se demande où il veut en venir.

Charles Bordenave est outragé. Le monde marche à l'envers. Sa figure suit le mouvement. Il tend aux jeunes mariés une main sortie du guet-apens. Sa femme fait des bisous furtifs. Ils présentent des vœux pas du tout en rapport avec leurs moyens. Ils partent la tête haute, à pas rapides : un peu comme les chasseurs alpins.

Deux doigts dans le bénitier, la vieille Chassaing a failli les laisser passer.

Elle demande :

— Raymond n'est pas venu ? Il n'est pas malade au moins ?

La mère la rassure, pas mécontente de donner la vérité vraie à cette bonimenteuse :

— Tu sais comme la Marie-Paule lui avait couru après au Raymond ?... Alors pour lui, c'était un peu gênant. Pour le marié aussi. Il a pas voulu faire d'embarras.

La Chassaing approuve la délicatesse :

— C'est dommage. Ça vous aurait fait de la terre mitoyenne.

La Marcelle consent que malgré l'inégalité de fortune, le mariage ne leur aurait pas déplu, seulement...

— ... Le Raymond, c'était pas son idée... Alors, quand ça plaît pas, ça plaît pas : on n'y peut rien !

Devant cette évidence, les deux femmes se séparent, l'une se disant que son information va faire le tour de la commune, l'autre achevant à la hâte son signe de croix.

L'ambiance a monté devant les cuves de jadis, dans les chais de Pierre pour une fois ouverts à la lumière du soleil, à la fête du jour, aux serveuses rustiques et diligentes qui, sur leur robe noire, activent de gros tabliers dévoués, blancs comme linge d'armoire. Sur les tables de vendanges retrouvées, le banquet est long peut-être de soixante convives, de soupe grasse qui annonce la poule farcie ; après les langoustines mayonnaise, le foie gras, tout le repas est arrosé des vins que monsieur Barraste gardait pour la circonstance, du temps où il fabriquait : des vins sérieux qui poussent le civet de lièvre, le gigot flageolets, le plateau de fromages, les pâtisseries, les glaces avant lesquelles on a fait péter le champagne et fuser les premières chansons.

La fête
S'apprête.
La danse
Commence.

Il est furieux, le boulanger. Quelqu'un à la sortie de l'église lui a pris son papier et le voilà maintenant sans mémoire, se trompant toujours au même endroit pour le faire revenir sans cesse à cette danse qui commence et qui n'en finit pas.

Le père Barraste a bien organisé son affaire : un musicien fait le tour des tables, tantôt accordéoniste tantôt vielleux, suivi de deux autres qui l'accompagnent dans un répertoire qui plaît à tous puisqu'il est bien connu que l'air du temps ancien donne aux vieux la jeunesse et aux jeunes des années nouvelles : qu'ils n'ont pas connues.

Monsieur Barraste a ouvert le bal avec Marie-Paule et maintenant Arnaud, Aubin, tous les hommes veulent la faire tourner.

— On va peut-être revenir par là, fait Robert en regardant la vigne.

— Tu voudrais prendre une affaire ? A Cahors ?

Robert est évasif :

— A Cahors, à Agen, ici... ou alors pas d'affaire du tout : revenir. Pour Lydia, pour les petits ça serait mieux.

Les deux frères font quelques pas en regardant vers Agen justement. D'où les nuages arrivent. Pressés. Noirs.

— Toi, qu'est-ce que tu comptes faire ?

— Moi ?

— Oui... maintenant que tu es marié ?

Bien sûr, on dit : « Noces mouillées : noces dorées. » Pourtant Pierre aurait préféré que l'orage ne monte pas.

— Si ça te gêne de me payer ma part tout de suite... en attendant, on pourrait travailler tous les deux.

Pierre n'est pas sûr d'avoir compris :

— Tu veux dire qu'on mènerait l'exploitation à tous les deux ?

— L'exploitation à tous les deux ou alors une exploitation chacun. Moi ici, toi là-bas.

L'orage gronde.

Un éclair traverse l'âme de Pierre.

Aline a disparu.

La grand-mère la cherche vers les pruniers. Elle l'appelle de sa voix jamais tranquille quand on a une charge pareille. Sûr, elles vont toutes les deux prendre l'averse. Cela fait monter la colère lourde de Pierre, ces inquiétudes imméritées. Le raisin est tellement beau. Et tellement fragile. Quelques secondes de grêle suffiraient pour tout détruire. Alors quand en plus on voit cette façon de prendre les agriculteurs pour des imbéciles, de s'estimer capable du jour au lendemain d'entretenir une propriété, de gérer une exploitation...

— ... Qu'est-ce que tu dirais, toi, si je te disais : « Je vais m'installer carrossier » ?

Robert objecte qu'il est né à la terre, qu'il a vu pendant de longues années travailler son père.

Il n'en faut pas plus pour stimuler l'effervescence de l'orage : tous les Parisiens sont les mêmes ! Ils croient que l'évolution de l'agriculture se résume au remplacement du cheval par le tracteur ! Ils ne savent pas qu'aujourd'hui un jeune paysan doit connaître les engrais, les sols, la biologie, les machines, les marchés, mille autres choses et surtout la gestion. Ils ne savent pas qu'un paysan qui travaillerait comme travaillait son père aurait beaucoup de chances d'aller à sa ruine. Ils savent moins encore que, en un jour pareil, avec l'émotion et l'alcool qui l'accompagne, le bonheur se mêlant aux menaces d'Aline et de la pluie, il est absolument insupportable de se voir déplanté d'ici pour être planté ailleurs ; changé de terre sans préparation ; insupportable de se sentir poussé à abandonner tant de projets en fleur et même de peines fanées, de luttes revenant avec la régularité des saisons et l'incertitude du temps ; poussé à laisser ses grappes à d'autres mains, sur pied l'arbre que l'on a vu graine et, plus que tout, l'horizon sage de la naissance, de l'habitude, le geai se faisant votre ami parce que, sur le chêne d'où de sa voix rauque il vous interpelle, il a l'air ce matin de chanter en patois.

Pierre se battra.

Il ne partira jamais.

Moi, je n'ai rien vu de tout ça.

J'avais un volant de taffetas qui s'envolait quand je soufflais dessus. Ça faisait des vagues de mer où je me baignais en écoutant le vent d'autan et la voix du curé en pantalon. Les gens baissaient la tête pour faire sonner la clochette et moi je gardais la tête en bas toujours pour souffler sur mon volant de taffetas.

Des fois, mémé me tapait sur l'épaule pour que je regarde devant mais je ne voulais pas voir ; alors quand elle m'a eu tapée plusieurs fois, je lui ai montré mes yeux mauvais ; ceux qu'elle n'aime pas. Ils lui font de la peine. Pourtant, je voulais lui dire seulement : « Fous-moi la paix ! »

La langoustine c'est le fils de la langouste. On la pêche à la mayonnaise et on la sert dans son jus qu'on suce avec les doigts pour tacher sa robe et mémé a voulu me mettre une grande serviette autour du cou et j'ai failli la battre. Pourquoi une serviette à moi seulement et pas aux autres ni à la voleuse ? C'est la seule chose que j'ai vue vraiment dans l'église de mer et que j'ai entendue quand le curé en pull-over a demandé si la voleuse voulait se marier et si Pierre voulait en faire sa femme. Il avait beau avoir l'air de rire, le curé frisé, j'ai bien vu que Pierre essayait de faire passer le doigt de la fille dans la bague qui heureusement ne voulait pas. C'est grâce à ça qu'ils ne se sont pas mariés et que, à la place, le boulanger a chanté dans l'océan. Pour recevoir des félicitations qu'on a faites à tout le monde et surtout à Pierre et moi je l'ai embrassé plus fort que les autres puisque je l'aime avant tout le monde avec le moulin qu'il a bâti pour moi dans des ailes de toile et un lit de bois où on se caresse quand il fait chaud de soleil et de farine. On m'a fait des compliments aussi et on disait que je les méritais d'être bien sage. Les gens ne savent pas tout. Leurs yeux des fois ont l'air de me plaindre d'être dans l'eau. D'autres fois, ils veulent pas me voir. Ils me laissent couler. Aujourd'hui, certains me trouvaient bien belle dans mes vagues. Ils m'appelaient « mademoiselle » sans savoir que le moulin m'appartient et que, aujourd'hui, c'est sa noce à lui. On le voit à ses bras blancs qui se lancent vers le ciel quand ils me voient venir dans le vent qui se lève on dit mais le vent est toujours debout : Pierre me l'a appris quand il faisait de la bicyclette et moi je l'entends toujours le vent debout sous mon front, qui souffle en rentrant par une oreille et en sortant par l'autre : comme mémé le sait bien quand elle secoue la tête pour me montrer à des gens que nous ne connaissons pas.

Ça m'est égal les gens qui tapent sur leur assiette avec leur cuillère pour se soûler la gueule ou, derrière moi, le boulanger cet imbécile qui essaie de chanter parce qu'il se croit toujours dans l'eau alors que l'eau arrive au-dessus de nous dans sa soupière qui va déborder de grosses gouttes. D'abord, il la sait pas sa chanson et moi je sais *Au clair de la lune*, Pierrot-Pierrette-sous-la-lune, c'est mon mariage avec le moulin qui craque lentement comme l'orage qui fait du bruit de loin et en se rapprochant. Ça prouve bien qu'il n'est pas content, l'orage, que la fille soit là, la voleuse de Pierre qui s'est mise à danser avec tout le monde comme les putains dans les bals de rouge et d'alcool car il ne faut pas boire, mémé dit que ça me tuerait. Je lui obéis toujours et je vois bien qu'elle me surveille à table et partout quand elle m'amenait chez le docteur pour lui parler à voix basse de mon ventre et d'une catastrophe qui pourrait y pousser comme les pissenlits par la racine et les herbes entre les pieds de vigne qu'on arrache pour avoir du raisin avec des grains tout ronds comme une figure de bébé. La pluie tombe comme les grains de raisin. Bien gros et qui jutent sur ma peau en faisant mal à la tête. C'est un tambourin les grains de pluie de raisin sur mes cheveux. Je vais les arracher en grappe et j'ai les doigts mouillés avec des cheveux dedans. Heureusement, le moulin tourne dans ses ailes blanches. Il va me conduire au-dessus de la pluie et c'est moi qui alors commanderai les nuages et le soleil et je pisserai dans les yeux de la voleuse avec Pierre que j'aurai retrouvé. Mais il faut courir pour attraper l'aile parce qu'elle passe vite par terre et quand on en manque une l'autre arrive aussitôt, trop vite. Je manque encore celle-là et je réussis à plonger dans l'autre, elle m'emporte ; comme c'est beau de monter sur la vague et d'arriver au-dessus des vignes et de la rivière et des petites maisons et de mémé qui a de petites jambes et de gros yeux dans une grosse tête de cheveux blancs. Elle m'appelle, mémé. Elle ne voit pas que l'océan m'emmène dans le ciel où le moulin se marie :

— Aline ! Ma petite... tu vas te tuer !

Elle ne voit pas que je suis dans les bras du marié et moi je voudrais qu'elle vienne avec moi pour recevoir, quand la vague monte, la dentelle blanche d'écume de taffetas sur les yeux que l'eau remplit dans l'éclatement de l'orage qui me baigne de feu.

— Lâche l'aile, Aline... Lâche-la quand tu es en bas !

Comme elle est bête, mémé, de ne pas voir qu'en bas je serais morte et que, sur le ciel de mer, au-dessus du toit du moulin, je suis dans l'amour des nuages.

— Oh ! Arrête ! Tout le monde te cherche !

Comme elle est menteuse aussi puisqu'elle sait bien que personne ne me cherche jamais. Elle, juste, me cherche quand je me cache mais je ne me cache plus maintenant et dans la foudre de tonnerre, je vais tuer la voleuse de Pierre ! Elle sera brûlée ! L'orage est venu pour la brûler. Tu le vois, mémé, que l'orage est venu. Il se fâche contre la mer qui a rempli l'église, contre le boulanger qui chante la fête, contre les putains qui remplissent le chai. Il se fâche, l'orage, contre ceux qui chantent la noce pendant que je monte sur la vague et je n'ai plus bientôt la force de la tenir...

— Aline !

Comme c'est bon, la mer qui vous lave entière pour vous offrir au ciel. L'eau remplit mes yeux et aussi ma gorge, je ne peux plus parler et maintenant la mer rentre dans mon bras, elle le gonfle, elle le détruit, elle est dans ma main entière, elle en pousse les doigts, elle les écarte, les déchire et je sens bien que le moulin s'en va.

Dans le vent d'orage qui souffle plus fort, les ailes blanches s'arrêtent d'un coup.

Dans un trou noir.

La voix de la grand-mère est déchirée par l'angoisse :

— Venez tous !... Aline est tombée du moulin !

Avant que vendange soit faite, la vigne de son parfum déjà annonce le vin.

Raisin coupé, pour une grappe meurtrie, oubliée sur son fil, pour des grains perdus, quelques jours encore elle conserve ses senteurs au soleil, ses guêpes brunes et dorées s'ensucrant aux dernières joies de la belle saison.

Bien sûr, nous sommes allés donner la main à Robert.

Il a voulu que je conduise la récolte à la coopérative. Comme avant. Que je signe le bordereau. Lui, il est resté avec les vendangeurs. C'est peut-être la dernière année qu'on en engage. Il se documente sur cette machine qui ramasse la graine sur pied. Nous devons en parler bientôt ; quand il montera nous voir, un prochain dimanche.

En un an, il s'y est bien mis ; on ne peut pas dire le contraire. Le père l'aide beaucoup. Il quitte son rôle d'inspecteur des travaux finis pour redevenir ouvrier.

Vigneron instructeur. Fruitier démonstrateur. Il aime ça. Il est patient. Robert l'est encore plus. C'est bien.

Le plus surprenant c'est l'ardeur à l'ouvrage de Lydia. Elle a gardé ses gestes d'industrie : pour rendement à la chaîne. Elle voudrait le matin faire une bouture, pour le soir ramasser la prune, la grappe : la récompense.

Tout le monde dit qu'elle a pris des couleurs mais sans faire de phrase on peut dire qu'on en profite. C'est formidable ce qu'une année de soleil et de vent peut changer l'apparence. Et peut-être sous l'apparence. Elle n'a plus dans les yeux son avenir certain de banlieue à perpétuité.

La mémé l'aide aussi, elle qui a toujours aidé tout le monde.

Ce qui est comique c'est sa façon de la prendre. Comme pas mal de gens de la campagne qui savent n'avoir aucune connaissance des choses de la ville, la grand-mère n'arrive pas à évaluer ce que les gens de la ville peuvent connaître des choses de la campagne. Elle lui donne des conseils simplets, des renseignements inutiles, des indications attendrissantes. Un matin je lui ai entendu dire : « Je vais mettre des œufs à couver... pour avoir des petites bêtes... jaunes avec des plumes... et un bec. Des poussins qu'on appelle. » J'ai un peu peur parfois que Lydia se demande si on ne la prend pas pour une imbécile. Mais non. Avec son air disparu de condamnée au béton, on dirait bien qu'elle a perdu sa rancœur de mal embouchée. Elle a aussi, pour l'éclairer, Jean-Pierre, Jean-Marc et Odile. Ils ont beau aller à l'école maintenant, ils ont tous les trois une bouille en vacances qui fait plaisir à embrasser. Marie-Paule m'a dit que lorsqu'ils monteront, un prochain dimanche, elle leur montrera comment autrefois son père attrapait les grives. Entre deux pierres plates. Celle du haut tombant sur l'autre. Clac ! C'était un peu brutal. Moins efficace que les insecticides.

Nous évitons d'aller là-bas.

Le docteur a dit que moins elle me verrait mieux ça vaudrait.

Depuis un an je me suis réveillé souvent avec son corps devant moi. Inanimé dans sa robe bleu pâle. Sous les ailes qui tournaient avec un vent de folie, en déchirant les toiles, la noce et surtout la grand-mère qui n'arrêtait pas de la prendre dans ses bras en répétant : « Aline ! Aline, mon petit ! Ne t'en va pas. Reste avec mémé ! » Heureusement, Aline l'a entendue. Elle s'est ranimée. Un peu vague pendant quelques jours. Cela m'a montré combien nous nous connaissons mal. Quand je l'ai vue vivant du matin au soir dans la ressemblance d'une morte, j'ai souhaité plus que tout qu'elle redevienne comme avant : avec ses sourires qui me poursuivent et m'embarrassent, ses méchancetés insupportables, sa bêtise à crier. Puisque c'est son existence à elle qui est comme ça, j'ai souhaité qu'elle la retrouve. Entièrement. Le plus longtemps possible.

C'est bien que Robert et Lydia soient revenus.

Ce moulin dont avec le père on avait fait une fête, je n'ose plus le regarder. S'il n'y avait eu que moi on l'aurait vendu. A Boussuges ou à un autre.

Pour les vendanges, quand elle m'a vu elle m'a embrassé. Je lui ai dit :

« Bonjour, Aline. »

Avec une allure de délinquant, je crois.

Mais ce qui m'a conforté, c'est l'embrassade de la mémé. Je ne savais pas qu'elle avait tant de force. C'est la première fois depuis bien longtemps qu'elle m'appelait « mon petit » moi aussi.

C'est tout ce qu'elle m'a dit.

C'est tout ce que j'ai dit à Aline.

Et ce que je vais dire maintenant est un peu imbécile : j'ai l'impression que ma vie est commencée. Que comme toutes les existences, déjà elle a son autrefois. Que quoi qu'on fasse et même si l'on décide de toujours se faire honneur, on a au fond de soi et au fil des jours un éternel quelque chose qui vient vous rabattre le caquet. Dans l'intime. C'est pour ça qu'on fanfaronne. Qu'on exhibe. On met le mérite sous le projecteur. Comme le prestidigitateur : « Regardez bien ma main droite : vous ne verrez pas ce qui est caché, fermé, serré dans ma main gauche. »

Dans ma vie commencée, je veux pour Marie-Paule aller les mains ouvertes.

Dimanche prochain à Limogne pour la fête des labours, ils font le concours du sillon le plus droit.

Dimanche, nous resterons ici : il y a un bonhomme qui vient de Gramat pour nous acheter les moutons. Le troupeau.

Marie-Paule, ça la chagrine je le sais bien de voir

disparaître sa mémoire de jeunesse, les souvenirs à quatre pattes, l'agneau timide qui encore lui porte la voix de son père, les contes des temps enfants. Pourtant c'est elle qui l'a proposé. Elle se rend compte. S'il n'y prend garde, le gagne-petit devient le gagne-plus-rien.

Le monde change.

Les genièvres prennent un ton sec. Les herbes s'apprêtent pour l'hiver. Les plus hautes d'abord qui avant les autres sentent venir la mort. Elles s'endurcissent dans l'illusion de résister aux bourrasques qui bientôt vont les briser. Sous elles, la petite verdure met point par point ses vêtements d'automne. Elle s'effrite ici et là. A nouveau, la pierre va paralyser la combe qui aujourd'hui, en pente rousse, descend jusqu'au noir tournesol des Soubret.

Ils viennent de passer avec leur fils. Il a un an déjà, Julien Soubret.

Dans un mois, ici je vais planter la vigne. Pas pour le vin : pour la table. Avec cette exposition, ça devrait bien donner. A souleil-loung, comme dit Aubin.

Avec Jeanne, devant Julien ils font un peu grands-pères. Mais si contents.

Nous en avons parlé avec Marie-Paule : nous n'attendrons pas si longtemps.

Le travail pour le chasselas est plus délicat. Il faut des mains patientes. Nous aurons l'appellation moissac.

Si ça marche comme je l'espère, j'abandonnerai peut-être un peu les céréales. Ou alors, il faudrait s'agrandir...

... Mais vers où ?
Pourquoi ris-tu ?

Je ne ris pas de Pierre mais de l'idée qui m'est venue en voyant passer Julien : ce qu'il faudrait c'est que nous ayons une fille !

Ça n'est pas sérieux bien sûr mais il n'empêche que j'y ai pensé. Cela prouve bien que nous sommes comme les autres. Ceux qui cultivent la terre : sans qu'ils le sachent, la terre les cultive. Entre les paysans comme entre les sols, les différences sont profondes. Elles le sont moins pourtant que le long sillon commun à tous. Tracé par une vie entre labour et récolte, entre ciel et labeur. C'est ce combat patient pour arraisonner la nature qui fait de nous des observateurs minutieux ; soutenus par les mêmes sèves ; auxquels s'imposent les mêmes craintes, les mêmes nécessités dont la première est de ne jamais laisser en friche.

Ici, Pierre a planté une vigne nouvelle.

Là-bas, je devine la mémé, de nous tous la meilleure jardinière, faisant parler Aline. Aujourd'hui, demain, elle utilisera ses gestes maladroits. Elle détournera ses rancœurs, irriguera ses espoirs chétifs, ses idées partielles. Elle confortera son âme incohérente en versant sur ses inquiétudes l'humus merveilleux de son dévouement. Le sol pauvre donne des fruits superbes. Plus beaux lorsque, entre nos pierres persistantes, nous les voyons pousser.

Voici la première douceur du temps.

La vigne ouvre un œil. Les feuilles ne sont pas là encore pour la nourrir. Les bourgeons cherchent leur nourriture dans le corps de la mère.

Pierre caresse mon ventre.

Quand l'enfant pousse son premier cri, quand l'homme dit un mot, quand il fait un geste, quand la grappe sous nos yeux s'arrondit, depuis longtemps dans les profondeurs les racines travaillent.

PRODUCTION JEANNINE BALLAND

Romans « Terres de France »

Jean Anglade
Un parrain de cendre
Le Jardin de Mercure
Y a pas d'bon Dieu
La Soupe à la fourchette
Un lit d'aubépine
La Maîtresse au piquet
Le Saintier
Le Grillon vert
La Fille aux orages
Un souper de neige
Les Puysatiers
Dans le secret des roseaux
Sylvie Anne
Mélie de Sept-Vents
Le Secret des chênes
La Couze
Ciel d'orage sur Donzenac
Jean-Jacques Antier
Autant en apporte la mer
Marie-Paul Armand
La Poussière des corons
La Courée
tome I *La Courée*
tome II *Louise*
tome III *Benoît*
La Maîtresse d'école
La Cense aux alouettes
Nouvelles du Nord
L'Enfance perdue
Un bouquet de dentelle
Françoise Bourdon
La Forge au Loup
La Cour aux Paons
Annie Bruel
La Colline des contrebandiers
Le Mas des oliviers
Les Géants de pierre
Marie-Marseille
Jean du Casteloun
Michel Caffier
Le Hameau des mirabelliers
La Péniche Saint-Nicolas
Les Enfants du Flot
Jean-Pierre Chabrol
La Banquise
Didier Cornaille
Les Labours d'hiver
Les Terres abandonnées
La Croix de Fourche
Etrangers à la terre
L'Héritage de Ludovic Grollier
L'Alambic
Georges Coulonges
Les Terres gelées
La Fête des écoles
La Madelon de l'an 40
L'Enfant sous les étoiles
Les Flammes de la Liberté
Ma communale avait raison
Les blés deviennent paille
L'Eté du grand bonheur
Des amants de porcelaine
Le Pays des tomates plates
Yves Courrière
Les Aubarède
Anne Courtillé
Les Dames de Clermont
Florine
Dieu le veult
Les Messieurs de Clermont
L'Arbre des dames
Le Secret du chat-huant

Annie Degroote
La Kermesse du diable
Le Cœur en Flandre
L'Oubliée de Salperwick
Les Filles du Houtland
Le Moulin de la Dérobade
Les Silences du maître drapier
Alain Dubos
Les Seigneurs de la haute lande
La Palombe noire
La Sève et la Cendre
Le Secret du docteur Lescat
Elise Fischer
Trois Reines pour une couronne
Alain Gandy
Adieu capitaine
Un sombre été à Chaluzac
L'Enigme de Ravejouls
Les Frères Delgayroux
Les Corneilles de Toulonjac
L'Affaire Combes
Les Polonaises de Cransac
Michel Hérubel
La Maison Gelder
La Falaise bleue
Tempête sur Ouessant
Le Démon des brumes
Denis Humbert
La Malvialle
Un si joli village
La Rouvraie
La Dent du loup
L'Arbre à poules
Les Demi-Frères
La Dernière Vague
Hervé Jaouen
Que ma terre demeure
Jean-Pierre Leclerc
Les Années de pierre
Louis-Jacques Liandier
Les Gens de Bois-sur-Lyre
Jean-Paul Malaval
Le Domaine de Rocheveyre
Les Vignerons de Chantegrêle
Jours de colère à Malpertuis
Quai des Chartrons
Dominique Marny
A l'ombre des amandiers
La Rose des Vents
Henry Noullet
La Falourde
La Destalounade
Bonencontre
Le Destin de Bérengère Fayol
Le Mensonge d'Adeline
Frédéric Pons
Les Troupeaux du diable
Jean Siccardi
Le Bois des Malines
Les Roses rouges de décembre
Le Bâtisseur de chapelles
Jean-Michel Thibaux
La Bastide blanche
Le Secret de Magali
La Fille de la garrigue
Le Roman de Cléopâtre
La Colère du mistral
L'Homme qui habillait les mariées
La Gasparine
L'Or des collines
Jean-Max Tixier
Le Crime des Hautes Terres
La Fiancée du santonnier
Brigitte Varel
Un village pourtant si tranquille
Les Yeux de Manon
Emma
L'Enfant traqué
Le Chemin de Jean
L'Enfant du Trièves
Colette Vlérick
La Fille du goémonier
Le Brodeur de Pont-l'Abbé
La Marée du soir
Le Blé noir

Collection « Sud Lointain »

Jean-Jacques Antier
Le Rendez-vous de Marie-Galante
Marie-Galante, La Liberté ou la Mort
Erwan Bergot
Les Marches vers la gloire
Sud lointain
tome I *Le Courrier de Saigon*
tome II *La Rivière des parfums*
tome III *Le Maître de Bao-Tan*
Rendez-vous à Vera-Cruz
Mourir au Laos
Jean Bertolino
Chaman
Paul Couturiau
Le Paravent de soie rouge
Alain Dubos
Acadie, terre promise
Dominique Marny
Du côté de Pondichéry
Les Nuits du Caire
Juliette Morillot
Les Orchidées rouges de Shanghai
Michel Peyramaure
Les Tambours sauvages
Pacifique Sud
Louisiana

Romans

Alain Gandy
Quand la Légion écrivait sa légende
Hubert Huertas
Nous jouerons quand même ensemble
La Passagère de la « Struma »
Michel Peyramaure
Le Roman de Catherine de Médicis

Impression réalisée sur CAMERON par

BUSSIÈRE CAMEDAN IMPRIMERIES

GROUPE CPI

à Saint-Amand-Montrond (Cher)
en août 2002

N° d'édition : 7016. — N° d'impression : 023899/1.
Dépôt légal : septembre 2002.

Imprimé en France